1

Bibliografische Information der Deutschen Nationalbibliothek
Die Deutsche Nationalbibliothek verzeichnet diese Publikation in der Deutschen Nationalbibliografie, detailierte bibliografische Daten sind im Internet über http.//dnb.dnb.de abrufbar

Text © 2020 by Rolf Gänsrich
Bilder © siehe hinten
Herstellung und Verlag: BoD – Books on Demand, Norderstedt

ISBN - 9783750496361

Zwanzig Fässer Sauerkraut

Teil 2

zwischen den Indianern / zwischen den Fronten

von Rolf Gänsrich

Inhalt

Vorwort

Das ist die Fortsetzung von Teil 1 und der mittlere Band. Wie schon im ersten Teil hab ich versucht, mich bei den Ereignissen und den realen Personen recht genau an die Geschichte zu halten. Das hab ich auch sprachlich getan! Wenn die hier agierenden Personen von „Froschfressern" reden und die Franzosen damit meinen, so ist dies eine durchaus rassistische Äußerung, die mir nicht gefällt, aber der einfache Brite redete damals so. Der einfache Franzosen nannte den Briten „Inselaffe". Der Plantagenbesitzer redete, wenn er von seinen Sklaven sprach, insbesondere wenn er sie ansprach von „Boy" oder „Nigger". Worte, die ich nie in meinem Sprachschatz hatte, die aber damals im täglichen Umgang so gesagt wurden.

Es ist auch in diesem Teil nie von „Deutschland" die Rede, denn das gab es in jener Zeit noch nicht. Wer den deutschsprachigen Raum verließ, egal ob gewollt oder ungewollt, der war da wo er landete letztlich stolz darauf Bayer, Franke, Rheinländer, Oldenburger oder Preuße zu sein. Und so möge man mir hier bitte nicht übersteigerten Nationalstolz oder Rassismus vorwerfen, denn ich habe versucht, mich auf der Basis unterschiedlichster Quellen in die Zeit damals hinein zu versetzen und dabei sind in damals statt findenden Gesprächen der agierenden Personen untereinander die unterschiedlichsten rassistischen Worte gesagt worden.

Es wäre letztlich unrealistisch, wenn der Plantagenbesitzer in diesem Buch seinen Sklaven mit: „Wären sie bitte so nett und würden sie mir freundlicher

Weise einen Becher Wasser reichen?", anspräche. „Nigger, dein Herr hat Durst! Gib mir sofort einen Becher Wasser, sonst spürst du die neunschwänzige Katze auf deiner dreckigen, schwarzen Haut!", trifft die damalige Ausdrucksweise wohl realer.

Wie schon im ersten Teil, so hab ich auch hier versucht, kurz auftretenden Personen die Namen von heute lebenden Politikern, Musikern, Schauspielern oder deren Rollen zu geben, sofern es sich anbot.

Da ich kein einziges Wort in der französischen Sprache kann, war ich an den entsprechenden Stellen angewiesen auf google-Übersetzungen und im Zweifelsfall auf die Hilfe einer guten Freundin, die die Sprache beherrscht, die aber in dieser Zeit als Vollzeitkraft im Homeoffice mitten im Lock-Down der Corona-Krise „nebenbei" auch noch ihr Kind zu hause unterrichtete und damit wenig Zeit hatte.

An mehreren Stellen nehme ich auch in diesem Teil wiederum Bezug zum Kinderbuch „Blauvogel" von Anna Jürgen. Die von Kevin Costner produzierte TV-Serie „500 Nations" sah ich mir nochmals an, um daraus Informationen zu den Indianerstämmen zu holen. Auf google-maps sah ich mir die Landschaft aus der Vogelperspektive heute an und zog daraus meine Schlüsse.

Wirklich erstaunt war ich, als ich auf der Suche nach einem realen Waldläufer jener Zeit ausgerechnet auf Daniel Boone stieß, den heute vermutlich nur ehemalige Ostdeutsche kennen, da eine damals in den USA produzierte TV-Serie in deutschen Sprachraum nur vom DDR-Fernsehen ausgestrahlt wurde. Den Typen gab es genauso wirklich, wie Davy Crocket, der aber zeitlich nicht passte. Genau für den Zeitraum, für den ich Daniel Boone für meine Geschichte hier brauchte, befindet sich in seinem realen Lebenslauf eine Lücke von zehn Jahren. Hat mir da Daniel Boone höchst persönlich die Geschichte hier diktiert?

So ähnlich ging es mir auch mit Anne Bonny. Ich war auf der Suche nach einem Piraten aus der Karibik in dieser Zeit. Da das dann bereits der Aufhänger für den Teil 3 sein soll, hätte ich eine Piratin spannender gefunden, um den Teil 3 einzuläuten, als einen männlichen Piraten, weil sich aus einer Frau-Mann-Beziehung heraus viel bessere, nett anstößigere Konflikte bauen lassen, als aus einer Mann-Mann-Beziehung, ohne jetzt allerdings Schwule und Lesben diskriminieren zu wollen. Die berüchtigsten Piratinnen der Karibik waren Anne Bonny und Mary Read. Und zack, die beiden passten zeitlich so genau in diese Geschichte hier hinein, dass ich sie einfach mit aufnehmen musste!

Auch dieser Hinweis sei mir hier noch gestattet: es gibt immer drei Arten der Rechtschreibung in Deutschland, die alte, die neue und meine. Da viele der Bücher die ich besitze noch in der alten sind, pendel ich gern mal zwischen beiden. Ich kann mir partout nicht merken, wo ich das „ß" noch setzen darf und wo ich besser das „s" doppelt einsetze. Auch das Wort „Kanu" sieht für mich so irgendwie komisch aus, weshalb ich für dieses Gefährt eine „denglisch entlehnte" Schreibweise bevorzuge und es konsequent mit „e" am Ende als „Kanue" schreibe. Ich habe hier im Band zwar die Rechtschreib- und Grammatikprüfung von „apache open office" genutzt, es kann indes dennoch sein, dass vielleicht der eine oder andere „Korken" durchgegangen ist. Ich bitte um Nachsicht.

Einführung

Weil sein Bruder ihn im Jahre 1750 im preußischen Berlin nach Strich und Faden um sein Erbe betrogen und sein Lehrherr, eine arme Krämerseele, ihn hatte ermorden lassen wollen, war George Hungerlund mit zwanzig Fässern Sauerkraut, genauso vielen Fässern Pökelfleisch und deutschem Bieransatz in Plymouth im Süden Englands gestrandet. Er hatte dort zunächst ein Angebot der Royal Navy angenommen, sich nach Boston, einem verschlafenen Nest in den nordamerikanischen Kolonien, abzusetzen. Clara, die einstige Magd seines früheren Herrn, war ihm auf einem nächsten Schiff gefolgt und noch während der Überfahrt nach Amerika war es ihr gelungen auf den Kanaren zu ihm zu gelangen. Nach einer langen und an Ereignissen reichen Überfahrt über den Atlantik waren sie in Boston angekommen, wo man ihnen den Tipp gab, sich in einem Fort im Grenzland, Bedford, als zivile Krämer nieder zu lassen. Habgier, Eifersucht und schiere Lüsternheit brachten dort einen Offizier dazu, eine indianische Squaw zu vergewaltigen. George, der zufällig und unbeabsichtigt Zeuge des ganzen gewesen war und diese Squaw, Morgentau, wurden darauf hin von diesem Offizier und seinem Freund, einem Sergeant, „unauffällig beseitigt", wobei die beiden Soldaten davon ausgingen, George und Morgentau umgebracht zu haben. Diese jedoch schafften es, im bitterkalten Winter zu überleben und sich durch die verschneiten Allegheny's zu ihrem Stamm, den Irokesen durchzuschlagen. Einzig, um Clara ein Lebenszeichen von sich zu geben, machte sich George, der mittlerweile den indianischen Namen „der Weiße Wolf" angenommen hatte, mit seinen neuen Freunden, Indianern und einem alten Trapper, noch einmal nach Bedford auf. Als George, dort in inkognito, aber sah, wie Clara von den Männern des Forts missbraucht und gedemütigt wurde, beschloss er, sie zu retten. Das tat er und Clara verliebte sich anschließend in den Trapper. Um sich eine neue Existenz aufzubauen, kam George danach auf die Idee, aus dem Fort noch sein restliches Sauerkraut, wegen des einzigartigen Milchsäureansatzes, und seinen Bieransatz zu stehlen. Dabei fackelte er mit seinen Freunden versehentlich, also wirklich versehentlich, das Fort ab. Ein Teil von dessen Mannschaft desertierte dabei oder schloss sich George an. Gemeinsam gründeten sie darauf hin sowohl am Ohio-River, als auch am Biber-Fluss, wo George mittlerweile als Irokese lebte, je eine Handelsniederlassung und vertrieben Sauerkraut, Kinnikinnick, Pulver, Blei, Felle, Käse und Bier und womit man sonst noch zwischen diesen beiden Welten, der indianischen und der der Weißen, Geschäfte machen konnte.

Schließlich heirateten George, der Weiße Wolf und Morgentau nach irokesischer Sitte einander und gründeten ihre Familie.

… und nun geht es weiter …

I. ab 1751

Das Jahr nahm seinen Lauf.
Einen nur geringen Teil seiner Zeit verbrachte er als George in seinem kleinen Handelsposten, wo er hin und wieder ein paar Anweisungen an Morgentau und an Sabine gab und sich nur gelegentlich in die Produktherstellung seines Sauerkrauts und des

Kinnikinnick einmischte. Die meiste andere Zeit ging der Weiße Wolf auf Jagdzüge, kontrollierte regelmäßig seine Fallenstrecke und fischte, während seine Frau Morgentau, so wie alle anderen Indianerinnen, überwiegend auf dem Feld arbeitete. Fallensteller Ray, der Gute, hielt die Verbindung zu ihrem Posten am Ohio-River mit dem Kanue. Von dort brachte er für Clara und Sabine regelmäßig frische Milch, Rohkäse und Butter mit. Hin und wieder machte er auch aus alter Gewohnheit einen kleinen Jagdausflug für ein paar Tage. Das dann aber eher am Ohio-River entlang. Der Kontakt zur nächsten Siedlung der Weißen klappte mittlerweile reibungslos.

Auch unter den Indianern der Nachbardörfer schien sich mit der Zeit die Erkenntnis durchzusetzen, dass von der Handelsniederlassung am Biberfluss keine Gefahr ausgehe. Die Sprache, die sie dort allerdings hin und wieder hörten, war nicht das eher näselnde der Weißen aus dem hohen Norden oder das runde Geschwätz der Weißen aus dem Land gen Sonnenaufgang, sondern eine weitere, etwas härtere Sprache. Clara und George unterhielten sich, aus alter Gewohnheit, wenn sie sich unbeobachtet glaubten, auf deutsch.

Der Jahreswechsel und die Wintersonnenwende standen vor der Tür. Der Weiße Wolf und Morgentau nahmen sowohl bei den Indianern, als auch im Handelsposten bei den entsprechenden Feiern teil. Wobei auch hier wieder die vom englischen und französischen Brauch leicht abweichende Variante der deutschen Lande mit dem Heiligen Abend gefeiert wurde.

Nach der Frühjahrssonnenwende 1752 wurde der immer dicker werdende Bauch von Morgentau sichtbar.

„Unser Bruder Weißer Wolf hat sich wohl nicht nur um die Jagd gekümmert.", stichelte Schneller Pfeil.

Im Spätsommer des Jahres gebar Morgentau eine mollig, runde und zu aller Erstaunen blond gelockte Tochter, die der Weiße Wolf nach der in Berlin einst besten Freundin von Clara, Josephine, was er ins irokesische mit Schwanenkämpferin, wegen ihrer leicht helleren Haut und wegen ihres blonden Haares, übersetzte. Aber indianische Namen änderten sich auch durchaus im Laufe eines langen Lebens.

Es war der „Monat der gelben Blätter", nach europäischem Kalender der September 1752, als Josephine geboren wurde. Kein Mensch im Indianerland merkte, dass in den amerikanischen Kolonien, so wie im gesamten britischen Empire wegen der Umstellung vom julianischen auf den gregorianischen Kalender auf den 2.September gleich der 17.September folgte.

II. Krieg mit den „Froschfressern"

Der Krieg zwischen Briten und Franzosen, der im alten Europa ab 1754 tobte und der später in die Geschichte als „der siebenjährige Krieg" eingehen sollte, kam nur langsam und auf Umwegen ins Ohio-Tal. In der kleinen Handelsniederlassung am Biberfluss merkte man es zuerst daran, dass nicht mehr genügend Pulver und Blei aus der nächsten Niederlassung heran geschafft werden konnten. Auch stiegen dessen Preise. Flinten waren fast gar nicht mehr zu bekommen! Der Weiße Wolf George war sehr zum Ärgernis seines Stammes gezwungen, die höheren Preise an die Indianer weiter zu geben. Wobei er noch immer den Vorteil hatte, im Gegensatz zu den

Kolonisten in den Städten, sich und seine Familie hundertprozentig selbst versorgen zu können. Auch teilte man im Langen Haus, wenn es mal bei wem knapp wurde, Lebensmittel unter einander. Tochter Josephine gedieh in dieser Umgebung prächtig.

Richtig merkte man die bevorstehenden Veränderungen, als an einem kalten aber sonnigen Frühlingstag 1755 im „Monat der Geburt der Kälber" (April) Micha Fielsch seinen kleinen, unbefestigten Handelsposten für mehrere Tage verließ und sein Vieh für diese Zeit der Obhut eines angelernten Indianerjungen anvertraute, um mit dem treuen Ray zum Biberfluss zu kommen.
Der Weiße Wolf George sah sie beide schon von weitem, weil er am Fluss ein paar Fallen für Bisamratten kontrollierte. Als sie am Steg des Handelspostens anlandeten, dauerte es keine Minuten mehr, bis er, in Begleitung von Morgentau und Clara, gleichfalls dort auftauchte, denn dass Micha hierher kam, war schon etwas, das nur in außergewöhnlichen Fällen vorkam.

Ein paar Baumstümpfe, Fass groß, standen hier ohnehin, weil sie den Leuten und Gästen des Handelspostens immer mal als Sitzgelegenheit für ein kleines Palaver dienten und weil Weißer Wolf George sich auch nach Jahren noch nicht vollständig mit der Sitzweise der Indianer, auf dem Boden hockend, angefreundet hatte.

Sie setzten sich erst einmal, stopften in Ruhe ihre Pfeifen mit Kinnikinnick, aber Micha zappelte herum und begann schließlich bereits, als die Pfeifen kaum brannten, sehr erregt zu reden: „Himmel, ihr glaubt gar nicht, hier in eurer Abgeschiedenheit, was bei uns alles los ist!"

„Was soll denn los sein?", fragte Clara. Darauf wieder Micha: „Mache ich da doch vor einer Woche mit meinem Kanue von unserem Handelsposten einen kleinen Jagdausflug den Ohio-River aufwärts und in den Allegheny-River rein und da sehe ich doch, dass die Franzmänner, die Froschfresser, nicht weit vom Truthahnfuß, an der Gabelung von Monongahela in den Allegheny, ein Fort hoch ziehen! ... Da hab ich aber gemacht, dass ich da weg komme!"

Der Weiße Wolf schaute Clara an: „Ich verstehe, dass du und deine Männer Angst haben. Ich mache mir aber für uns hier keine Sorgen. Wir sind schließlich Preußen und haben mit deren Konflikt nichts zu tun." Darauf Micha erregt: „Das glaubst aber auch nur du." Sabine Lecriox, die bist zu diesem Augenblick zwar in Hörweite, aber noch mit dem Fegen des Eingangsbereichs des Lagers ihrer Gemeinschaftshütte mit Ray und Clara, beschäftigt war, stellte unverzüglich ihren Reisigbesen beiseite und kam bedächtigen Schrittes auf die anderen zu. In ihrem englisch mit dem angenehmen, leicht französischen Akzent, der kein „H" kannte, sagte sie: „George hat recht, aber auch nischt." Sie alle sahen sie erwartungsvoll an. „Wir haben mit deren Krieg nichts zu tun. Aber wir anndeln mit den Briten und das macht uns in den Augen meines Volkes zu deren Verbündeten."

Der Weiße Wolf wiegte den Kopf. „Wie sollen wir uns verhalten? Wir könnten versuchen, uns wie die Indianer aus allem heraus zu halten. Aber wer sich ständig aus allem heraus hält, gerät in Gefahr, von den beiden anderen Seiten zwischen sich zerrieben zu werden. Wir als Preußen haben seit der Einwanderung der Hugenotten vor etwa hundertfünfzig Jahren, um 1592 soll es gewesen sein, ja auch Stellung bezogen." Sabine bekam große

17

Augen: „Franzosen in Berlin?" und Clara setzte nach: „Das hat sowohl unsere Landwirtschaft, als auch unser Handwerk beflügelt. Erbsen und Bohnen hätten ohne deine Landsleute, liebe Sabine, unsere Bauern nie kennen gelernt!" Ray schaltete sich ein: „Ihr habt ja sicher alle Recht, aber das löst gerade unser Problem nicht. Denn die Frage ist, wenn die Froschfresser nur anderthalb Tagesreisen mit dem Kanue von unserem Handelsposten am Ohio entfernt sind, aber britische Verstärkung frühestens nach zwei Wochen bei uns sein kann, wie sollen wir uns verhalten."

Stille trat ein. Die Männer pafften blaue Rauchwolken in den frühlingshaften Himmel, die Frauen kauten einheitlich auf Zitronengras und irgendwo im Wald rief laut flehend ein Truthahn seine Truthenne. Josephine konnte die Besorgnis der Erwachsenen intuitiv erkennen und kuschelte ausnahmsweise einmal bei der sehr bedrückt drein schauenden Clara. Der übliche Dorflärm verblasste wie hinter einem nebulösen Vorhang.

Dann brach es aus dem Weißen Wolf heraus: „Ich hasse es, mein Fähnchen in den Wind zu hängen!"

Die anderen der Runde nickten zustimmend und schauten weiter ins Leere.

Sabine war es, die dann wieder ansetzte: „Isch aabe schon lang nicht mehr meine Muttersprache geöört. Ray, willst du mich zu dem neuen Fort der Franzosen begleiten?"

Ray schaute erstaunt auf, dann sagte er: „Wenn wirklich Krieg ist zwischen uns Briten und euch Franzmännern, dann wäre das zu verdammt gefährlich für mich, wenn ich mich nicht irre."

Der Weiße Wolf nickte: „Da hat Ray aber sowas von recht! … Ähm … ich denke, ich sollte mit Sabine hinauf

18

fahren. … und ein paar Fässer besten Berliner Sauerkrauts nehmen wir auch mit." Morgentau stieß ihn an: „Und mich willst du hier mit deinem Kind allein lassen, während du mit einer fremden Frau", sie kicherte, „Tage lang allein bist?" Clara antwortete statt George: „Du mit eurem Kind bleibst hier. Wir wissen noch nicht, wie die Froschfresser auf Indianer reagieren." Der Weiße Wolf nickte: „Die Irokesen scheinen sich ja bisher aus allem heraus zu halten, aber man weiß bei den Weißen nie, ob die nicht grundsätzlich alles, was eine rote Haut hat, über den Haufen ballern. Aber ich habe eine Idee! Clara, Sabine und ich werden gehen."
Morgentau schaute ihn mit bitter-süßlicher Miene an, nickte aber zustimmend, wie alle anderen.
„Morgen im Frühnebel reisen wir ab!", beschloss George.

In der folgenden Nacht war Morgentau noch liebevoller, zärtlicher, als sonst. Seit sie hier im Indianerdorf am Biberfluss waren und den Handelsposten aufgebaut hatten, waren sie keine Nacht mehr von einander getrennt gewesen.
Auch der Weißen Wolf begehrte seine Frau mehr als sonst, gleichzeitig freute er sich auf eine längere Reise mit Clara.
Es war hier für ihn ein wenig, wie damals in Berlin. Seine Jagdausflüge dauerten höchstens mal von Sonnenauf- bis Sonnenuntergang. Damit war er aber immer in der Nähe des Dorfes. Mit dieser familienbedingten Einschränkung seiner räumlichen Bewegungsfreiheit schien sich auch sein Blick auf die Dinge des Alltags eingeschränkt zu haben und so freute er sich auf die Erweiterung seines Horizontes im Wortes Sinne.

Am nächsten Morgen beluden sie ein Kanue mit zwei Fässern Sauerkraut, dazu mit zwei Spannen Blätter wilden Tabaks für feinsten Kinnikinnick, und mit einem zweiten zogen der Weiße Wolf, Sabine und Clara es.

Es war ein schwül-heißer Frühlingstag auf dem Fluss. Strom ab ging es vor allem darum, mit der Last im Rücken, aufzupassen, dass das angekoppelte Kanue sie nicht in einer Stromschnelle überholte. Nur einige Schritt hinter ihnen im Boot fuhren Ray und Micha. Im Notfall konnten sie eingreifen.

Winzige Wellenkreise bildeten sich an der Oberfläche des Flusses immer, wenn eines der fünf Paddel aus dem Strom gezogen wurde, das Wasser von ihm abperlte und wieder hinab tropfte. Träge wand sich der Biberfluss dahin, erst gesäumt von den Pflaumengärten des Dorfes, doch schon nach der nächsten Biegung von Pappeln, Erlen, Weiden und anderem wilden Gesträuch.

Ray, besorgt um ihr Abendessen, fing gegen Mittag mit seiner Harpune ein paar schmächtige Barsche, die er sofort, noch während der Fahrt, im Kanue ausnahm, der Weiße Wolf erwischte im Laufe des Nachmittags mit Pfeil und Bogen eine Ente und zwei Wandertauben (Anmerkung: Wandertauben wurden so stark bejagt, dass sie Ende des 19. Jahrhunderts ausstarben).

Mit Einbruch der Dämmerung, jetzt bei fast Tag- und Nachtgleiche relativ zeitig, gingen sie unweit der Mündung des Biber-Flusses in den Ohio, der hier auch noch nicht sonderlich breit war, auf einer kleinen Insel an Land, entluden die Boote und stellten sie, Kiel oben, am Ufer ab. Dann suchten sie ein wenig Holz und entzündeten ein Feuer. Als Fisch und Geflügel an Spießen brieten, stellte sich auch bei ihnen eine gewisse feierliche Abendstimmung ein.

Auf die Aufstellung von Wachen verzichteten sie hier auf der Insel. Sie waren ohnehin nicht in Feindesland.

Beim knistern der Glut erzählten Clara und der Weiße Wolf den anderen die Sage „vom Tempelhofer Feld" und die Märchen „Der Fisch im Berlinerischen Rathaus" und „Der Hosenteufel", Sabine gab eine Geschichte aus der Provence zum besten und Ray und Micha vermischten selbst erlebtes mit Possen, die sie mal in irgendwelchen Wirtshäusern aufgeschnappt hatten.

Als das lodernde Feuer herunter gebrannt war und nur noch nach allen Seiten wärmende Glut glomm, legten sie sich alle unter ihre mitgebrachten Mäntel und schliefen der Reihe nach ein.

Am nächsten Morgen brachen sie, nach einem schnellen Frühstück, nur bestehend aus selbst gemachtem Pemmikan, erneut auf. Weil es von hier an den Ohio-River stromauf ging, tauschten Ray und Micha die Plätze in den Booten mit Clara und Sabine.

Anderthalb Tage dauerte die Reise bis zu ihrer Niederlassung am Ohio, die Ray ja sonst allein einmal pro Woche, allerdings auch immer nur in einem Kanue und innerhalb von glatt zwei Tagen pro Richtung, bewältigte. An seinem üblichen Rastplatz hatte Ray sich schon vor Jahren eine leichte Laubhütte gegen Regen und Graupel gebaut, die sie am Abend des zweiten Tages anliefen. Gegen Mittag des dritten Tages langten sie endlich bei ihrer Station am Ohio an und blieben dort bis zum nächsten Morgen. Dann machten sich der Weiße Wolf, Sabine und Clara allein mit den beiden Kanues auf in Richtung des neuen, französischen Forts.

Die Frühjahrsschmelze hatte noch nicht ganz geendet und so strömte der Ohio-River etwas breiter und gewaltiger dahin, als beispielsweise im Hochsommer, große Äste und anderes Treibgut mit sich führend und gelegentlich über seine Ufer tretend.

Knapp zwei Tage brauchten sie bis dahin, wo der große Ohio offiziell begann und sich gabelte in den Allegheny-River nach Links und den Monongahela nach rechts.

Den Lärm sich in frisches, zähes Holz grabender Äxte hörte man weiter, als man die durch die französischen Soldaten gerodeten Flächen sah.

In ihrer dreier Absprache, peilten sie nicht vorher erst einmal die Lage, sondern sie hielten offen, von allen sichtbar, von mitten auf dem Fluss direkt auf das Fort zu.

Wie eine abstoßende Wand hingegen war der Gestank, den eine Ansiedlung der Weißen generell verbreitete und den der Weiße Wolf, Clara und Sabine schon lange nicht mehr gewohnt waren. Die Dorfbewohner am Biberfluss wuschen sich öfter und erledigten ihre menschlichen Geschäfte im allgemeinen von einem Steg aus, der unterhalb des Dorfes in den Fluss ragte, damit das Trinkwasser, das man oberhalb des Dorfes vorsichtig schöpfte, nicht verunreinigt wurde. George hatte sich erst daran gewöhnen müssen, wenn er musste, noch zehn Minuten zu laufen. Aber an eben jener Stelle am Biberfluss kam man auch schnell mit den Nachbarn anderer Clans im Dorf zum plauschen und erkundigte sich mal nach der Gesundheit der Alten, mal nach den Schrammen der Kinder.

Die Franzosen hatten aber wohl, wie man es ja auch aus England oder Preußen kannte, nur eine Latrine und nicht so eine elegante Wasserspülung, wie die Indianer. Und eben diese Latrine roch man gewissermaßen „Meilen gegen den Wind". Dazu kamen noch Gerüche nach Pferde- und Kuh-Mist, nach nassen Hühnern und irgendwo vor sich hin gärendem Bier.

Rufe schallten vom Ufer zu ihnen herüber, wie „ Qui êtes-vous?» , «sont les Indiens?», «Vous gars ne sont pas français?» «Vous êtes sur le sale Anglais?» oder «Si vous nous comprenez, puis répond gentiment!», «Êtes-vous sur les espions?»
Der Weiße Wolf zuckte, nicht verstehend, wie auch Clara, die Schultern! Sabine aber antwortete schon auf französisch, wobei sie sich danach zu ihren Mitreisenden umdrehte und übersetzte: «Die waren eben nischt nett zu uns, mon amour! Fragen, ob wir Spione sind. Habe ihnen gesagt, wir hätten eine deutsche Lieferung für ihren Vorgesetzten, den wir zu sprechen wünschen. Alles andere waren erotische Anzüglichkeiten, die ich nur erwidert habe.»
Der Weiße Wolf, nickte ihr zu: «Na, dann wollen wir mal schauen, was jetzt passiert. … ich steuere uns ans Ufer!»
Sich von dem bei ihrer Anlandung ausbrechenden Tumult so wenig wie möglich beeindrucken lassend, zogen sie ihr Kanue, nachdem die beiden weiter vorn sitzenden Frauen es als erste verlassen hatten, so weit wie möglich an Land.

Schon aber kamen vom Eingang des Forts her etwa zehn Soldaten in blauen Uniformen auf sie zu gerannt, vertrieben die Zivilisten und richteten ihre Flinten mit den im Sonnenlicht sehr bedrohlich blitzenden Bajonetten auf die Ankömmlinge, die noch dabei waren, die Sauerkrautfässer zu entladen. Der Weiße Wolf starrte ein wenig verblüfft in das auf ihn gerichtete Gewehr, hob die Hände und sagte : « Ruhig. Wir tun nichts. »

Jemand offenbar höheren Ranges schrie sie an. Sabine machte einen leichten Hofknicks und erwiderte etwas zu dem Soldaten. Der Soldat schrie wieder und zeigte auf eines der Fässer. Sabine wandte sich darauf hin an George: „Er glaubt offenbar, wir seien englische Spione und wir wollen Fort Du Quesne in die Luft sprengen." „Wie kommt er darauf?", fragte George zurück. Sabine übersetzte. Wieder schrie der übergeordnete Soldat etwas und zielte mit seiner Pistole auf das andere der Fässer. Sabine darauf hin: „Der Offizier glaubt, in unseren Fässern sei Pulver und wir seien von General Washington geschickt worden, um damit ihr neues Fort zu beschädigen." „Le General Washington!", wiederholte der Offizier. „Wer zum Teufel ist General Washington?", zischte George Clara zu. Das aber musste einer der Soldaten missverstanden haben, denn unversehens hatte George plötzlich die Spitze eines Bajonettes am Kehlkopf. „N-n-n no Washington!", stammelte er. Und dann weiter: „Clara, bitte öffne eines der Fässer!"
So ruhig es ihre vor Angst schlotternden Knie zuließen, ging sie die paar Schritt zum Kanue, holte das entsprechende Werkzeug und versuchte sie eines der Fässer zu öffnen, was ihr jedoch in Anbetracht der angespannten Lage nicht wirklich gelang.
George machte nun einen langsamen Schritt zurück und drehte sich zu Clara um. Das Bajonett stach jetzt in seinen Rücken. Mit vereinten Kräften schafften sie es, den Deckel des Fasses auszuheben, dann kippten sie es an. Die Soldaten begriffen nicht.

„Choucroute!", sagte Sabine. Das Bajonett wurde von Georges Rücken genommen. Dessen unbeeindruckt öffnete er nun auch das zweite Fass, fasste hinein, nahm etwas davon zwischen seine Finger, hob die Hand hoch in die Luft und beförderte den Bissen, wie ein Messer schluckender Schausteller, mit weit ausholenden Bewegungen in seinen Mund.

Die französischen Soldaten wichen einen Schritt zurück.

„Wir sind Händler!", sagte George auf deutsch. „Consessionaire!", wiederholte er. Der Offizier bellte einen Befehl auf welchen die Soldaten vor ihm Aufstellung nahmen. Wieder sagte er etwas, worauf hin einer der Soldaten im Fort verschwand, die anderen aber nun ihre Waffen schulterten. Jedoch blieben sie im „Still gestanden" und beobachteten die drei Neuankömmlinge weiter.

George tat unbekümmert, obwohl er es nicht war. Aus dem Lastenkanue ließ er Clara den Kinnikinnick holen, während er selbst sich seine Pfeife anzündete.

Vorsichtig schlenderte der Offizier nun auf George zu und fragte in sehr gebrochenem englisch: „Ihr seid Spione aus England." In ebenso gebrochenem englisch erwiderte George: „Wir sind Händler! Consessionaire! … Und wir kommen aus Deutschland, Allemagne!" Nach einem Augenblick Stille setzte er hinzu: „Fragen sie unsere französische Frau! … Sabine!"

„Deutsche und Briten waren sich noch nie grün. Sie sind britische Spione.", erwiderte der Offizier und schob nach: „Der Kommandant unseres Fort ist ursprünglich aus Straßburg. Der kennt euer deutsches Fasskraut gut. Ich habe nach ihm schicken lassen. Wehe euch, wenn ihr uns betrügt. Spione hängen bei uns schneller, als man einer Pariserin ein Kompliment machen kann."

George sah ihn ernst an und sagte leicht zynisch: „Wenn wir so wichtig sind..."

Es dauerte so lang, wie man gemächlich eine Pfeife mit Kinnikinnick-Strünken raucht, bis der Kommandant von Fort Du Quesne sich die Ehre gab, in Begleitung eines Adjutanten aus seinem Büro heraus zu kommen. Er hatte schließlich besseres zu tun, als sich mit irgendwelchen Einfaltspinseln herum zu ärgern. Spione sollte man einfach nur hängen und damit basta. Wenn ihm aber der Offizier vom Dienst, der OvD, seinen persönlichen Schreiber schickte, musste ja wohl oder übel etwas an der Sache dran sein und so ließ er sich dann doch persönlich dazu herab, vor das Tor des Forts zu gehen.

Der Aufschrei einer ihm wohl bekannten und lange schmerzlich vermissten Stimme war das erste, was ihm Auffiel, als er die Festung, in Begleitung seines Adjutanten verließ.

Seine Sinne erinnerten sich: Sabine! Sabine Lecriox, … das ehemalige Dienst- und Ankleidemädchen seiner Frau. Da sah er sie schon, in einer kleinen Gruppe. Ein Waldläufer, dem man seine offenbar weiße Vergangenheit kaum noch ansah, weil er mehr einem Indianer glich, dann ein weißes Weib in der gleichen Kluft und dann Sabine, die genauso gekleidet war.

Aber da machte auch schon der OvD seine Meldung.

Die drei Zivilisten tuschelten unterdessen. Sabine erklärte: „Das war mein Dienstherr, als wir in der Karibik von den Piraten angegriffen und ich geraubt worden bin."

Clara: „Er schaut aber so finster." George: „Also nett ist anders." Sabine: „Er hat nichts übrig für den kleinen Mann, aber er hat mich dennoch immer korrekt behandelt. Er ist halt arrogant, wie die meisten Adligen."

Nun kam der Kommandant von Fort Du Quesne auf unsere drei zu und unterhielt sich relativ lang mit Sabine unter vier Augen. George und Clara schauten sich an. Außer gelegentlich mal ihren Namen verstanden sie nichts. Dann ließ sich der Fort-Kommandant von seinem Adjutanten eine silberne Gabel reichen, stocherte damit ein wenig im ersten Fass herum, dann ein wenig im zweiten Fass, spießte ein wenig Sauerkraut auf, kostete und kam dann auf George zu.
„Allemagne?", fragte er. George nickte. „Berlin, … Preußen." „Magnifique!", sagte der Kommandant und schob nach: „Dans le donjon!"
Eh sich George und Clara versahen, wurden sie von den Soldaten gepackt, gefesselt. Mit samt ihrer Habe, auch mit dem Kanue, wurden sie ins Fort abgeführt. Die Kerkerzelle, in die man sie mit samt ihren Sachen sperrte, war leer.
Clara und George waren so gründlich überrumpelt, dass sie erst als sie in der Zelle waren merkten, dass Sabine nicht bei ihnen war. Sie bekamen eine Kalebasse mit Wasser und eine Schale voll Brei mit in die Zelle, ansonsten ließ man sie zu ihrem Glück in Ruhe.

Sabine hingegen erging es weit schlechter. Der Fort-Kommandant fragte sie den ganzen Abend lang aus, um Ungereimtheiten in ihren Erzählungen zu entdecken, die nicht vorhanden waren. Das Abendessen nahm sie im Beisein von seiner Frau in deren Privatgemächern ein.

Ein für Sabine neues „Mädchen" bediente sie. Zur Nacht allerdings wurde sie mit einem Sack Stroh in die Besenkammer der Gemächer des Kommandanten gesperrt.

Und so wie früher einst üblich, so bediente der sich an ihr, sowie er glaubte, seine Frau sei eingeschlafen.

Wie widerlich sie es jetzt fand, seinen nach Cognac und kaltem Tabakrauch stinkenden Atem auf ihrem Gesicht zu spüren.

Wie widerlich sie sein kleines, halbschlaffes, schleimiges Glied fand, wenn er in sie eindrang. All dies hatte sie in der Freude, ihren alten Dienstherren wieder zu treffen, vollkommen vergessen. Die Zeiten hatten sich eben über die Jahre verändert. Sie war ein Blut junges Ding von kaum acht Jahren gewesen, als ihre Mutter sie damals, in Frankreich, in den Dienst eines Grafen aus der Bretagne geschickt hatte, weil man sie zu hause, auf dem nur gepachteten Gut ihrer Eltern, einfach nicht mehr ernähren konnte.

Dieser sehr feine und eigentlich auch sehr noble Graf hatte sie jedoch zwei Jahre später, bei einem Kartenspiel, an ihren jetzigen Dienstherren verloren und dieser hatte, als sich mit vierzehn allmählich ihre ersten weiblichen Rundungen zeigten, dann auch rein körperliches Interesse an ihr gezeigt. Damals hatte sie sich geschmeichelt gefühlt, weil der Herr Baron es jede Nacht mit ihr trieb. Und sie hatte sich, irrwitziger Weise, eingeredet, dass wenn dereinst einmal seine Frau sterben würde, dass sie, Sabine, dann ihren Platz einnehmen würde. Aber die Frau des Barons war kaum vier Jahre älter als sie, hatte aber im Gegensatz zu ihr, weil Frau Baronin sich ja nie körperlich anzustrengen brauchte, ihr jugendlich frisches Antlitz und wegen des wenigen Sex's, auch ihren knackigen Körper bewahrt. Erst jetzt, während ihres Lebens mit den Indianern, war Sabine klar geworden, wie sehr sie sich in ihrer Jugend hatte täuschen und von ihren selbst gebastelten Notlügen hatte einlullen lassen. Jahrhunderte später würde man dafür einen Begriff haben: „Stockholmsyndrom". Ab einem gewissen Punkt sympathisieren bei Geiselnahmen fast alle Geiseln mit ihren Geiselnehmern, ja sie beschützen sie gar unter Umständen und bauen zu ihnen eine emotional positive Beziehung auf und reden sich ein, dass es ja noch schlimmer hätte kommen können. Genau das hatte Sabine früher getan. Und das fehlte ihr jetzt. Und so fand sie ihren einst angehimmelten Baron nur noch abstoßend widerlich.

Die ganze nächste Woche hielt man sie in den Privatgemächern gefangen und der Fort-Kommandant bediente sich so oft und freimütig an ihr, wie er sonst seinen Tabak kaute. Vom „Mädchen" konnte Sabine erfahren, dass George und Clara noch immer im Kerker saßen, man sich aber nicht weiter mit ihnen befasste. Und erst nach dieser Woche durfte sie erstmals die Gemächer des Barons verlassen. Sie schloss sich Brigitte bei ihren Tageserledigungen an, dem „neuen" Mädchen, das kaum zwölf Jahr, hier für den Fort-Kommandanten und seine Frau schuftete. Aber zu Brigittes Beruhigung hatte der Baron ihr gegenüber bereits durchblicken lassen, dass ihm auch gern zwei weibliche Bedienstete behagten. So verlor sich die Angst Brigittes, vielleicht mitten in der Wildnis bei den Indianern ausgesetzt zu werden, sollte der Baron beschließen, sie wieder durch Sabine zu ersetzen.

Es dauerte indes nochmals zwei Tage, bis Sabine es gelang, endlich zu Clara und George im Kerker durchzudringen.

Diese hatten, nicht zu Unrecht, den Eindruck, als wenn man sie hier einfach nur vergessen habe. Täglich zur Mittagszeit herum bekam jeder von ihnen eine Schale mit einem recht lausigen Getreidebrei, in dem die einzige Fleischeinlage darin mitgekochte Maden waren und eine Kalebasse voll Wasser. Als Toilette hatten sie ein Holzfass, das alle zwei Tage von einem alten, buckligen Weißen, in einer abgelederten britischen Uniform geleert wurde. Ansonsten kümmerte man sich nicht um sie. Es wurde für Clara und George in der Zelle mehr als langweilig. Sie kannten ja all ihre Geschichten schon und so herrschte, als Sabine nach neun Tagen ihrer Gefangenschaft endlich bei ihnen auftauchte, nur noch, wenn auch ein freundliches und einvernehmliches, Schweigen.

Sabine sah in ihrer beider Augen schrecklich aus, mit ihren verheulten Augenrändern, der bläulich blassen Haut und ihren seit Tagen nicht mehr gewaschenen Kleidern.

Aber auch Sabine war nicht mit der Situation, in der sie ihre Freunde vorfand, zufrieden. Sie wechselten ein paar Worte und Sabine versprach, zu tun, was sie tun konnte.

***

Unterdessen hatte man sich in der Handelsstation am Ohio nach einer Woche der Abwesenheit der drei gefragt, was wohl mit ihnen geschehen sein könne und so nahm sich am siebenten Tag Ray den Irokesen jungen Blauvogel, der ihnen im Frühjahr hier mit den Waren und den Rindern half und fuhr mit dem Kanue bis zum

Fort zwischen Monongahela und Allegheny. Er machte diesen Ausflug indes behutsamer als George, Clara und Sabine und achtete darauf, ja nicht entdeckt zu werden. Ray und Blauvogel wollten erst einmal nur beobachten. Sie brachten etwa eine Meile den Ohio stromab ihr Kanue in der Baumhöhle einer alten Weide unter. Dann pirschten sie durch den Wald, erklommen am Ende einer frisch gerodeten Lichtung zwei dicht bei einander stehende Mammutbäume, die zu dieser Zeit auch noch im Osten des großen, amerikanischen Kontinents heimisch waren und richteten sich dort in den Zweigen Beobachtungsposten ein.

***

Die Sonne schickte an diesem neunten Tag der Gefangenschaft von Clara, Sabine und George ihre rötlicher werdenden Strahlen aus Richtung Westen bereits durch die Stratosphärenwolken, als Sabine endlich Gelegenheit bekam, ihren alten und nun wohl leider auch neuen Dienstherren wegen Clara und George kurz anzusprechen, als sie ihm eine Tasse Zichorienkaffee servierte. „Die sind immer noch im Fort?", raunzte er Sabine, die ja nun am allerwenigsten dafür konnte, an.
Nachdem der Baron noch ein paar Unterlagen abgezeichnet hatte, ließ er erneut nach Sabine und dann nach seinem Adjutanten schicken und begab sich mit diesen beiden persönlich in den Kerker.
„Ah, mon cher, isch möschte misch entschuldigen, für das Question … die Unannehmlichkeit, die man ihnen gemacht hat zu kommen lassen.", entschuldigte sich der Baron, als man die Kerkertür öffnete, in einem sehr gebrochenen Englisch. „Wir sind schließlich im Krieg

31

mit den Anglais. Sergent Salvatore Adamo, bitte schreiben sie mit. Wir machen eine kleine, wie eisst das ganze bei ihnen, traitè sur le commerce, einen kleinen Andelsvertrag mit ihnen. Wie eissen sie überaubt. Isch abe nock nischt einmal ihre Namen! Niemand informiert misch ier!"

„George Hungerlund und Clara Pruz aus Berlin, Preußen."

„In Ordnung! Monsieur Ungerlund und Mademoiselle Pruz, wir machen eine kleine Abkommen, mit ihnen. Sie liefern uns regelmäßig ihre beste, deutsche Kraut und, was haben sie noch?"

Unteroffizier Adamo trat hinzu und zischte laut und vernehmlich: „Tabac, Tabac Indienne!"

„Spucken sie misch nischt immer von der Seite an, sie tas da merde, Tabac natürlisch. Von meine kleine femme dé ménage Sabine weiß isch, dass sie aaben eine kleine Andelsposten nur zwei Tagesreisen hier von Fort Du Quesne entfernt und dass sie aandeln mit Les Indiens eine gnabbe Woche von hier. Vom britischen Kapitain Sir Francis Drake wissen wir, dass ihr saures Kraut gut ist gegen Skorbut. Beliefern sie uns exklusiv und regelmäßig damit, dann kommen wir ins entreprise, ins Geschäft. Liefern sie uns auch noch für unsere einfachen Soldaten ihren starken, indianischen Tabac und auch Felle von den Tieren der Gegend und isch werde beginnen, sie zu mögen. Aaben sie dann auch noch Informationen über Truppenbewegungen der Britannique, der Briten und vielleischt auch über die Stimmung in deren Bevölkerung, werde isch sie lieben, mon cher, wie einen mir gleischgestellten Barons! Sie bekommen dafür neue Fässer aus dem besten Holz britischer Schiffe, excuse, une blague, ein Scherz, aus bestem kanadischem Oolz,

Eisenwaren, Blei, Pulver, Flinten und Beutel voller Louis d'or!"

„Das ist ein sehr feines Angebot, verehrter Baron!", erwiderte George. „Was aber," fuhr er fort, „wenn ich diesen Vertrag nicht einhalten kann?"

„Nun ja," antwortete der Baron, „Isch könnte sie dann bitten, meine Gastfreundschaft in diesem Kerker weiter in Anspruch zu nehmen." „Das dachte ich mir. Aber, unter uns sehr guten Freunden, verehrter Baron, der Brite bezahlt mich nur in Silber und ist weit weg. … Weiter jedenfalls, als sie hier. Außerdem kommen wir über die Flüsse besser an sie heran. Um zu den Briten, mit denen wir bisher gehandelt haben, zu gelangen, müssen wir doppelt so lang, wie zu ihnen, alles auf unseren alten Pferden transportieren." „Sie kommen mir entgegen, mon cher! Sie sind ein Bursche, nach meinem Geschmack, Monsieur Ungerlund!"

George streckte ihm die Hand hin. „Ah! Eine freundliche Brauch de la Prusse. Adamo! Holen sie uns einige quelques verres, Gläser echten Cognac aus unserer französischen Heimat, um die Freundschaft und den Handel zu begießen. Und bringen sie auch einen Beutel voller Louis d'or aus meinem Arbeitszimmer mit."

Auf französisch bellte darauf hin der Baron noch ein paar Anweisungen in Richtung Kerkerausgang. Bis zur Rückkehr des Adjutanten hatten Clara und George neue, frisch gewaschene Kleider an ihren Körpern, war ihr Kanue bereits zum Tor des Forts voraus transportiert und waren der Kinnikinnick und die beiden Fässer Sauerkraut abtransportiert.

Mit einem „Vive la France" wurde der doch nicht ganz so gute spanische Weinbrand hinter die Kehlen geschüttet.

„Auf unsere Freundschaft, Herr Baron!", betonte George noch einmal und der Baron grinste hämisch und antwortete: „Damit sie ja nicht vergessen, was für gute und dicke Freunde wir sind, mon cher Ungerlund, wird sich Mademoiselle Sabine auch weiterhin meiner treuen Gastfreundschaft anvertrauen!"

Für eine Sekunde entgleisten Sabines Gesichtszüge, aber schon machte sie ihren gekonnten Hofknicks und hauchte: „Oui Baron!"

Clara und George beluden am Fluss bereits ihr Kanue, als sich der Baron umdrehte und angewidert außerhalb ihrer Hörweite auf französisch abfällig zu seinem Adjutanten sagte: „Was für ein schleimiges Volk, diese Preußen. So ordinär, so einfach, ... wie das gemeine Volk eben. Es sollte mich nicht wundern, wenn wir eines schönen Tages in Europa einmal Krieg gegen diese Bauern führen müssten. ... So, Unteroffizier Adamo, Mademoiselle Sabine steht ab sofort zur allgemeinen Vergelustigung der Truppe zur Verfügung. Mir ist sie jetzt, nach den Jahren ihrer Abwesenheit, einfach zu widerspenstig geworden. Die Soldaten sollen sie ruhig züchtigen. ... Und außerdem ist mein neues Dienstmädchen Brigitte mittlerweile in dem Alter, in dem sie meiner körperlichen Zuneigung zu spüren bedarf. Und regelmäßig drei Weiber pro Nacht verkraftet ja nicht einmal der beste Pariser Zuchtbulle."

III. Blauvogel

George und Clara hatten sehr wohl noch einiges von dem vernommen, was der Baron gesagt hatte, allein, sie verstanden es nicht. Clara raunte indes ihm zu: „Diese scheiß Adligen sind offenbar überall gleich hochnäsig." Und George erwiderte: „Ich traue dem Burschen nur so lange, wie ich ihn sehe. Aber wir werden nicht umhin kommen, uns mit denen zu arrangieren." „George! Du willst doch wohl nicht wirklich dein Fähnchen in den Wind hängen?" „Eigentlich ist mir so etwas ja zuwider, liebste Clara, aber wir haben ja erst einmal dort aus dem Verlies heraus kommen müssen. Es war also reine Selbstverteidigung und Vorsorge zum Überleben, was ich da eben gemacht habe." „Das ist mir auch klar, George. Ich hätte nicht anders gehandelt."
Damit beluden sie ihr Kanue mit ihren persönlichen Sachen, paddelten in die Strommitte und ließen sich von da an, mit den Rudern immer nur mal wieder die Richtung gebend, vom Ohio-River treiben.

***

Ray und Blauvogel brauchten schon sehr, sehr gute Augen, um von ihrem Versteck aus zu erkennen, was im und am Fort zuging. An der Mündung des Monongahela und des Allegheny's zum Ohio war jeder der Flüsse gut 250 yards, umgerechnet ca. zweihundert Meter, breit. Aber Ray erkannte ihr Kanue, als es vor das Haupttor des Forts gebracht wurde. Er schickte den behändigeren Indianerjungen zum Versteck ihres Kanues vor.

Er sollte dort, falls Ray es bis dahin noch nicht geschafft hatte, Clara und George den Weißen Wolf, abfangen.

Es dauerte indes noch eine gute Weile, bis Ray, nur an Hand ihrer Staturen, sie beide tatsächlich erkannte.

***

Clara und George, der Weiße Wolf, waren bereits einige hundert Yards hinter Brunot Island, als ihnen ein Kanue entgegen kam. Blauvogel erkannten sie. Die Begrüßung war herzlich und auf einem in ihrem Dorf gesprochenen, irokesischen Dialekt. Jedes der sechs Völker, das zu den Irokesen gehörte, hatte eine ganz eigene Sprache. Dazu gab es eine, den ganzen Stamm übergreifende. Oftmals wurden sogar innerhalb eines Dorfes zwei oder mehr Volkssprachen gesprochen.

Blauvogel geleitete sie dahin, wo er sein Kanue zuvor geholt hatte und wo man gemeinsam auf Ray wartete. Sie waren am relativ späten Nachmittag von Fort Du Quesne aufgebrochen und so warf die herein brechende Dämmerung mehr als lange Schatten, als sie endlich anlandeten. Zu Claras und Georges Freude hatte der Irokesenjunge bereits für Frischfleisch in Form von zwei, mit Pfeil und Bogen geschossenen, fetten Bisamratten gesorgt. Im Kerker hatten sie zwar Getreidebrei erhalten, hatten sich dann aber doch überwiegend an ihren Pemmikan und an das Kraut aus ihren Fässern gehalten. Ihr Appetit auf Frischfleisch war entsprechend.

Jeder Indianer und jeder Waldläufer hatte für Pemmikan sein eigenes Rezept, das je nach Landschaft und Verfügbarkeit der Zutaten variierte. Im Grunde genommen war Pemmikan nur eine äußerst Nahrhafte

Paste aus Kräutern und einer Unmenge an zerstoßenem getrocknetem, meist sogar noch über den Feuerstellen der Häuser geräuchertem Fleisch, sowie Fett. Pemmikan besitzt so gut wie keine Ballaststoffe, ist aber bis heute als eiserne Reserve z.B. für Expeditionen, aber auch international beim Militär in Gebrauch. Erfunden wurde er von Cree-Indianern in Nordamerika!

Als der wirklich letzte fahle Lichtstrahl von Westen kommend durchs Unterholz schlich, kam endlich Ray. Clara und George der Weiße Wolf erzählten beide, was sich zugetragen hatte und Clara endete mit den Worten: „Als wir vor fünf Jahren beide aus Berlin geflohen sind, hätte ich nicht gedacht, dass mich europäische Siedlungen mal wirklich anstinken könnten."
George ergänzte: „Die Natur ist etwas so wunderbares. Wir können nur hoffen, dass man eines Tages beginnt, sie zu schützen."
Ray gab zu bedenken: „Aber seht mal, jetzt sitzen die Franzosen schon hier im Ohio-Tal und die Briten werden bald zurück kommen. Dummerweise sind Leute wie wir immer die Vorhut, für alles, was als menschlicher Abschaum nachkommt." Alle nickten. Das Feuer war derweil herunter gebrannt und nur noch Glut glomm.

Mit einem Zwischenstopp an ihrem Handelsposten am Ohio waren sie bereits nach einer knappen Woche wieder in Sichtweite des Dorfes am Biberfluss. Blauvogel hatten sie mitgenommen.
Seine Eltern waren so gespannt, zu hören, wie sein erster Ausflug in Richtung der Weißen abgelaufen war, dass es sich, als sie von den ersten Dorfbewohnern bemerkt wurden, Häuptling Kleinbär nicht nehmen ließ,

persönlich in Richtung ihrer Anlegestelle zu kommen.

Was dann jedoch tragisches geschah, war vorher nicht abzusehen. Oder schon? Das vermehrte Treibgut auf dem Biberfluss hätte den Reisenden auffallen müssen. Sie waren indes so erfreut, ihr zuhause wieder zu sehen, dass man auf diese kleinen Warnhinweise nicht achtete.

Kurzum, weit, weit oben am Fluss war wohl ein letztes, winterliches Schneefeld ins Wasser gerutscht, dem noch ein zweites folgte. Die Biber hatten es wohl anfangs noch verstanden, einen ihrer Dämme zu halten, doch mit dem zweiten Schneefeld brach der erste, der zweite und dann wie in einer Kettenreaktion alle weiteren Biberdämme des Flusses und eine gewaltige, sehr schnelle Welle aus Wasser, Schlamm, Matsch, Steinen und großen Ästen rollte den Fluss hinab.

Unsere vier Rückkehrer waren mit ihren drei Kanues kurz vor dem Anlegen, als sie durch aufgeregte Zurufe der Anwohner auf die sich nähernde Flutwelle aufmerksam gemacht wurden. George der Weiße Wolf, Clara und Ray schafften es gerade noch so, an Land zu kommen und mit Hilfe vieler Hände die Boote aufs Trockene zu bringen. Josephine, die am Anlegesteg ihren Papa schon sah, wurde einfach von den Fluten mitgerissen. Blauvogel war aber leider noch zu weit entfernt. Als erstes bohrte sich ein gewaltiger durch Biber angespitzter Hickorystamm von unten in sein Boot, dass es kenterte, die nachfolgende Schlammwelle riss ihn genauso wie Josephine Sekunden zuvor, mit.

Der Albtraum dauerte kaum länger, als zwei Wimpernschläge, wie es schien und alles war vorbei. Die Flutwelle hatte weiter oben auch die Anlegestelle ihres

Handelspostens komplett weggerissen und überschwemmte weiter unten beim über die Ufer gehen ihre Obstwiesen. Zwei eiligst zusammen gestellte Trupps aus je drei Kriegern, die jedes der beiden Ufer nach Blauvogel und Josephine absuchen sollten, kehrten nach einem halben Tag mit den toten, leblosen Körpern der Kinder zurück.

Die Ereignisse, die sich für Häuptling Kleinbär und seine Familie vom Schildkrötenclan da anschließen sollten, sind eine ganz eigene Geschichte. Sie wurde 1950 unter dem Titel „Blauvogel" von Anna Müller-Tannewitz unter ihrem Pseudonym Anna Jürgens veröffentlicht.

Kleinbär beauftragte nach diesem Vorfall seinen Schwager „Rauchiger Tag" aus dem Dorf am Hirschaugenfluss, ihm bei Gelegenheit einen neuen Jungen von der Grenze zu beschaffen, wenn es sich ergab. Und so kam am Ende des Sommers ein gewisser George Ruster als neuer Blauvogel an den Biberfluss. Seine Geschichte ist die des genannten Buches.

Morgentau nahm den Tod ihres ersten Kindes erstaunlich gelassen. In diesen Zeiten war die Kindersterblichkeit überall auf der Welt relativ hoch. Nur etwa jedes dritte Kind erreichte das Erwachsenenalter. Wenn man sich die Särge in der Gruft des Berliner Doms anschaut, kann man die damals übliche und alltägliche Tragödie ahnen. Morgentaus Gesicht war für die nächsten Tage steinern, George ertränkte seinen Kummer in selbst destilliertem Branntwein, war aber bereits nach einer Woche wieder ansprechbar und bei den Dingen.

IV. Zwischen den Fronten

Wie verabredet, wollte man von nun an Waren nach Fort Du Quesne liefern. Die erste dieser neuen Lieferungen übernahm George der Weiße Wolf noch selbst, gemeinsam mit Ray, auch um nach Sabine zu sehen. Auf dem Hinweg legte er wieder einen Zwischenstopp in seiner Zweigniederlassung am Ohio-River ein. Natürlich hatte er nicht die Absicht, den Handel mit den Briten komplett aufzugeben, aber es musste jetzt vorsichtiger geschehen und so wies er John Walton und Tom Armstrong an, nicht wie bisher auf geradestem Weg den Handelspfad zur nächsten britischen Siedlung zu nehmen, sondern ruhig auch Umwege von zwei bis drei Tagen zu nehmen und dabei gelegentlich mal an den Resten von Bedford vorbei zu schauen. Ihr Weg bis zur nächsten britischen Siedlung bestand ohnehin aus nicht viel mehr, als aus einer Aneinanderreihung von Wildwechseln, Pfaden der Waldbisons und einstigen Handelsrouten der zum größten Teil aus dem östlichen Vorland des Allegheny-Gebirges vertriebenen Indianer.

Statt eines extra Lastenkanues transportierten Ray und der Weiße Wolf ihre Waren dieses mal in ihren beiden eigenen Kanues.
Bei ihrer Ankunft in Fort Du Quesne wurde der Weiße Wolf von einigen Mitgliedern der Torwache gleich wiedererkannt. Das Fort war in den zwei Wochen, seit seiner Abfahrt von hier gewachsen. Der Weiße Wolf sah neue die Fundamente und die ersten Pfosten neuer Häuser einer kleinen Ansiedlung, die sich in nordöstlicher Richtung dicht am Fort von außen gegen die neuen Palisaden drückten. Der Proviantmeister von

Du Quesne machte ihnen an der Anlegestelle persönlich seine Aufwartung, ließ die mitgebrachten Waren, wieder zwei Fässer Sauerkraut, mehrere Spannen Kinnikinnick und eine Elle mit mageren Sommerpelzen, abtransportieren. Während er den Weißen Wolf mit ins innere des Forts in sein Warenlager nahm, blieb Ray sicherheitshalber bei den Kanues. Dort in dem Warenlager des Forts entdeckte George der Weiße Wolf viele Dinge, die er schon lange nicht mehr gesehen, aber dennoch nicht entbehrt hatte. Darunter war unter anderem echtes, europäisches Weizenmehl, das allerdings seinen Preis sicher nicht wert war, Waffen aller Art, Pulver und Kugeln in allen möglichen Abpackungen, Lederhäute, aber auch Bücher und sogar deutsches Bier aus Danzig. Von letzterem ließ er sich einen kleinen Steinkrug voll abfüllen, um es später am Ohio mit Ray und Micha in Ruhe zu genießen. Auch mit allen anderen Waren, vor allem Pulver und Blei, wurden sich George der Weiße Wolf und der Proviantmeister schnell handelseinig. Den Transport der Einkäufe zur Anlegestelle übernahmen zivile Angestellte aus dem Fort. Der Weiße Wolf fragte den Proviantmeister auch, ob er etwas von Sabine wisse, der verneinte aber in einem komischen Kauderwelsch aus französisch, englisch und deutschen Brocken.

Am Fluss traf der Weiße Wolf wieder auf Ray, der sich schon daran gemacht hatte, die Kanues mit den eingekauften Waren zu beladen und der Weiße Wolf beteiligte sich daran. Einer plötzlichen Eingebung folgend, ließ er aber Ray nochmals allein bei den Booten und ging zurück ins Fort. Irgendwer würde ihm sicher sagen können, wie es Sabine ging. Wo könnte man Informationen bekommen? Der Weiße Wolf entschied sich, als erstes den Barbier aufzusuchen. Vor allem die oberen Dienstgrade in einer Armee besuchten den ja regelmäßig. Dort konnte man immer etwas Neues erfahren. Es ist schließlich eine wirkliche Vertrauenssache, einem fremden Menschen mit einem scharfen Messer an der eigenen Kehle, oder bei Zahnschmerzen im eigenen Mund herum hantieren zu lassen. Deshalb erzählt man beim Barbier viel Persönliches. Aber in der Stube des Barbiers konnte er nichts weiter erfahren, als den Hinweis, es einmal in der Schenke im Fort zu versuchen.

So ging der Weiße Wolf also dort hin. Mitten am Tag saßen hier, wie in den Gaststuben der ganzen Welt bis heute, die immer genau gleichen drei schäbigen Gestalten. Da gab es zum einen den Zuträger, der immer versuchte, alle auch nur annähernd rebellisch erscheinenden Gespräche genauestens zu verfolgen, um anschließend sie und die Namen derer, die da diskutiert hatten, bei seinem militärischen Vorgesetzten zu verpfeifen. Dann gab es diesen grundsätzlich alles kommentierenden Zahnlosen, der nie Probleme mit, aber immer Probleme ohne Alkohol hatte und bei dessen meckerndem Gewieher, das ein Lachen darstellen sollte, er regelmäßig seine ein- oder zwei Zahnstumpen entblößte. Und schließlich gab es die mindestens genauso abgewrackte Halb-Prostituierte, die sich sofort an jeden Neuankömmling, der nur halbwegs nach gefüllter Brieftasche aussah, schmiegte und ihm vollkommen ungefragt ihre Zunge in die Ohren oder gar bis an die Mandeln schob. Die Frau musste der Weiße Wolf erst einmal abwehren. Er fragte als ersten den Wirt nach Sabine, wobei die Verständigung nicht einfach war, weil der Wirt kein englisch oder deutsch, George aber kein französisch sprach.

Der Zahnlose wieherte in seiner dunklen Ecke, als er diese beidseitig erfolglosen Verständigungsversuche mitbekam und rief dann George in gebrochenem deutsch an: „Hast du einen Cognac für einen alten Unteroffizier?" George sah den Wirt an. Der verstand nun auch ohne Worte, schob einen Becher auf die Theke und goss irgendetwas, das schrecklich nach billigem Fusel roch, hinein. George nahm den und setzte sich zu dem Alten in die Ecke.

„Danke, mein Freund!", kicherte der Alte wiehernd. „Du willst also wissen, was aus dem jungen Ding geworden ist, das beim Herrn Baron, unserem Kommandanten, vor einigen Wochen aufgetaucht ist, gemeinsam mit einem fremden Paar aus Preußen. Du bist einer davon, mein Junge?" „Ja, mon cher.", erwiderte der Weiße Wolf. Der Alte fuhr fort: „Ja, du, mein Guter.", er kicherte wieder, „Nachdem ihr das Fort hier verlassen hattet, hat der Baron die junge Frau, Sabine hieß sie wohl … hihihi … unseren Soldaten zur Verfügung gestellt. Sehr nett eigentlich, von dem Herrn Baron. Leider aber hat er dafür denen, die diese Frau benutzten, einen Teil ihres Soldes gestrichen und den für sich einbehalten … hihihi … Ein feiner Herr, dieser Herr Baron. …. Ich hab aber nichts gegen ihn gesagt. … hihihi … Haben sie dafür aber mächtig ran genommen, unsere Soldaten die kleine Frau … hihihi". Der Weiße Wolf nickte und der Alte erzählte weiter: „Tja, vor vier Tagen ist die Frau dann plötzlich verschwunden. … hihihi … ein Posten am Haupt-Tor hat sie wohl noch sich am Fluss unten waschen gesehen. Dann war sie plötzlich weg. Ein paar Indianer haben ihre

Leiche einen halben Tag später am Ufer von Brunot-Island gefunden. Wir haben sie gestern auf dem Friedhof des Dorfes, in östlicher Richtung vom Fort, beigesetzt. … hihihi … armes Ding, dieses Ding. … hihihi … hat wohl das ganze hier nicht verkraftet."

Der Weiße Wolf hatte genug gehört. Er ließ dem Alten noch einen weiteren Schnaps bringen, drückte dem Wirt dafür zwei Livre (französische Silbermünzen), von denen er eben welche neben den Waren vom Proviantmeister erhalten hatte, in die schwielige Hand und begab sich anschließend zu Ray.

Dem erzählte er, was er eben in der Schänke erfahren hatte.

Recht schweigsam fuhren sie zurück zu ihrer Niederlassung am Ohio-River, recht schweigsam verbrachten sie den Zwischenstopp am Abend.

Auch in ihrer Handelsniederlassung war das erste, wovon der Weiße Wolf unterrichtete, der Tod von Sabine. Einzig, um für sich noch ein paar Tage Zeit heraus zu holen, bevor er wieder zu den Frauen am Biberfluss musste, beschloss George, Ray gemeinsam mit Tom Armstrong zum Biberfluss vorfahren zu lassen, während er mit Micha Fielsch erkunden wollte, was aus dem ehemaligen Bedford geworden war. John Walton der gerade zufällig von einer Handelsreise nach Osten mit zwei Packpferden zurück gekehrt war, sollte unterdessen am Ohio-River bleiben.

Am nächsten Morgen brachen sie auf. Der Weiße Wolf hatte ganz schön zu tun, um mit dem etwas drahtigeren Micha im Wandertempo mithalten zu können. Das gute an seiner Ehe war, dass er gut bekocht wurde und gezwungen war, regelmäßig zu essen. Außerdem liebte er Morgentau zu sehr, um auch nur eine Nacht von ihr fern zu bleiben. Diese Ausflüge nach Fort Du Quesne war das erste mal seit Jahren, dass er sie länger nicht sah. Aber das gute und regelmäßige Essen hatten seiner Figur und seiner Kondition geschadet.

Führte ihr normaler Handelsweg sie sonst schnurstracks nach Osten, nahmen Micha und der Weiße Wolf jetzt einen direkten Weg nach Süden. Wie abgeschieden ihr Handelsposten am Ohio-River eigentlich war, sah man daran, dass sich im Normalfalle höchstens einmal pro Monat ein paar Reisende, meist waren es Indianer, zu ihnen verirrte. Am Biberfluss handelte man dagegen fast täglich mit den Dorfbewohnern, denn ein Problem war aufgetaucht, mit dem man Anfangs nicht gerechnet hatte: Es gab keinen wilden Kohl. Nein, es gab ursprünglich gar keinen Kohl in Amerika! Im ersten Jahr ihres Handelspostens am Biberfluss hatten sie erst noch mühsam einige wenige Sack von Farmern weit im Osten ergattert und diesen Kohl dann gemeinsam mit Brennesseln, von denen es hier am Rande des Waldes reichlich gab, vergoren. Mühsam war es auch gewesen, von den Siedlern im Osten einige Hand voll Samen zu bekommen und den Indianern obendrein ein Stückchen Land für seinen Anbau abzuschwatzen. Sie hatten ein paar Handtuch breite Felder, direkt hinter ihrem Stützpunkt am Wasser gelegen, bekommen. So waren die Krämer unfreiwillig zu Landwirten geworden. Erst letztes Jahr hatten sie ihre erste richtige Ernte eingefahren. Die Herstellung größerer Mengen Sauerkrauts war dennoch schwer und noch immer mischten sie Kohl und Brennesseln im Verhältnis eins zu eins. Im Dorf freute

45

man sich über die Abnehmer der Pflanzen, aber ihre Verarbeitung war aufwendig. Kohl hobelte man ganz einfach. Bei Brennesseln musste man Handschuhe tragen und brauchte gut geschliffene Macheten. Erst wurden die Blätter von den Stängeln entfernt und geschnitten, dann die Stängel selbst, die durch ihre eigene Faserigkeit dem „Sauerkraut" dann doch wieder einen gewissen Biss gaben.

Das Fehlen von Sabine als Arbeitskraft würde sich spätestens bei der nächsten Kohlernte bemerkbar machen. Vielleicht konnte man ja eine junge Squaw aus dem Clan anlernen, überlegte der Weiße Wolf, als er gemeinsam mit Micha durch den Wald schlich.

Sie hatten nur leichtes Gepäck und keine Pferde dabei. Sie hätten im Dickicht weder auf ihnen reiten noch etwas auf ihnen transportieren können. Leichtes Gepäck hieß, dass sie nur ihre Flinten samt Pulver und Blei, ihre Jagdmesser, einen kleinen hirschledernen Schlauch mit Wasser, etwas Pemmikan und ein paar Streifen Trockenfleisch dabei hatten.

Wald ist grundsätzlich immer schön, im Frühsommer, mit dem frischen Grün, wirkt er aber noch reizvoller, angenehmer. Aufsteigender Nebel duftete nach Pilzen und moderndem Holz. Sie folgten einem Wapitipfad, dann einem offenbar seit Jahrhunderten von Menschen ausgetretenem Weg, über eine Weile einem Pfad, den offenbar ein hier ansässiges Wolfsrudel regelmäßig benutzte und schließlich einem von Waldbisons. Dabei mussten sie darauf achten, so halbwegs die richtige Richtung beizubehalten. Bei ihrer Flucht damals aus

Bedford hatten sie einen der Pfade genommen, den sich Soldaten der britischen Armee zum Ohio-River durch das verfilzte Unterholz geschlagen hatten, wenn sie einmal im Monat am Ohio zum fischen gingen, um den immer ranzigen Proviant in ihrer Kaserne aufzubessern. Die winzigen Fische im Grillenbach vor dem Fort konnte man allenfalls als Hundefutter benutzen. Aber die Natur holte sich verlorenes Terrain sehr schnell zurück und so war heute von diesem Fischerpfad überhaupt nichts mehr zu erkennen.

Wären sie auf einer modernen Landstraße des 21. Jahrhunderts unterwegs gewesen, hätten sie kaum einen halben Tag für ihre Strecke gebraucht, so aber, im Wald mit seinem unwegsamen Gelände, brauchten sie gut eine Woche, weil sie immer mal wieder Sümpfe, kleine Fließe, unbekannte Schluchten umgehen mussten. Was sie täglich an Proviant brauchten, schossen sie sich. Mal war es ein Weißwedelhirschkalb, mal ein Hase, mal waren es Wandertauben, mal fischten sie in einem kleinen Weiher mit ihren Händen nach Rotaugen.
Fanden sie zufällig intakte Hickorynüsse aus dem letzten Jahr, so verschmähten sie diese abends am Feuer auch nicht.

Sie hörten sie schon von weitem, die Äxte, die sich krachend durch zähes, frisches Holz fraßen. Sie rochen Sägemehl und Latrine. Der Wald auf eine Entfernung von einer halben Tagesreise erzitterte in dem Lärm der Menschen und lag, bis auf diesen, totenstill, wie ein stolzer Krieger kurz vorm verrecken. Das Wild war genauso verschwunden, wie die sonst immer lärmenden Vögel. Man hörte nur noch die hämmernden Äxte und schleifenden Sägen. Dazwischen mischte sich hin und wieder der Klang von Metall auf Metall.

Äußerst vorsichtig näherten sich Micha und der Weiße Wolf der von Menschenhand geschlagenen Lichtung in das grüne Herz Amerikas, Deckung suchend von Baum zu Baum, von Gebüsch zu Gebüsch. Am Rande des gerodeten Areals erklommen sie eine uralte Buche und schauten sich das an, was sich ihnen bot.

Micha stieß den Weißen Wolf mit seinem Ellenbogen in die Seite und raunte: „Wie konnte uns das entgehen?" Der Angesprochene antwortete eben so leise: „Wir können nicht überall sein." „Ja, aber, George, es wundert mich, dass weder Tom noch John bei ihren Handelsreisen nach Osten davon etwas erfahren haben." „Haben sie schon.", raunte der Weiße Wolf, „denn sie erzählten doch vor einem Jahr mal beide etwas von einem neuen Weg, den man von der nächsten Ansiedlung in den Wald der Berge geschlagen habe." „Du hast recht, George, ich erinnere mich. Aber wir hatten dem ja beide keine besondere Bedeutung beigemessen." „Ja, zumal wir ja nicht einmal heraus bekommen hatten, wohin diese neue Straße gebaut wurde." „Entlang der alten nach Bedford auf keinen Fall, sonst hätten sie ja etwas gesagt und wären dem nachgegangen.", zischte Micha. „Und ich habe mir vorzuwerfen, nicht immer alle Geschichten geglaubt zu haben, die reisende Indianer hin und wieder über eine neue Siedlung weit im Westen berichteten. Ich hätte schon längst einmal nachhaken müssen. Weit im Westen war für mich an der Mündung des Ohio in den Mississippi oder darüber hinaus. Aber wir am Biberfluss sind ja in gewisser Weise weit ab vom Weltgeschehen."

Micha raunte böse zurück: „Das warst du, mein Guter, das warst du. Jetzt bist du dort mitten drin im Geschehen und wir zwei sind jetzt genau zwischen den Fronten. Und du weißt ja, was mit denen geschieht, die zwischen den Fronten sind. Ich sehe da immer die beiden Messer eine Schere. Ganz offensichtlich bewegen sich beide Messer auf einander zu. Aber sie beschädigen sich nicht, sondern sie reiben sich nur aneinander. Kommt jedoch etwas dazwischen, ein Blatt oder so, dann zerstören sie es. Die beiden Messer der Schere sind die Froschfresser und die Briten und wir und die Indianer sind genau zwischen den beiden."

Stumm schauten sie erneut auf das gerodete Land. Das Fort hatte man an der alten Stelle wieder aufgebaut, aber es war ganz offensichtlich kleiner, als sein Vorgänger. Dafür standen außerhalb der Palisaden, vor und hinter der neuen Brücke über den Grillenbach, neue Gebäude, zwar roh gezimmert, aber stabil genug, dass sich je eine Grenzerfamilie mit ihren vielen Kindern darin aufhalten konnte. In der neuen Schmiede direkt am Bach wurden gerade die Hufe von Maultieren beschlagen. Ein winziger Marktplatz war daneben entstanden, mit einer Schenke und einem Kramladen. Die Kirche war noch im Rohbau, ihre Dachbalken noch nicht gezimmert. Die wohl schon im letzten Jahr gerodeten Flächen wurden bereits durch Bauern, die offenbar in der kleinen Ansiedlung lebten, beackert. Micha und der Weiße Wolf unterschieden dünne Weizen- von dicken Maishalmen. Hühner gakelten im Staub und in einer Suhle am Bach lagen träge ein paar spitteldürre Schweine.

Der Weiße Wolf zupfte nach ihrer ausführlichen Betrachtung des Geschehens Micha am Ärmel: „Trauen wir uns, da mal hinein zu gehen?" Micha winkte ab: „Lass uns unser weiteres Vorgehen mal mit den anderen beratschlagen. Außerdem, mein Guter, wir müssen dir erstmal wieder ein europäischeres Aussehen verleihen. Siehst ja aus, wie eine verdammte Rothaut. Und das da unten, mein Guter, sind echte Grenzer! … sogenannte Lange Messer … Die schießen generell blindwütig auf alles, was nur im entferntesten wie 'n Indianer aussieht!"

Sie blieben beide bis zum Einbruch der Dämmerung auf der Buche, erst mit den länger werdenden Schatten der Nacht gingen sie wieder zurück, in die noch unerschlossene Tiefe des Waldes.
Ja, ganz offensichtlich waren sie jetzt zwischen den Fronten.

V. *Inkognito nach Bedford und Du Quesne*

Natürlich war es eigentlich Spionage, was sie taten, aber sie taten es zu aller erst, um für sich selbst klar zu haben, woran sie mit den Briten und Franzosen waren und wie weit diese jeweils würden vorrücken wollen. Letztendlich war es Spionage für die Irokesen. So „verkaufte" es der Weiße Wolf den Indianern bei einem Powwow. Sie hatten zu viert darüber beraten und waren zu dem Schluss gekommen, dass erst Morgentau und Ray als scheinbares Waldläuferpaar aus dem hohen Norden Kanadas nach Du Quesne reisen müssten und nach deren Rückkehr wollten Clara und der Weiße Wolf als Siedlerpaar nach Bedford.
Diese Aufteilung hatte mehrere Gründe. Den Weißen Wolf und Clara kannte man schon in Fort Du Quesne.

Außerdem mussten sie erst einmal einen Wagen, der wie ein Siedlerwagen aussah, irgendwo im Osten besorgen und beide kannte man im neuen Bedford, so hofften sie, nicht.

Anfang Mai, im indianischen „Monat der Erdbeere", machten sie sich von ihrer Niederlassung am Ohio-River auf. Tom Armstrong und John Walton sollten mit ihren Waren relativ weit nach Osten gehen und dort, am besten in Philadelphia, einen Siedlerwagen mit allem Zubehör erwerben. Mit dem sollten die beiden Männer dann bis auf die halbe Strecke der letzten beiden Orte, in denen sie bisher immer Handel getrieben hatten, kommen. Einer von beiden sollte sich anschließend bis zur Ankunft von George und Clara dort irgendwo mit dem Wagen im Wald verbergen.

Diese hofften, dass Ray und Morgentau bis dahin wieder zurück sein würden, so dass man erste Ergebnisse auswerten konnte, um dann mit diesem Wissen als preußisches Siedlerpaar ins neue Bedford zu reisen.

***

Es war recht kühles und regnerisches Wetter, als sie mit zwei Kanues aufbrachen. Der weiße Wolf und Clara begleiteten Ray und Morgentau etwas anderthalb Tage stromauf bis an die äußerste Spitze von Brunot Island. Clara fand es spannend, auf so eine Reise mit zu gehen. Sie errichteten sich im Dickicht der Insel eine kleine Laubhütte und einen Beobachtungsposten, der Weiße Wolf stellte ein paar Kaninchenfallen auf und Clara hatte für trockenes Holz, das keinen Qualm machte, zu sorgen. Der andauernde Landregen durchweichte zwar in diesen

51

Tagen alles, besonders morsches Holz, half aber Ray und Morgentau, so unbemerkt wie möglich des Nachts in ihrem Kanue rechts an Fort Du Quesne vorbei zu kommen. Hörte man so doch ihre Paddel vom Kanue nicht und ihre Silhouetten würden zusätzlich im Regen verschwimmen. Beide wollten etwa vier Tage lang heimlich Nachts den Allegheny stromauf und dann als kanadisches Irokesenpaar am helllichten Tage zurück reisen, wobei die Verkleidung recht einfach war. Morgentau war ja Indianerin, Ray sah in seinen hirschledernen Leggins gleichfalls wie ein Indianer aus, sprach und benahm sich auch so. Ray sollte im Fort als Scout anheuern, Morgentau sich darin umsehen.

Das Problem für den Weißen Wolf und Clara bestand tatsächlich im Feuer machen. Ihre Laubhütte musste dessen Schein zum Fort hin nachts abdecken, am Tage durfte sich auch nicht der kleinste Rauchschleier zeigen. Der Boden war überwiegend sumpfig, morastig. Mit ihren kleinen Siedlerbeilen, den Tomahawks der Irokesen nicht unähnlich, die sie für diesen Fall extra mitgenommen hatten, hebelten sie das Holz, das sie brauchten, mehr, als dass sie es schlugen. Laute Schläge hätte bedeutet, Vögel aufzuscheuchen und dies wiederum wäre garantiert im Fort aufgefallen. Um im Morast der Insel Nachts nicht durchzuweichen, beschlossen sie, Hängematten, die sie gleichfalls extra für diesen Ausflug mitgenommen hatten, hoch im Geäst eines alten Hickory zu spannen. Die Nächte waren indes noch so kühl, dass sie beschlossen, ein Stoßgebet gen Himmel zu senden, in der Hoffnung, dass der liebe Gott sie beobachte und ein Einsehen habe, die eine Hängematte, in der sie sich dann wegen der Körperwärme das anderen aneinander kuschelten, nicht gerade jetzt reißen zu lassen. Wie sich heraus stellte, hatte der wohl nichts dagegen. Wobei es sich schwierig zu zweit in einer Hängematte schlafen lässt. Man döst dann eher.

Tagsüber versuchte der Weiße Wolf sich in der Nahrungsbeschaffung, um ihren Vorrat an Pemmikan und getrocknetem Fisch zu schonen. Fisch und Fleisch ließen sich auch vom dafür eingesetzten Holz her leichter herstellen, als Brot.

Clara war hingegen ärmliches kochen mit wenigen Zutaten und wenig Holz gewohnt. Da hatte sie in den letzten Jahren auch viel von den Indianern gelernt. Ihr kleiner Messingtopf hing ständig über dem am Tage nur leicht schwelenden Feuer und in ihm landete quasi alles, was sich auf der Insel finden ließ. Darunter waren Enteneier genauso wie abgezogene Bisamratten, ausgenommene Fische, frische Brenneseln, Hickorynüsse aus dem Vorjahr aber auch immer eine Hand voll gut gequollenen Maismehls, was sie in einem kleinen Säckchen mitgebracht hatte.
Immer wieder wechselten beide sich tagsüber mit dem Beobachten der Vorgänge vor Fort Du Quesne ab.
So vergingen die Tage.

***

Morgentau und Ray paddelten die ganze erste Nacht gegen den im Dauerregen angeschwollenen und deshalb schneller fließenden Allegheny an, Morgentau, wegen ihrer jüngeren, besseren Augen vorn im Kanue sitzend, den Strom auf Hindernisse beobachtend, Ray hinter ihr.

Mit Einbruch der Morgendämmerung suchten sie sich irgendwo am Ufer ein Versteck. Um nicht entdeckt zu werden, fuhren sie Nachts. Den ersten Tag reichte es, dass sie sich unter einer überhängenden Weide im Schilfgürtel vertäuten, den zweiten Tag mussten sie an Land gehen, ihr Kanue verstecken und sich selbst einen Schlafplatz etwas tiefer im Wald suchen, wo sie den Tag über schlafen konnten, den dritten Tag schliefen sie wieder in ihrem Kanue im Schilf. Sie paddelten noch eine vierte Nacht und kamen dabei der Jagdhütte eines französischen Waldläufers bedrohlich nahe, der direkt am Ufer des Allegheny's sein Blockhaus halb auf Pfählen im Wasser gebaut hatte. Morgentau war es, die das Haus in der Dunkelheit entdeckte. Ein leichtes Schaukeln im Kanue von ihr zeigte Ray die Gefahr an. Sehr ruhig und vorsichtig zogen sie am anderen Ufer an dem Haus vorbei.

Bis zum nächsten Morgen fuhren sie und legten sich dann mit dem Boot erneut ins Schilf. Schon gegen Mittag brachen sie wieder auf, nun aber gut sichtbar in der Strommitte, so dass sie gegen Abend an der Jagdhütte ankamen. Nun machten sie sich bemerkbar. Auf dem Steg erschien ein grauhaariger Waldläufer mit seiner etwas hutzeligen Frau. Sie sprachen beide französisch und einen sehr gebrochenen Irokesendialekt. Morgentau führte die Unterhaltung, Ray tat so, als verstünde er französisch und brummte nur immer etwas als Antwort. Der fremde Waldläufer war misstrauisch gegenüber Fremden, gestattete es ihnen aber zumindest, die Nacht über in ihrem Kanue vertäut an seinem Anlegesteg zu verbringen.

Die nächsten Tage bis zu ihrer Ankunft in Fort Du Quesne fuhren sie gut sichtbar für alle in der Mitte des Stroms, des Nachts machten sie ein offenes Feuer. Sie staunten, wie viele Kanues ihnen bei Tageslicht entgegen kamen. Es waren meistens europäische Händler in ihren Lederwamsen. Überholt wurden sie regelmäßig von mit Mehl und Pökelfleisch beladenen Kanues, die sehr tief im Wasser lagen.

Ray und Morgentau ließen sich absichtlich Zeit, denn sie wollten schließlich bemerkt werden.
Es dauerte insgesamt rund eine Woche, bis sie ihr Ziel erreichten. Um sich bei Clara und dem Weißen Wolf auf Brunot-Island bemerkbar zu machen, hatten sie verabredet, dass Ray bei ihrer Ankunft im Fort einen Schuss in Richtung Insel auf eine fliegende Wandertaube abgeben sollte, die gab es hier schließlich zur Genüge.
Ray traf zwar keine Taube, erreichte aber sowohl im Fort, als auch auf Brunot-Island die Aufmerksamkeit, die er beabsichtigt hatte.
Es wäre schwer gewesen, über eine Entfernung von etwa zwei Kilometern nach heutiger Rechnung noch Einzelheiten zu erkennen, aber der Weiße Wolf hatte damals dem Kapitän ihres Schiffes am Ende ihrer Überfahrt aus Europa noch eines der neuen „Fernrohre" abgehandelt. Hier nun setzte er es ein, um die Lage am Eingang des Fort zu beobachten.

Ray und Morgentau wurden bei ihrer Ankunft sehr schnell von der Wachmannschaft des Forts am Eingang in Empfang genommen. Sie waren zwar immer argwöhnisch, aber mit diesen beiden Irokesen schien soweit alles in Ordnung und so bekamen sie relativ nah am Monongahela einen Platz zwischen anderen Indianerhütten zugewiesen, wo sie sich ihren Wigwam errichten konnten.

Schon nach wenigen Tagen waren sie soweit, dass Ray sich wagen konnte, allein auf die Jagd zu gehen, wobei er regelmäßig auch, außerhalb der Sichtweite des Forts, Clara oder dem Weißen Wolf berichtete.

Recht schnell war klar, dass die Franzosen sich in diesem Teil des Kontinents bis zum Mississippi festsetzen wollten.

Der Weiße Wolf hatte vorerst genug gehört.

Sie vereinbarten, dass Ray seine Jagdausflüge künftig bis zu ihrer eigenen Niederlassung am Ohio-River ausdehnen, während Morgentau einen Job als Küchenhilfe in der Garnison annehmen sollte, um so unter Umständen Vertrauliches aus den Randbemerkungen der Soldaten zu erfahren.

***

Der Weiße Wolf und Clara machten sich nach nur wenigen dieser Treffen mit Ray auf den Weg nach Osten. Von Tom Armstrong wurden sie ab ihrer Niederlassung begleitet, da sie ja nicht wussten, wo er und John Walton den Wagen deponiert hatten. Sie umgingen alle Dörfer entlang der Strecke, indem sie weite Umwege durch die Wälder gingen und trugen, der besseren Tarnung wegen, ihre lederne Indianerkluft. Waldläufer fielen nicht weiter, Siedler, die gen Osten reisten, schon eher auf. Als sie am Treffpunkt in einem Hain an einem Waldpfad jenseits der Hauptstraße ankamen, verwandelten sie sich in genau das, was sie einst waren: in ein preußisches Siedlerpaar.

Ihre alten Kleider waren im Laufe der Jahre abgenutzt und löchrig und so sahen sie genau so aus, wie sie es sich erhofft hatten, nämlich wie erbärmlich arme Leute, die nach einer neuen Zukunft Ausschau hielten.

Auf ihrem Weg zum neuen Bedford mussten sie als erstes durch eine kleine englische Ansiedlung. Dass hier noch, vor nur wenigen Jahrzehnten, durchgängig Wald bis zur Atlantikküste gestanden hatte, sah man am zum Teil noch immer vor sich hin modernden Baumstümpfen an den einzelnen Feldbegrenzungen.

Sie machten am Marktplatz der Siedlung halt, um ihre beiden Mulis, genau diese hatten sie vor den Wagen gespannt, zu tränken. Wie üblich in solchen Dörfern wurden sie von den Einheimischen misstrauisch beäugt und der Pfarrer der am Markt gelegenen Kirche erkundigte sich nach ihrem Wohlbefinden und ihrer christlichen Ausrichtung. Obwohl George, der Weiße Wolf und Clara ein recht gutes, wenn auch in den letzten Jahren äußerst selten angewendetes Englisch sprachen, am Biberfluss redeten sie einen irokesischen Dialekt, untereinander deutsch und nur mit Ray, Michael, Tom oder John sprachen sie englisch, taten sie hier so, als verstünden sie höchstens die Hälfte des Geplappers des Pfaffen. Darauf wurden nun wieder der Bürgermeister des kleinen Ortes und der Schmied, der hier seine Werkstatt hatte, aufmerksam und alle drei redeten nun in einem schauderhaften walisischen Akzent auf unsere beiden ein, die nun wirklich kaum mehr verstanden, als dass sie hier im Ort als Neusiedler nicht willkommen seien, aber es gebe eine Stadt, das neue Bedford, das man gerade erst wieder aufbaue, wo sie sich ansiedeln könnten. Nachdem sich nach einer guten halben Stunde die Aufregung der Ortsbewohner gelegt hatte und George und Clara versichert hatten, dass sie genau dort hin unterwegs seien, beruhigten sich die Gemüter und der Sheriff bot ihnen an, ihnen einen seiner Assistenten mitzugeben, denn er hätte ohnehin Dienstpost für seinen Kollegen in Bedford und in der Gegend hier trieben sich noch immer Indianer und andere schaurige Habenichtse herum, die nur zu gern einzeln reisende Siedler überfielen, vor allem wenn diese noch neu in diesem Land und somit arglos wären.

Als Clara und George sich bei dieser schauderhaften Schilderung kurz anblickten, blitzte es in ihrer beider Augen einvernehmlich. John und Tom hatten von solchen Kindermärchen nie etwas erzählt. Aber sie willigten auf das Angebot der Begleitung ein, denn sie merkten, dass Bürgermeister und Sheriff es wirklich nur gut mit ihnen meinten.

Im Ausspann der hiesigen Handelsniederlassung, der kleinen O.K.bea-Tea-Compagnie, von der sie insgeheim wussten, dass ihre eigenen Leute die immer belieferten, wurde ihnen ein Schlafplatz in der Scheune, ein Frühstück und Abendessen und ein Unterstand für ihre Mulis angeboten, was sie annahmen.

Am nächsten Morgen ging es sehr früh los. Der Assistent des Sheriffs, der sie begleitete, ein gewisser James Tiberius Kirk, schien ein echter Haudegen. Er half beim Einschirren der Maultiere ordentlich mit und schien auch sonst eher jemand zu sein, der lieber zupackte, anstatt zu reden.

Es ging wieder auf die Straße. Clara auf dem Wagen hielt die Zügel, George führte die Tiere vorn zu Fuß und Kirk ritt in geringem Abstand auf einem Rotbraunen langsam hinterher.

Sie waren kaum zweihundert Schritt aus dem Ort heraus, als der Weg bereits einen Bogen nach Süden machte, um zum nächsten, parallel zu den Appalachenausläufern liegenden Dorf zu gelangen. Rechts von ihnen war wilder Dschungel, links vom Weg fand man erst in den letzten zehn Jahren gerodete Flächen, die näher zum Dorf als Äcker, etwas entfernter, frischer gerodet und noch voller Baumstümpfe, als Wiesen für das Vieh genutzt wurden.
Der halbe Vormittag war noch nicht herum, als der Wald indes auf beiden Seiten der Straße über ihnen zusammenschlug. Genau an dieser Stelle wand sich ein Pfad, wie ein Wildwechsel, der aussah, als sei er einmal breiter, in Wagenbreite, angelegt und führte als Schneise in den Wald. In dieser Schneise standen noch sehr, sehr viele junge Bäume. George und Clara erkannten hier den ursprünglichen Weg nach Bedford und sie wussten aus den Erzählungen ihrer Angestellten, dass der sich dort hinein schlängelnde Pfad genau der war, der auch zu ihrem Handelsposten am Ohio-River führte, der aber weit vor Bedford vom ursprünglichen Weg abknickte. Aber Clara und George ließen sich nichts anmerken und taten so, als wären sie Greenhorns.

Sie brauchten bis zum frühen Abend, um einen an einer Weggabelung gelegenen Ausspann zu erreichen. Diese Ecke kannten sie nun nicht aus den Erzählungen ihrer Angestellten.

„Rusters Yard" prangte in großen hölzernen Buchstaben über dem Blockhaus, das Stall, Scheune, Hotel und Wohnhaus in einem war. Die schmalen Fenster sahen aus, wie Schießscharten und dienten wohl auch diesem Zweck.

Während der alte, ausgefahrene Weg weiter nach Süden führte, gab es nach rechts in die Appalachen hinein einen neuen, dem man ansah, dass er erst vor wenigen Monaten, höchstens vor einem Jahr mit Äxten in den Wald geschlagen worden war.

Rusters mit ihren acht Kindern schienen ehrliche und sehr einfache Leute zu sein, die vor allem Indianer und „solche Halunken, die wie dieses rote Geschmeiß aussahen", hassten. Sie kochten gut und einfach und verlangten faire Preise für die Übernachtung und das unterstellen der Tiere.

Am nächsten Morgen ging es weiter.

Während ihre Trapper mit den bepackten Maultieren immer nur wenige Tage für die gesamte Strecke vom letzten Dorf bis zum Ohio-River brauchten, benötigten George der Weiße Wolf und Clara mit ihrem Wagen durch den frisch gerodeten Weg nur bis nach Bedford eine knappe Woche. Es rumpelte über Stumpen, führte durch die seichten Furten kleiner Bäche und den Schlamm zermalmter Dachsbauten. Nachts wechselten sich alle drei bei der Wache ab. Eine gute „Grenzerbraut", wie Clara, wusste natürlich mit der Büchse umzugehen wissen, erklärte sie gleich am ersten Abend Mr. Kirk.

Hin und wieder, aber doch eher selten, begegneten sie anderen Reisenden in europäischer Kleidung, nie sahen sie indes Indianer oder Waldläufer.

Es war ein sehr frühlingshafter, sonniger Nachmittag, als sie im neuen Bedford ankamen. George zog sich seinen abgeranzten Dreispitz, den er sich damals noch in England gekauft hatte, tief ins Gesicht und beobachtete aus den Augenwinkeln die Leute, die auf sie zukamen. Clara hatte sich aus dem selben Grund ihr Kopftuch, das eine verheiratete Frau natürlich in der Öffentlichkeit trug, gleichfalls so gebunden, dass man unter ihren lockigen, blonden Haaren kaum ihre Augen erahnen konnte. Fürchteten sie doch beide, hier dem einen oder anderen Bekannten aus dem alten Bedford zu begegnen. Aber da war nichts.

Die neue Festung war offenbar weit kleiner, als die alte. Man konnte deren Konturen noch zum Teil an einer kohleartigen Verfärbung im Lehm des Bodens dort erkennen, wo keine neuen Siedlerhäuser standen. Überhaupt war die Anordnung des ganzen, vollkommen neu. Das alte Bedford war nur eine militärische Einrichtung, innerhalb der auch ein paar Zivilisten gelebt und gearbeitet hatten. Das neue Bedford bestand aus der Festung und den außerhalb davon gebauten Gehöften der Siedler. Es gab einen kleinen Marktplatz direkt am Grillenbach, dessen schlüpfriger Lehmboden nur mit losem Reisig und altem Stroh befestigt war, mit der Schmiede, einem Gemischtwarenladen, wie der, den sie hier einst selbst hatten und einem so kleinen Wirtshaus, dass dessen Ausschank nur ein Dach und keine Wände hatte. Das Kirchenfundament war noch im Bau.

Die Ankunft neuer Siedler an so einem kleinen Flecken blieb naturgemäß nicht unbeachtet. Der Bürgermeister empfing sie persönlich, als sie auf dem winzigen Weg in den Ort holperten. Auch hier gaben George der Weiße Wolf und Clara nicht zu, alles zu verstehen, was gesagt wurde. Und so wechselten sie nach der Ansprache des Bürgermeisters, der sie hier im neuen Bedford herzlich willkommen hieß, einige Sätze auf deutsch.

Unruhe entstand unter den Umstehenden, bis Clara aufklärte, dass sie keine Franzosen seien, sondern „Krauts". Sie erzählte in einem lustigen Kauderwelsch aus deutsch und englisch, bei dem George aufpassen musste, dass er sich nicht vor Lachen bog, dass sie sehr arm seien und nur einen kleinen Flecken Landes für sich und ihr Gehöft kaufen könnten.

Der Bürgermeister schien zufrieden und wies ihnen eine kleine Parzelle am äußersten Ende des Dorfes zu, die zwar schon gerodet und von Weizenfeldern umgeben war, sich aber direkt ans nächste Nachbarhaus anschloss. So nah an der Grenze sollten die eng aneinander stehenden Häuser einem kleinen Bollwerk gleichen. Ihre Straße war ein Seitenweg, der vom Marktplatz am Rand rechts am Fort vorbei führte und auf beiden Seiten, auf der Palisadenseite des Forts und auf der offeneren zu den Feldern hin, mit einigen neuen Gehöften bebaut war. Sie bekamen das letzte Grundstück an der Feldseite. Die Landflecken direkt ihnen gegenüber an der Palisade und auch die nach ihnen kommenden waren noch nicht bebaut und warteten auf neue Siedler, wie sie.

Um ja kein Aufsehen zu erregen, machten sie das, was alle neuen Siedler in diesen Fällen machten. Sie zahlten zuerst ihr Grundstück an. Dann baute George aus den Ästen gefällter Bäume vom Waldrand einen rohen

Unterstand für die Maultiere, Clara begann für Futter für die Tiere zu sorgen und das eine oder andere ihres „Hausstandes" gegen Lebensmittel zu tauschen. Auch für Feuerholz war Clara zuständig, während George regelmäßig für einen halben Vormittag im Wald verschwand, um zu jagen, wie er vorgab. In Wahrheit traf er sich dort immer mit Tom, der Nachts in einer eigens gebauten Baumhütte am Rande der Rodung schlief und das Geschehen mit ihrem Feldstecher von dort aus beobachtete.

George und Clara versuchten danach immer den Rest des Tages engen Kontakt zu ihren Nachbarn zu pflegen. Clara machte ihre Schwätzchen beim Wasser holen am Bach, George genoss es, sich abends mit den anderen Männern in der Schänke bei fürchterlich dünnem Ale zu unterhalten.

Nachts schliefen Clara und George, eng an einander gekuschelt, wie gute Freunde nur kuscheln können, ohne an Sex mit einander zu denken, in ihrem Planwagen.
Am Sonntag gingen sie indes Hand in Hand zum Gottesdienst in die noch unfertige kleine Kapelle. Nach einer Woche trauten sie sich gemeinsam einen Besuch im Fort zu, weil es nur dort einen Arzt gab und Clara vorgab, ihre Monatsbeschwerden seien in diesem Monat heftiger, als sie sie je erlebt habe. Auch im Fort nur unbekannte Gesichter. Bis auf eines!
Das war er doch, oder? Als er an ihnen vorbei lief, grüßte er sie sogar. George und Clara sahen einander an und zuckten die Schultern. Vermutlich hatte der Sergeant sie mit jemand anderem verwechselt.

Erst viele Stunden nach ihrem Besuch im Fort, bei dem der Armeearzt erwartungsgemäß nichts gefunden hatte, klärte es sich auf. Clara und George saßen im flackernden Schein vor ihrem Wagen. Über dem Feuer köchelte seit Stunden eine von Clara am morgen aufgesetzte Maisgrütze mit zartem Eichhörnchenfleisch. Sie aßen heute sehr spät. Die Dämmerung war bereits vorüber und tief schwarze Nacht, als sie entlang der anderen Wegseite eine dunkel gekleidete Gestalt auf sich zu huschen sahen. George legte Clara ihre Muskete in Reichweite und begann ganz offen seine mit einem Hasenbalg zu putzen.

Die Gestalt kam nun offen auf sie zu, schob sich ihren Hut weiter ins Gesicht, hob dann aber ihre beiden Arme und öffnete die Handflächen nach außen. George legte seine Flinte, immer noch griff bereit, bei Seite, die Gestalt kam näher und setzte sich schließlich zu ihnen ans Feuer.

„Ich bin der ehemalige Corporal Paris, wenn sie sich erinnern.", raunte er. Clara nickte und raunte genau so leise: „... daher ....". Sie stand auf, ging zur Wirtschaftskiste an ihrem Wagen und kam mit einem Blechnapf und einem Löffel zurück, während die Männer warteten.

„Bedienen sie sich.", grinste sie Paris an und zeigte auf den Topf mit der Grütze. „Das Eichhörnchenfleisch ist garantiert mager."

Paris erhob sich und pappte sich einen nur kleinen Löffel voll auf seinen Teller. Als Clara dies sah, schwang sie selbst die Kelle und füllte den Teller mit Berg.

An Hand des vernehmlichen Schmatzens ihres Gastes während des Gesprächs merkten sie, dass es ihm wohl schmeckte.

„Sie waren derjenige, der das Kommando über den Trupp

von Sgt. Fielsch bekam.", sagte George bedächtig. Der Angesprochene nickte. „Haben sie denn Fielschs Entlassungsgesuch und das von Tom Armstrong und John Walton an die entsprechenden Stellen übergeben können?", fragte Clara.

Paris nickte wieder und erklärte in gedämpftem Ton: „Nicht so laut! Niemand darf wissen, dass ich hier bin und für sie beide wäre es besser, wenn sie hier niemand erkennt." Clara nickte und sah George an. „Von ihrem Auftreten hier, hatte ich so etwas vermutet.", flüsterte sie.

Paris fuhr fort: „Fielsch und die anderen beiden hält man entweder für Deserteure, für Überläufer zu den Indianern oder für Spione für die Froschfresser, ... je nachdem, an wen man bei der Army gerade gerät. Sollten diese drei hier noch in der Gegend sein, warnen sie sie eindringlich, denn wenn sie in die Hände der Army fallen, werden sie als Deserteure gehängt."

„Wenn sie wüssten, Mr. Paris, wie nah die sind.", murmelte Clara und Paris fuhr fort: „Und sie Mister Hungerlund hält man dagegen für einen Geist oder für einen Toten, weil niemand sie mehr seit Ihrem Verschwinden im Winter 50/51 mehr gesehen hat. Ja, selbst unsere eigenen Leute, die damals den Brand hier überlebt haben und die sie damals hier noch an den Ruinen mit stehen sahen, schwören darauf, sie seien ein Untoter, ein indianischer Geist oder sowas. Selbst ich bin mir da gerade nicht ganz sicher, was ich von ihnen halten soll." George hieb ihm seine Hand auf die Schulter und grinste: „Ich fühle mich noch sehr lebendig, wie sie gerade sicher merken. Aber fahren sie fort!" „Was Miss Clara angeht, da ist man sich dagegen einig. Sie hält man für eine Hexe. Und sie macht man für das Abfackeln des alten Bedford verantwortlich. Auf ihren Kopf ist sogar eine Belohnung von fünf Pfund Sterling ausgesetzt. In allen Forts entlang der Grenze hängt ein Steckbrief mit ihrer Personenbeschreibung, Miss Clara!"

„Danke für die ehrlichen Worte, … Mister Paris, Corporal oder soll ich Sergeant sagen?", fragte Clara. Der nickte nur und sagte: „Mister reicht." Clara wieder: „Und warum haben sie uns gewarnt?" „Um ehrlich zu sein, wollte ich wirklich nur wissen, ob sie am Leben sind und wenn ja, wie es ihnen geht. Ihr deutsches Bier und ihr Sauerkraut sind mir noch in bester Erinnerung und fehlen mir sehr."

George erzählte mit drei Sätzen von ihrer Handelsniederlassung am Ohio-River, verschwieg aber die am Biber-Fluss. Clara ergänzte ihn, als sie über den Grund für ihrer Anweisenheit hier in Bedford sagte: „Wir haben von Indianern gehört, dass hier wieder gesiedelt wird. Das wollten wir uns ansehen." Paris nickte: „Hätte ich an ihrer Stelle wohl auch so gemacht. Aber denken sie über meine Warnung nach." Clara und George nickten einander zu, dann stand Clara auf, sah ihn an, seine Augen sagten ein „ja" und sie verschwand kurz hinter dem Wagen, um kurz darauf mit vier gefüllten Eichhörnchenfellbeuteln zurück zu kehren, die sie Mister Paris in die Hand drückte. Der schaute etwas verdattert. „Unser Kraut.", sagte sie kurz. Paris lächelte, so man es im Halbdunkel des Feuers und bei seinem tief ins Gesicht gezogenen Hut erkennen konnte. Er stammelte ein „Danke...." und fuhr fort mit: „Wir werden uns hier wohl nicht mehr sehen, wenn sie nicht in etwa einem Monat in die Hände von General Braddock fallen wollen."

George horchte auf: „Bitte wer?"

Paris jetzt ganz in seinem Element als Corporal: „Na das weiß doch hier an der Grenze jeder, dass Anfang Juli

General Braddock mit gut zwölfhundert Mann, sowie mit Einheiten der Pennsylvania-Miliz und verbündeten Rothäuten die Froschfresser in ihrem Fort am Monongahela im Ohio-Tal vertreiben will. Ist ja vielleicht auch in ihrem Interesse, Mr. Hungerlund, wenn der Franzmann weg kommt. Dann kehrt endlich wieder Ruhe ein, hier an der Grenze."

Clara merkte nur an einem kurzen Zucken seiner Augen, dass George ganz und gar nicht einer Meinung mit Paris war, aber er sagte kein Wort. Ob Briten oder Franzosen, Spanier oder Portugiesen, Fakt war, dass das Land hier eigentlich den Indianern gehörte und er und Clara gleichfalls Teile des Problems und nicht der Lösung waren. Um die Situation zu entschärfen, handelte Clara jetzt aber. Sie gähnte vernehmlich, streckte sich und sagte: „Ich bin heute schon zu lange auf den Füßen. Ich ziehe mich zurück. Die Herren können ja noch eine Weile über das Kriegshandwerk fachsimpeln. Liebster George, löschst du nachher noch das Feuer?"
Als sie sich erhob, erhoben sich auch die beiden Männer. „Ich muss dann ja aber auch.", sagte Paris in dem selben gedämpften Tonfall, in dem die gesamte Unterhaltung geführt worden war. Er verabschiedete sich höflich und entschwand genauso heimlich, wie er gekommen war.

Als Paris gegangen war, drehte sich Clara um und knüpfte ihr Kopftuch ab. Ihre langen, blonden Haare standen nach allen Seiten ab. Ihre dunkelblauen Augen leuchteten in der Finsternis wie glühende Kohlen, als sie George noch einmal an sah. „Wir müssen hier sehr bald verschwinden.", zischte sie. „Ich fühle mich hier ganz und gar nicht mehr sicher." Dann löschte sie das Feuer und schlüpfte in den Wagen. George verschwand noch einmal auf dem „Donnerbalken", einer kleinen Grube in einer Ecke des Anwesens, wo er zwischen zwei Birken einen Balken zwischen den Bäumen, über der Grube, angenagelt hatte. Clara hatte im Wagen mittlerweile eine Öllampe zum glimmen gebracht. An der Wagenplane zeichneten sich mehr als deutlich ihre Konturen ab, als sie sich bettfein umzog.

George betrachtete von fern versonnen ihre wohl geformten, großen Brüste. War er etwa mit der falschen Frau verheiratet? War er jetzt nur lüstern, weil er schon seit vier Wochen nicht mehr mit seinem geliebten Eheweib, mit Morgentau, das Bett geteilt hatte? Oder war es deshalb, weil er im Grunde genommen nicht auf drahtige, sportliche Frauen, wie Morgentau, stand, sondern eher auf kleine, blonde, vollbusige, pummelige mit blauen Augen?

Er löste seinen Blick.

Nein!

Das kam überhaupt nicht in Frage. … mit der Frau seines besten Angestellten und Freundes …

Er säuberte sich sein Gesäß mit etwas Stroh und warf danach eine Schaufel frischer Erde über sein Geschäft, dann ging auch er im Wagen zu Bett.

Am nächsten Tag verhielten sie sich wie immer. Sie gingen beide ihren Tagesgeschäften nach und taten so, als ob der Besuch des letzten Abends nicht statt gefunden hätte.

Der Tag darauf begann mit dem „ganz normalen" Jagdausflug von George. Auf dem Marktflecken verabschiedete er sich in aller Öffentlichkeit von ihr, nachdem sie beide je einen kleinen Beutel voll Pulver gekauft hatten. Dann verschwand er wie immer auf einem Wildwechsel im Wald.

Wie mit Clara abgesprochen, kehrte er indes an diesem Abend aber nicht nach Haus zurück.

Sie tat dafür im Dorf, als die abendliche Dämmerung schon vorüber war, sehr aufgeregt.

Am nächsten Morgen schaffte sie es sogar, ein paar Männer zu einem Suchtrupp nach George zusammen zu stellen, dem sie sich anschloss.

Sie begingen den selben Pfad, den auch George der Weiße Wolf benutzt hatte und schauten nach irgendwelchen Hinweisen. Der Vormittag war noch nicht halb herum, als sie auf einer Lichtung viele frisch abgebrochene junge Bäume sahen. Blätter und Gras waren Blut besudelt. Sie fanden Innereien und schließlich Georges Flinte, bzw. das, was Clara für Georges Flinte ausgab. Sie fanden auch noch blondes Haar und helle Haut. Damit war für alle Anwesenden des Suchtrupps klar, dass George wohl das Opfer eines Bären, oder mindestens zweier Berglöwen, Pumas, gewesen sein muss.

Der für tot gehaltene indes beobachtete die Szenerie aus dem sicheren Versteck der Baumkrone eines hier eher seltenen Mammutbaums.

***

Die nun folgenden Tage über teilten sich Claras und Georges Wege. Aus dem sicheren Versteck von Toms Baumhütte am Waldrand beobachtete immer einer der beiden Männer das Geschehen im Dorf, während der andere entweder schlief oder sich mit der Nahrungsbeschaffung abmühte. Ein Feuer zum kochen oder braten konnten sie hier auf keinen Fall machen und so waren sie auf ihren Vorrat an Pemmikan, auf die ersten wilden Erdbeeren und auf Bärennüsse aus dem Vorjahr angewiesen. Hin und wieder schoss George der Weiße Wolf mit Pfeil und Bogen, seine Flinte traute er sich wegen des durch sie verursachten Lärms nicht zu benutzen, ein Waldkaninchen, das sie dann abzogen und dessen Fleisch sie roh verzehrten.

Clara hingegen gab im Dorf die trauernde Ehefrau. Nach zwei Tagen wurde George offiziell für tot erklärt und am darauf folgenden Sonntag wurden die letzten Reste Georges, oder das was man dafür halten sollte, bei einer Predigt auf dem winzigen Friedhof neben der Kirche von Bedford während des üblichen Gottesdienstes beigesetzt. Alles gut beobachtet vom Waldrand aus.

Clara tat, wie abgesprochen. Nach weiteren zwei Tagen löste sie quasi den Besitz auf, verpackte alles auf ihrem Planwagen und schirrte die Maultiere ein. Zu ihrer Cousine nach Boston wolle sie, um Abstand für sich zu gewinnen, erklärte sie. Zahlreiche alleinstehende Männer, die sich schon Hoffnungen gemacht hatten, nach Georges Tod so an eine Ehefrau heran zu kommen, Claras neue Verehrer standen schon unmittelbar nach Georges „Beisetzung" bei ihr Schlange, Frauen waren, wegen der relativ hohen Frauensterblichkeit hier an der Grenze, Mangelware, stieß sie damit vor den Kopf.
Was sie vor ihrer Abreise aus Bedford noch an Informationen mit bekam war, dass sich allmählich die

Pennsylvania-Miliz sammelte, um General Edward Braddock zu unterstützen, der von Süden her kam. Auch war beim letzten Gottesdienst verkündet worden, dass jeder Haushalt in Pennsylvania mindestens einen ausgewachsenen Mann stellen solle, um eine Marschschneise für Braddocks Armee in die Wälder der Allegheny's zu schlagen.

VI. General Braddock*

Clara verabschiedete sich schnell von Bedford. Wirkliche Freunde, hatte sie hier nicht gefunden, aber das wollte sie ja ohnehin nicht. Dafür waren die weißen Grenzer, oder die „Langen Messer", wie diese Leute von den Indianern wegen der typischen Bowiemesser, die fast jeder Weiße hier offen trug, genannt wurden, ihr viel zu rassistisch. Bei den Indianern fühlte sie sich nach all den Jahren indes bedeutend wohler. Die akzeptierten ganz einfach andere Kulturen, Lebensweisen und Anschauungen oder auch einfach nur das andere Aussehen.

Es war der vierte Morgen nach Georges „Beisetzung", als Clara sich mit ihren Habseligkeiten auf den Weg in Richtung „Rusters Yard" machte, das sie bestimmt erst in einer Woche erreichen würde.

Zahlreiche Männer in Bedford boten ihr Begleitung bis Rusters Yard an, wurden aber entweder von ihren Ehefrauen oder der sich bildenden Miliz davon abgehalten, die ja nun auch jeden Mann brauchte. Man war sich unter den Frauen darin einig, dass ein Weib, das an der Grenze freiwillig jeden möglichen Heiratskandidaten vertrieb, es nicht wert sei, von den

Männern auch noch beschützt oder gar weiter hofiert zu werden. "So eine" sei letztendlich selbst Schuld, wenn sie im Wald "von den roten Halunken" überfallen würde. Weshalb sie erst recht keines Schutzes, egal von wem, bedürfe.

Die beiden Mulis traten mühsam an und bewusst langsam verließ Clara den Ort. Sehr langsam fuhr sie auch bis zur ersten Wegbiegung. Dann aber jagte sie die Maultiere über den holperigen Weg so schnell es der schlammige Pfad erlaubte.

Ihr voraus waren George und Tom geeilt und als sie kurz vor Einbruch der Nacht über eine kleine Lichtung im Wald fuhr, bemerkte sie an einer Stelle bereit gelegtes Feuerholz, einige schon ausgenommene und gebratene Fische und ein paar frische Maisfladen. Von den beiden Männern indes keine Spur. Sie wusste aber, dass diese in der Nähe waren und so entzündete Clara ihr Feuer, versorgte die Mulis und begab sich schließlich zur Nachtruhe.

Auch den nächsten halben Tag reiste sie allein.

An einer Furt über einen kleinen, glucksenden Bach erwarteten sie die beiden Männer. Alles, was es an beweglichen Dingen auf dem Wagen gab, wurde den beiden ausgespannten Maultieren aufgezurrt. Auch die Plane des Wagens wurde gesichert. Der Wagen selbst wurde in seine Einzelteile zerlegt und in der Höhle des Stammes eines knorrigen, alten Hickory ein Stück weit ab vom Weg verstaut. Vielleicht brauchte man den Wagen ja eines Tages, dann konnte man ihn holen. An der Furt selbst wurden ein altes, zerbrochenes Rad und ein paar alte Bretter in den Uferschlamm gerammt, so dass es aussah, als sei hier vor kurzem ein Wagen verunglückt.

So wollte man eventuellen unangenehmen Nachfragen durch Leute aus Bedford in Rusters Yard nach dem Verbleib von Clara entgegen wirken. Noch während die Männer arbeiteten, zog Clara sich um. Ihr schmuddeliges "Arbeitskleid" band sie den Mulis auf und tauschte es gegen ihre indianischen Leggins, mit denen es sich im Busch besser marschierte. Schließlich, als alles erledigt war, verschwanden sie, nachdem Tom noch alle, bis auf die extra für ihren Zweck angelegten, Spuren in der "Straße" beseitigt hatte, auf einem Wildwechsel im Dickicht des Waldes.

Es dauerte fast zwei Wochen, bis sie sich zu ihrem Handelsposten am Ohio-River durchgeschlagen hatten.
Dort trafen sie auf Ray, bei einem seiner "ausgedehnten Jagdausflüge".
Das Wiedersehen war herzlich und kurz, aber Ray hatte nichts Neues aus Fort Du Quesne zu berichten. Sie beschlossen, dass es für Ray jetzt an der Zeit sei, seine Zelte dort abzubrechen. George verspürte nach so langer Abstinenz in seinen Lenden nun doch auch allmählich wieder eine gewisse Lust auf sein eigenes Weib. Außerdem, sie lebten ja schließlich davon, war es an der Zeit, mal wieder Sauerkraut zu verkaufen und am Biber-Fluss neu anzusetzen. Also genug mit der Spioniererei. Nach ein paar Tagen waren George und Clara mit ihrem Kanue wieder am Biberfluss. Trotzdem sie ihre Handelsniederlassung hier bei den Indianern in guten Händen wussten, waren sie dennoch beide froh, endlich wieder "zu hause" zu sein. Viel an Geschäft war in den Wochen ihrer Abwesenheit hier, Gott sei dank, nicht gelaufen, dennoch wartete reichlich Arbeit auf Clara und George. Schon jetzt im Frühjahr musste man damit

beginnen, die ersten Wintervorräte und Heu für die Tiere anzulegen. Mehrere ihrer Sauerkrautfässer bedurften der Reparatur, Bier musste neu angesetzt und ihr Land bestellt werden. Hilfe von Morgentau war jetzt dringend nötig. Die jedoch war noch immer in Fort Du Quesne.

***

Die Felder waren längst bestellt, neues Sauerkraut angesetzt und die ersten Blätter frischen Kinnickinick baumelten zum trocknen und fermentieren unter den Dachbalken ihrer Hütten. Clara und George der Weiße Wolf hatten in diesem Frühjahr all ihre Arbeiten ohne Ray und Morgentau geschafft. Die beiden aus Fort Du Quesne heraus zu holen, war ihnen angesichts der Berichte, die sie immer wieder von Micha, Tom und John hörten, zu heikel gewesen. Es brodelte sowohl an der britischen Grenze, als auch bei den Franzosen.
Der Hochsommer wälzte sich bereits mit Macht durch das Dickicht der unberührt scheinenden Wälder auf beiden Seiten des Ohio.

Weil sie ahnten, dass etwas im Gange war, und auch weil die dringenden Arbeiten am Biberfluss erledigt schienen, machten sich Anfang Juli George und Clara auf den Weg zu ihrer Handelsniederlassung an diesem großen Fluss. Wie schon bei ihrer letzten Abwesenheit, übergaben sie die Aufsicht über ihren Besitz wieder vorübergehend den Indianern.

Am Ohio-River erwartete sie bereits Micha. Mit vor Angst geweiteten Augen erzählte er ihnen, dass etwas im Gange sei. Schon seit Tagen sei der Wald ruhiger, stiller,

74

als sonst und die wenigen, die ihre Niederlassung besuchten, hatten es sehr eilig und kauften höchstens noch Kinnikinnick und Blei und Pulver.

Noch während sie redeten, hörten sie indes ganz leis von fern ein rhythmisches Wummern. George: "Das ist mir vorhin als wir ankamen, noch nicht aufgefallen!" Clara: "Das klingt aber nicht nach den Äxten von Holzfällern ..." Micha: "Tom hatte mir erzählt, dass Holzfällertrupps auf unserem Handelspfad bis vor zwei Tagen unterwegs waren und den wohl zu einer Nachschubschneise ab Rusters Yard bis zum Truthahnfuß gemacht haben. Der Nachschub für Braddock sei bereits ab Raystown unterwegs." Clara: "Das sind doch aber einige dutzend Meilen." George: "Aber die dicke, feuchte Luft im Wald trägt Schall sehr weit."

Ratlosigkeit bei den dreien. George entschied: "Ich werde mal nachschauen gehen. Als mittlerweile halber Irokese müsste ich mich doch heran pirschen können." Micha: "Soll ich nicht besser gehen?" George: "Nein, du bist noch zu sehr Europäer. Aber ich möchte, dass du hier auf Clara achtest." Clara regte sich auf: "Was soll das? Ich bin eine hervorragende Grenzerbraut und kann, wie du weißt, hervorragend mit der Büchse umgehen. Und ... und ...", George unterbrach sie: "Ich würde es mir nie verzeihen, wenn dir etwas zustieße." "... und ich möchte mich nicht vor deinem Weib'"** verantworten müssen, wenn dir etwas passiert!", quengelte sie nach. Aber George blieb hart: "Ich gehe. Mehr hab ich nicht zu sagen."

Es war indes wirklich nicht ratsam, unter diesen Umständen allein in der Wildnis unterwegs zu sein.

Er nahm nur leichtes Gepäck, verzichtete auf seine Flinte, sondern nahm nur sein Jagdmesser und Pfeil und Bogen, Feuerstein und Zunder, einen Schlauch mit Wasser und einen Lederbeutel voller Pemmikan mit. Dann machte er sich auf den Weg.

Ihr eigener Handelspfad war gut ausgetreten und nur so breit, dass beladene Mulis hintereinander gehen konnten. Damit unterschied er sich kaum von den Wildwechseln der Waldbisons. Man musste allerdings kein erfahrener Fährtenleser sein, um den einzelnen Huf des Mulis von den Paarhufen der Bisons und Wapiti im weichen Waldboden unterscheiden zu können. Der nicht befestigte Weg federte beim Laufen etwas und ermüdete die Füße weniger, als eine gepflasterte Straße. So kam George gut voran.

Das rhythmische Geräusch wurde nur langsam lauter und erstarb mit der Dämmerung. Waren sie etwa von den "Geistertrommlern" genarrt worden, fragte er sich. Die gab es doch normalerweise nur hinter dem Biber-Fluss? An heißen Sommertagen stieß die verhältnismäßig kühle Luft des recht breiten Ohio-River in den Hügeln entlang des Biber-Flusses auf die dort aufsteigende wärmere, aber dickere Luft, die vom Eriesee herunter waberte und erzeugte so eigenartige Schallwellen, die den Wasserpauken der Irokesen recht ähnlich klangen. George der Weiße Wolf hatte das einige male selbst erfahren, aber dies hier hatte sich etwas anderes angehört, mehr nach einer vielstimmigen Trommel, als nach einer einzelnen Wasserpauke. Er lief dennoch in die abendliche

Dämmerung hinein und erst bei den letzten roten Strahlen der Abendsonne suchte er sich einen alten Ahornbaum, erstieg ihn und schnallte sich im Brustbereich mit einem Lederriemen für die Nacht am Stamm fest, damit er im Schlaf nicht herunter fiel. Er ritzte auch den Stamm des Baumes an und ließ über Nacht Ahornsaft in eine Rindenschale fließen.

Als er am nächsten morgen erwachte, taten ihm wegen der doch recht unbequemen Schlafstellung seine Glieder weh und waren recht steif. Er verzehrte etwas Pemmikan und ließ sich den Ahornsaft aus der Nacht schmecken, dann machte er sich erneut auf den Weg. Der Vormittag hatte schon längst wieder begonnen, als die Trommeln erneut einsetzten. Sie waren jetzt deutlich näher, als am Abend, was sicher daran lag, dass er selbst recht schnell und geschmeidig unterwegs war.

Allmählich schälten sich einzelne Schläge heraus. Der Boden des Waldes bebte im Gleichklang der Trommeln. Es konnte nicht mehr weit sein.

George der Weiße Wolf wurde vorsichtiger. Hornpipes erkannte er, Säbel rasselten, Ochsen schnauften. Fast wäre er über einen Mingo** gestolpert, der sich im Gebüsch verbarg. Dieser Stamm der Irokesen kämpfte auf der Seite der Franzosen, während die meisten anderen Völker ihres Bundes entweder neutral blieben oder den Briten zumindest nicht feindlich gesonnen waren. Selbst durch ihr eigenes Dorf ging dieser Riss. Weil immer mehr Indianer durch die Weißen aus ihren angestammten Gebieten verdrängt wurden, war in den letzten Jahrzehnten im Ohio-Tal ein immer bunteres Völkergemisch entstanden. Viele bislang weit im Osten des Kontinents ansässige Stämme, wie zum Beispiel

Delawaren, Huronen und Mohikaner (Mohawks)** waren eingewandert, schlossen sich den Irokesen an und verbündeten sich mal mit den Mingos, mal mit den Lenape, den Susquehannock oder den Wyandot.

George machte sich gegenüber dem Mingo bemerkbar.

"Gut Freund.", flüsterte er auf irokesisch. Der Mingo schaute ihn überrascht an, dann legte er einen Finger auf seine Lippen und deutete mit der anderen Hand in Richtung Mittagssonne. Da sah George der Weiße Wolf sie in etwa hundert Ellen Abstand auch, die roten Uniformen, die versuchten, im Gleichschritt durch eine von Holzfällern frisch geschlagene Schneise im Gleichschritt zu marschieren.

Leise zog er sich wieder ins Unterholz zurück. Der Mingo folgte ihm. Nach einer Viertelmeile erst stellten sie sich einander gegenüber und begrüßten sich nach Indianerart. Der Mingo: "Du bist ein kluger Weißer, der die Mingos zu schätzen weiß." George: "Meine Frau ist Onondaga. Wir leben gemeinsam am Biberfluss. Ich hab dich dort noch nie gesehen." Der Mingo: "Ich komme von weiter östlich, vom Susquehanna." "Was macht ein Mingo hier?" "Wir unterstützen die Franzosen und beobachten bisher nur." "Ist etwas geplant?" ""Bist du ein britischer Spion?" "Lass uns eine Pfeife rauchen und uns über das Wetter unterhalten.", schlug George vor. Der Mingo willigte ein. Nach einer Pfeifenlänge, in der George dem Mingo erklärt hatte, wer er war, gingen beide friedlich in verschiedenen Richtungen auseinander.

George hatte es nun eilig. Er verfiel in seinen schnelleren Jagdschritt und suchte nun regelrecht ihren Handelspfad. Dennoch musste er wieder eine Nacht lauf einem Baum, wiederum ein Ahorn, wegen des Saftes, verbringen, bevor er an seinem Handelsposten am Ohio-River anlangte. Er schien gerade rechtzeitig zu kommen, denn die Lage schien sich auch dort zuzuspitzen. Vier unbemalte Kanues, wie sie nur Weiße benutzten, lagen am Steg.

"... wenn er sich nicht bis morgen Mittag auf den Weg gemacht hat, werden wir die Onondagafrau, die sich bei uns im Fort befindet, in Ketten legen und nach Quebec schaffen!", hörte George eine näselnde Stimme im hinteren Bereich seiner Handelshütte schimpfen. "Alle Onondagas spionieren schließlich für die Briten!", schob die unbekannte Stimme nach. Als George eintrat, sah er einen arroganten, französischen Offizier, in Begleitung zweier französischer Soldaten und von vier Lenape mit Micha schimpfen. Der stand in einer Ecke, ein Auge war blutig geschlagen, mit seiner Flinte vor und Clara hinter sich.
"Ich bin der Inhaber! Worum geht es?", gab George der Weiße Wolf sich zu erkennen.
Der Franzose: "Sie sind also der, von dessen Kraut all unsere Offiziere bei uns in Fort Du Quesne schwärmen. Wir haben eine Abmachung mit ihnen! Sie liefern jede Woche ein Fass ihres Krauts. Aber ich habe feststellen lassen, dass sie nicht nur an uns liefern, sondern auch an die Briten. Sie sind folglich also ein Spion. Und Spione hängen. Bis morgen Abend liefern sie uns persönlich das nächste Fass, anderenfalls kommen wir hierher zurück und zerstören ihr zu hause und wir hängen alle anderen Britenfreunde bei uns im Fort." "Wie kommen sie darauf, dass es in ihrem Fort Briten gibt?" "Einer unserer indianischen Scouts hat ihre Squaw, verehrter Monsieur,

79

wiedererkannt und ihren Fallensteller dazu. Beide genießen bereits seit einer Woche unsere ganz spezielle Gastfreundschaft. Wir tauschen gern beide gegen sie, Monsieur und eines ihrer Krautfässer. Bis morgen Abend haben sie Zeit. Wir dürfen uns verabschieden. Au revior!" George stand mit offenem Mund da, als die französischen Soldaten in Begleitung der Lenape den Raum und ihr Anwesen verließen.

Clara meldete sich: "Du wirst doch da wohl morgen nicht hin gehen. Ja, dort sind dein Weib und mein Mann, aber wenn du gehst, haben sie dich auch noch. Und dich werden die garantiert hängen!" "Du irrst dich, Liebes, ich werde noch heute die Lieferung durchführen. Und du, Micha, wirst dich dafür jetzt unsichtbar machen, mir heimlich folgen und dafür sorgen, mir nachdem ich in Fort Du Quesne angekommen bin, eine Fluchtmöglichkeit zu besorgen. Ich gehe übrigens davon aus, dass sie Morgentau und Ray trotzdem sie meiner Habhaft werden, nicht freilassen werden. Du, liebe Clara, wirst mir jetzt beim Paddeln helfen und wenn wir in Du Quesne angekommen sind und entladen haben, wirst du sofort wieder ins Kanue springen und dich stromab bis zur Einmündung des Biber-Flusses treiben lassen. Da wirst du maximal eine Woche auf uns warten und wenn wir dann noch nicht zurück sind, paddelst du bis zu unserem Indianerdorf und wirst dann als normale indianische Frau leben. Hast du verstanden?"
Clara maulte: "Ja, hab ich. Ich kenne auch deine Beweggründe und verstehe, was hinter dieser Anweisung steckt. Ich mag das trotzdem nicht." "Du Liebe, Engel arbeiten nicht, Engel schweben. Und du wirst so lange schweben, bis wir wieder frei sind. Und wir werden frei

kommen, das verspreche ich dir." Sprachs und begann, eines der Sauerkrautfässer, das eigentlich für Bedford bestimmt war, zur Anlegestelle zu rollen.

Clara packte sich zwei hirschlederne Schläuche mit Trinkwasser ins Kanue und ein Fässlein Pemmikan, während George sich zwei Eichörnchenbeutel mit Pemmikan unter seine Achseln band. Gemeinsam mit Micha wuchteten sie noch zwei Bündel Heu und Stroh in die Schweine- und Rinderställe, denn die Tiere würden in den nächsten Tagen garantiert unversorgt bleiben, dann machten sie sich auf. Dem Kanue mit Clara und George folgte in Sichtweite Micha, der sich in Höhe der Insel im Ohio, gegenüber von Fort Du Quesne, in diese mit seinem Kanue hinein sacken ließ. Ab jetzt hieß es für George "kalkuliertes Risiko" einzugehen.
Es kam, wie er erwartet hatte. Nachdem er am Ufer des Forts angelandet war, kamen sofort zwei junge Soldaten in ihren blauen Uniformen auf ihn zu, halfen ihm noch beim entladen des Fasses und als sie sich auch Clara greifen wollten, gab George ihr einen Fußtritt, dass sie bäuchlings im Kanue landete und schaffte es auch noch, in einem entstehenden Handgemenge, dem Kanue einen Stoß zu geben, der dieses in den Monongahela hinaus trieb. Bevor man ihn knebelte und fesselte, schrie er ihr "Kopf runter", nach. Da bekam er aber auch schon einen Schlag mit einem Gewehrkolben an die Schläfe und sackte ohnmächtig zusammen.

***

Es dauerte etwa anderthalb Minuten, bis die ersten Kugeln um das Kanue herum zischten. Ein Mingo war zwar mit seinem Bogen zur Stelle, schoss aber gleichfalls daneben. Das Kanue trieb aus eigener Kraft in den Ohio hinein. Erst als Clara seine Richtungsänderung wahr nahm, drehte sie sich im Boot herum und ließ ihren blonden Haarschopf über die Bootswand empor schauen. Nein, sie wurde nicht verfolgt. Sie setzte sich etwas aufrechter und gab mit einem Paddel dem Boot nur noch die Richtung. In Höhe der Insel sah sie, wie ihr Micha aus einem Gebüsch zuwinkte, dann war er aber auch schon wieder vorbei.

Sie fuhr an ihrer Niederlassung am Fluss, ohne nochmals anzulegen, vorbei und erreichte mit den letzten Strahlen der untergehenden Sonne eine mögliche Anlegestelle unter einer Weide am Ufer, unter der sich auch einige Nordamerikanische Fischotter tummelten. Sicherheitshalber blieb sie über Nacht im Boot und machte sich kein Feuer. Sie brauchte bis zum Mittag des übernächsten Tages, weil sie in der Handhabung des Kanues ungeübt war, bis sie an die Einmündung des Biber-Flusses gelangte.

In den ausgedehnten Marschwiesen dieser Mündung fand sie recht schnell ihren regulären Lagerplatz, der normalerweise von Ray bei seinen Transporten genutzt wurde. Um bei ihrer Fahrt nach Fort Du Quesne nicht offen mit Waffen angetroffen zu werden, hatte George ihr nur eine kleine Steinschlosspistole zur Selbstverteidigung mitgegeben, die sie unter ihrem Kittel verborgen hatte. Ray hatte sich an diesem Rastplatz eine kleine, unauffällige Jagdhütte gebaut, die sie nun aufsuchte, nachdem sie ihr Kanue versteckt hatte. Es war ihr nicht wirklich geheuer, jetzt mehrere Tage lang allein in der Wildnis zu sein. Sie musste für Fremde weiterhin unsichtbar bleiben, aber darauf achten, George und die anderen nicht zu verpassen, sollten diese tatsächlich frei kommen. Zumindest das Wetter war ihr gnädig und blieb die nächsten Tage trocken. Feuer in der aus Ästen und Schilf errichteten Hütte brauchte sie, um sich wilde Tiere wie Wolf, Luchs und Puma Nachts vom Leib zu halten, aber es durfte sein weder Rauch zu sehen, noch zu riechen sein.

Aber sie hielt die nächsten Tage durch.

***

Als George wieder zu sich kam, sah er nichts und sein Schädel brummte. Er lag in etwa knöcheltiefem Wasser. Als er versuchte, seinen Oberkörper aufzurichten, stöhnte er, so sehr hämmerte es noch in seinem Schädel. Der Raum, in dem er sich befand, war komplett dunkel. Angst kroch in ihm hoch. So einfach geht also foltern, gestand er sich ein, einfach nur ein Raum ohne Licht reicht dafür. Er richtete zunächst nur seinen Oberkörper auf, was das Hämmern in seinen Schläfen nochmals verstärkte. Das Wasser um ihn herum war recht kalt. Vermutlich drang Grundwasser in das Verlies. Er betastete zunächst seinen eigenen Körper und stellte erfreut fest, dass das Pemmikan noch immer unter seinen Achseln hing. Soweit hatte man ihn also nicht gefilzt. Vorsichtig versuchte er aufzustehen, stieß aber, als er noch halb geduckt war, mit seinem Kopf bereits an die Decke des Raumes, die offenbar nur notdürftig aus dem Fels gehauen war. Dann streckte er beide Arme aus und drehte sich im Raum, stieß aber dabei zunächst an keine Wand. Seine Füße plätscherten dabei im Wasser. Vorsichtig setzte er nun einen Fuß vor den anderen. Auf einmal stieß er mit den ausgestreckten Armen gegen eine offenbar

83

auch nur roh behauene Wand. Er tastete sich an dieser entlang. Das weiche pelzige, in das er plötzlich fasste, quiekte erst und biss ihn dann schmerzhaft in seinen Mittelfinger. Ihn schauderte. Vor Ratten ekelte es ihn als Lebensmittelhändler abgrundtief. Er zog die Hand zurück und tastete nur mit den Füßen weiter. Erneut stieß er im Wortsinne auf etwas, das sich eher nach nackter Haut anfühlte. Eine Stimme sprach gepresst in schlechtem Französisch: "Laisse-moi tranquille, putain de mangeur de grenouilles! Je ne suis pas un espion, fils de pute!" *** (Lass mich in Ruhe, du Froschfresser, ich bin kein Spion, du Hurensohn.)

George horchte auf. Die Stimme kannte er. Im selben Moment wurden durch kleine Hände seine Knöchel gepackt und seine Füße wurden nach hinten weg gezogen, wobei er sich erst den Kopf an der Decke stieß und dann mit dem Gesicht im Wasser landete. "Der Weiße Wolf grüßt euch!", presste er auf Onandaga hervor, bevor er ohnmächtig wurde.

Als er daraus nach kurzer Zeit erwachte, versuchte eine zarte Hand ihm Schlamm und Schleim aus dem Gesicht zu pulen. "Bist du es, Morgentau?", fragte er. Statt derer antwortete Ray: "Haben sie dich also auch geschnappt und fast erschlagen, bevor sie dich hier hinein brachten, wenn ich mich nicht irre." George: "Ich wollte eigentlich euch freikaufen. Aber das ist mir wohl misslungen." Morgentau meldete sich: "Sie sagten, sie wollen uns nach dem Sieg über Braddock wegen Verrats hängen." "Darauf hoffe ich!", sagte George. "Auf das Hängen?", fragte Morgentau. "Nein, darauf, dass entweder Braddock hier einmarschiert und uns dann befreit, oder darauf, dass die

Froschfresser siegen und sich anschließend alle besaufen, so dass Micha einen Weg findet, uns in diesem Chaos zu befreien.", entgegnete George. "Na hoffentlich halten wir hier so lange durch und die Flüsse steigen auch nicht an, denn dann steigt hier drin auch das Grundwasser, wenn ich mich nicht irre.", äußerte Ray. "Ich bin froh, nach langer Zeit endlich wieder meinen Mann in den Armen zu halten.", meinte Morgentau. "Dann lasst uns doch jetzt in Geduld üben. Wie ist hier die Verpflegung? Ich hätte etwas Pemmikan dabei.", sagte George. "Ach, wir sind erst seit zwei Tagen in diesem Verlies und die Mehlsuppe ist zwar dünn und ersetzt fast das hier fehlende Trinkwasser, hat aber genug Maden als Fleischeinlage und sie kommt zweimal täglich regelmäßig. Also eines muss man den Froschfressern lassen, sie sind korrekt, höflich und pünktlich, wenn ich mich nicht irre.", kicherte Ray. Man hörte es aus seiner Richtung plätschern und er erklärte: "Dann werde ich mich mal etwas gegen die Wand lehnen und von fetten Wapitis träumen, wenn ich mich nicht irre." Morgentau zog ihren George an sich und sie lehnten sich gleichfalls beide mit dem Rücken an die Wand, wobei sie einander an den Händen hielten und nicht los ließen.

***

Auf der Insel vor Fort Du Quesne beobachtete Micha unterdessen die Vorgänge. Er sah halbwegs geregelten Fortalltag . Der aber offenbar von Tag zu Tag hektischer wurde. Nach vier Tagen schien plötzlich ein Teil der Indianer aufzubrechen, wie eine Art Vorhut. Einen halben weiteren Tag später waberte von jenseits des Forts rhythmisches Marschgetrommel über den sonst von seinen Geräuschen her erstarrten Urwald und alle restlichen Indianer, außer der Frauen und Kinder und offenbar auch ein Großteil der Besatzung des Forts schienen aus diesem auszurücken. Das Tor des Forts stand weit offen.

Jetzt oder nie, dachte sich Micha, verließ seinen Beobachtungsposten auf der Insel, wasserte sein Kanue, trieb es außer Sichtweite des Forts an Land und huschte durch das Unterholz des Dschungels in Richtung der Marschtrommeln.

Vorsichtig musste er sein. Die Trommeln erstarben und statt dessen hörte er unregelmäßig knatternde Salven von Schüssen und lautes Kampfgetümmel vor sich. Die Indianer griffen an, während sich die Franzosen im Unterholz noch zurück hielten. Er erkannte seine Chance, als er etwas abseits einen "Sergenten" im weißen Kittel eines Arztes sah. Vorsichtig näherte er sich diesem. Mit einem gezielten Stich seines Jagdmessers von hinten direkt durch die Rippen in das Herz seines Opfers, erledigte er diesen. Er schliff ihn tiefer ins Unterholz und entledigte diesen seiner Garderobe und zog sie sich selbst an. Dann stellte er sich, wie vorher der Franzose, an dessen Stelle in den Wald.

Trompeten jubelten und die reguläre französische Armee trat in den Kampf ein. Vor sich sah er aufmarschierende Blauröcke, am jenseitigen Hang die Rotröcke des Generals Braddock, die sich bereits im guerillaartigen Kampf mit den Mingos befanden, die von allen Seiten des Waldes gleichzeitig zu kommen schienen und sich überhaupt nicht an europäische Aufmarsch- und Schlachtordnungen hielten. Jetzt hockten sich die

Franzosen hin und feuerten aus ihren Büchsen die erste Salve. Sie fällte nur einen Teil der ersten Reihe der Briten, deren lückenhafte erste Reihe sich nun ihrerseits hin hockte, damit ihre erste und zweite Reihe feuern konnte. An ihren Flanken allerdings kämpften Soldaten bereits mit Säbeln und Bajonetten im Nahkampf mit den Indianern, die mit ihren Tomahawks sichtlich schneller waren, als die Europäer.

Während die Aufmerksamkeit aller nach vorn gerichtet war, zog sich Micha immer weiter nach hinten. Von den, den möglichen Rückzug bewachenden, hinteren Soldaten sprach er zwei in seinem sehr rudimentären Französisch, das er sich im Verlauf der letzten Jahre in ihrer Handelsstation angeeignet hatte an. "Vous deux, venez avec moi! J'ai besoin de plus d'outils!" ("Ihr zwei kommt mit, ich brauche noch mehr Werkzeug.")

Die Soldaten, gewohnt zu gehorchen, stellten bei einem Offizier keine Fragen und begleiteten ihn in Richtung des Monongahela, wo er mit ihnen in einem der angelandeten Kanues zu Fort Du Quesne übersetzte. Er schien keinen Verdacht zu erregen. Im offenen Haupttor des Forts standen lässig zwei Wachen, auf ihre Musketen gestützt, und fragten nur beiläufig: "Comment ça se passe?" ("Wie läuft es?"), worauf er antwortete "ça a l'air bien." („Es sieht gut aus.")

Kurz hinter dem Eingang stolperte er fast über einen dort herum lungernden, blonden Jungen. „Verflucht!" entfuhr es ihm auf Englisch. Und der Junge entschuldigte sich mit „Bitte entschuldigen sie, Sire." Erschrocken schaute er sich nach den beiden ihn begleitenden Soldaten um.

Hoffentlich hatten die nicht sein Englisch gehört. Aber was ihn viel mehr verwunderte war, wieso der Junge englisch sprach.

Wo könnte er seine Freunde finden, überlegte Micha? Er wandte sich an „seine" Soldaten. In scharfem Befehlston forderte er: „Où sont les trois espions britanniques?" („Wo sind die drei britischen Spione?") Die beiden Soldaten schauten einander verständnislos an. Einer antwortete: „Dans le donjon, où qu'ils soient ... sous la cuisine." („Im Kerker, da wo sie immer sind, unter der Küche!")

Micha: „Le général Mirabél m'a dit de les enchaîner à l'hôpital afin qu'ils puissent m'aider dans mon travail après la bataille." („General Mirabél hat mir befohlen, sie im Hospital anzuketten, damit sie mir nach der Schlacht bei meiner Arbeit helfen können.") Der Soldat meldete sich kleinlaut: „qui est général Mirabél?" („Wer ist General Mirabél?) Micha schnautzte im Befehlston zurück: „Ils n'ont pas à remettre en question mes ordres, ils doivent leur obéir, sinon ils s'accrochent à l'arbre suivant plus vite qu'un pigeon ne peut chier sur leur uniforme!" („Sie haben meine Befehle nicht in Frage zu stellen, sondern zu gehorchen, sonst hängen sie schneller, als eine Taube auf ihre Uniform scheißen kann, am nächsten Baum!"). Das hatte wohl gesessen, denn die Soldaten gaben ihren Widerstand auf, gingen mit ihm zum Wachhabenden, der ihnen den Schlüssel für den Kerker gab, ließ sich von diesem noch drei Ketten geben, um die drei Gefangenen dann im Hospital anzuketten und gelangte mit seinen beiden Soldaten in den Kerker. Der kleine, dunkle Raum war nur über eine mit Handfackeln mühsam auszuleuchtende, steile, in den Fels gehauene Treppe zu erreichen und lag direkt unter der Mannschaftsküche des Forts.

***

George hörte Kettenklappern von außen, dann rasselten Schlüssel in der Tür, aber statt der erwarteten Mahlzeit, erkannten unsere drei Gefangenen in einem französischen Mantel, wegen der ungewohnten plötzlichen Helligkeit im Raum durch die Fackeln, das Gesicht von Micha Fielsch, der beim Betreten des Raumes schnell ein „Seid ruhig.", auf deutsch zischte. Widerwillig, wie es alle Gefangenen tun, ließen sie sich Ketten anlegen. Dabei beschimpfte Micha sie laut mit „Vous les chiens britanniques - dépêchez-vous, vous pack sans cervelle!" („Ihr britischen Hunde - beeilt euch gefälligst, ihr hirnloses Pack!").

Micha voran und die Soldaten hinter sich, stolperten sie ins grelle Tageslicht des Hofs. Wo mochte das Lazarett wohl sein, fragte sich Micha. Er ließ die Frage die Soldaten beantworten, indem er befahl: „Emmenez-les à l'hôpital!" („Bringt sie ins Hospital.") Aus den Augenwinkeln beobachtete er, auf welches Gebäude im Inneren des Forts seine Freunde gebracht wurden. Er selbst machte einen Schwenk auf den noch immer im Eingangsbereich des Forts herum lungernden, etwa neunjährigen Jungen. Er tat so, als wolle er ihn verscheuchen, zischte ihn aber leis auf englisch an mit den Worten „Geh vor in Richtung Hospital und bleib auf halber Strecke stehen. Ich tu dir nichts." Der Junge tat, wie ihm geheißen.

Mitten im Innenhof und damit unhörbar für die gelangweilten Wachen und Diensthabenden, blieb der Junge stehen und wartete auf Micha. Leise sprach er den Jungen an: „Du bist Engländer?" „Ja, Sire." „Wie bist du hier her gekommen?" „Indianer haben mich geraubt. Ich lebe jetzt im Hospital und weiß nicht, was mit mir geschehen wird." Micha schluckte verlegen: „Ich hab keine Ahnung, was man hier von dir will. Woher kommst du?" „Ich bin George Ruster* aus Raystown. Woher, Sire, können sie so gut meine Sprache?" „Sei ruhig, Junge, da kommen meine Soldaten. Ich versuche, mir für dich noch etwas einfallen zu lassen. Geh jetzt schnell weiter. … Ach du hinkst ja. … armes Würmchen ..."

Die Soldaten stellten sich vor ihm auf: „Commande exécutée - les prisonniers sont enchaînés à l'hôpital." („Befehl ausgeführt, die Gefangenen sind im Hospital angekettet.") „Les clés des chaînes s'il vous plaît, puis remettez-les avec eux à leurs postes à l'avant!" („Die Schlüssel für die Ketten bitte und dann wieder zurück mit ihnen auf ihren Posten an der Front.") Die beiden salutierten vor ihm: „Au commandement!" („Zu Befehl!") und machten sich dann aus dem Staube. Sie wollten aus freien Stücken wieder an die Front, denn nur dort gab es Auszeichnungen und Kriegsbeute, wenn man tote Feinde, oder auch die eigenen Toten bestahl.

Micha ging ins Hospital, wo er zunächst wieder fast über den jungen Ruster stolperte, der im Türrahmen herum lungerte. Dann sah er auch schon seine drei Freunde, angekettet hinter dem Herd am Boden sitzend.
Auf Onondaga, weil das alle drei verstanden, erzählte sehr leise Micha: „Ich hab mich hier im Fort umgesehen.

Ich bekomme euch jetzt noch nicht hier heraus." George: „Das hab ich mir auch schon gedacht. Wie auch immer die Schlacht gegen Braddock ausgehen wird, es wird irgendwann bestimmt zu undurchsichtigem Gewusel kommen. Da schaffen wir es besser." „Wir sollten auch den Jungen mitnehmen. Indianer aus dem Irokesendorf am Schlangenfluss haben ihn vor ein paar Tagen an der Nachschubschneise für Braddock geraubt und er soll jetzt für einen verstorbenen Jungen von einem indianischen Paar adoptiert werden, wenn ich mich nicht irre.", kicherte Ray.

Von den anderen im Lazarett unbemerkt schob Micha den Schlüssel für die Ketten Morgentau zu, die ihn in ihrem Hemdausschnitt verbarg. „Ray, weißt du, wo das Schnapslager ist?", raunte Micha ihm dabei zu. Der erklärte in wenigen Worten und schon war Micha wieder weg. Das Schnapslager fand er neben der Küche. Der Koch hatte den Schlüssel dazu und war durch nichts zu bewegen, auch nur ein einziges Fläschchen Branntwein, geschweige denn echten Cognac heraus zu rücken. Damit ging dieser Plan schief. Auch seine Idee, im Fort etwas herum zu stöbern, um eventuell ein paar Uniformen für seine Freunde zu stehlen, ging nicht auf, weil so wenig Menschen unterwegs waren, dass ein einzeln herum schlendernder Arzt aufgefallen wäre. So setzte er sich in eine dunkle Ecke des Forts und wartete. Die Sonne brannte auf den Hof, die Hühner gakelten im Staub und suchten in Pferdeäpfeln nach Verwertbarem. Zur Mittagszeit brachten der Koch und ein Gehilfe den Leuten im Hospital eine warme Mahlzeit. Danach geschah wiederum nichts.

Der Tag schlich träge dahin.

Erst am späten Nachmittag kam Leben auf. Die ersten Boten kamen vom Schlachtfeld zurück und überbrachten die frohe Kunde vom Sieg über Braddock. Der kleine George Ruster krümmte sich vor Verzweiflung, als er dies mitbekam.

Nicht viel später kam es dicke. Die Mannschaften mit ihrer Beute setzten über den Fluss Dazwischen immer wieder Mingos. Skalpe wehten auf Lanzen im Wind, zwischen die blauen Franzosenröcke mischten sich rote britische, die von Indianern getragen wurden oder als Beute zusammengerollt von ihnen getragen wurde. Der Kommandant des Forts ließ in der Dämmerung endlich das Schnapslager öffnen.

Allmählich kam die Zeit, für ihre Flucht.

Als die abendliche Dämmerung vorüber und die Nacht angebrochen war, schlossen Ray, Morgentau und George der Weiße Wolf, ihre Ketten im Hospital in einem unbeobachteten Moment auf und stürmten aus dem Lazarett hinaus. Dabei fielen sie wieder über George Ruster, der sehr verängstigt neben seinem Bett saß. „Willste mit?", fauchte Ray ihn an. Der Junge zuckte mit den Schultern. Als Morgentau den Jungen greifen wollte, kam der invalide Krankenpfleger gerade zur Tür herein und unsere drei stürmten mit Macht an ihm vorbei, wobei der ihnen den Jungen wieder entriss.

Draußen wartete schon Micha. „Kommt, duckt euch und dann macht so schnell wie möglich, dass ihr zum Tor raus kommt.", zischte er. Im Lazarett entstand bereits Tumult wegen der geflohenen Gefangenen. Der Pfleger, selbst ein Invalide mit einem verkrüppelten Bein, hinkte hinaus, um Alarm zu geben, ihm wurden aber durch Ray gekonnt die Beine gestellt, so dass der Invalide bäuchlings im Sand landete. Auch wenn im Fort gefeiert wurde, so ging es doch relativ „zivilisiert" vor sich. Soldaten saßen um einzelne Feuer, betranken sich mit gutem Wein und tauschten untereinander ihre Kriegsbeute, andere standen an der Luke des Kochs an, um sich ihre heute wohlverdiente Mahlzeit abzuholen, wieder andere saßen am Feuer und flickten ihre Kleider oder putzten geronnenes Blut von ihren Säbeln und Bajonetten. Unruhe kam nochmals auf, als mehrere Schwerverletzte auf Tragen ins Lazarett gebracht wurden. Das nutzten unsere vier aus. Micha entsorgte zuerst den auffälligen, weißen Kittel des Feldschers auf einem Haufen aus zerrissenen und blutigen britischen Armeehemden und folgte dabei den anderen dreien.

Es ging im flackernden Schein der Feuer geduckt immer an der Wand entlang zum Haupttor, das noch immer weit geöffnet war. Außerhalb des Forts war das Chaos größer. Die Feuer flackerten höher. Micha entsorgte nebenbei bei ihrer Flucht die nur übergestreifte französische Uniform, weil er in seinen üblichen Lederkleidern in der Wildnis unauffälliger, als in der Uniform war.
Blutige blonde und rotblonde Skalpe wehten von Lanzenstangen, zwei offensichtlich schon halb tote britische Offiziere wurden unter ihren lauten Schreien an Marterpfählen geröstet. Indianische Kinder an Feuern aßen frisch gegarte, saftige Pferdeaugen. Feuerwasser kreiste. „Indianerwhisky" war einerseits von etwas geringerer Qualität und enthielt recht viele „Fuselalkohole", andererseits waren die Körper der Indianer nicht wie die der Europäer, seit Jahrtausenden an

den Genuss von vergorenen und damit stark alkoholhaltigen Getränken gewöhnt. Ihre Körper bauen deshalb bis heute Alkohol weit weniger schnell ab, als die Körper der Europäer. Darum bekamen die Indianer viel schneller einen Rausch, als andere, der ihnen auch noch stärker zusetzte. Das machte sich jetzt bemerkbar. Sie johlten lauter als sonst, schossen mit ihren Flinten in die Luft, tanzten aggressiver. Unsere vier beeilten sich, so schnell es ging, diesem Chaos hier zu entkommen. Am Fluss fanden sie die Kanues komplett unbewacht. Mit seinem Jagdmesser beschädigte Micha einige von ihnen, mit -zweien flüchteten sie durch die Nacht.

VII.   *Am Biber-Fluss*

In dieser fast windstillen Nacht spiegelte sich auf der glatten Fläche des Ohio-River der Schein dutzender Feuer vor Fort Du Quesne gespenstisch wider.
Erst als unsere vier außer Sichtweite des Forts waren, richteten sie sich in den Kanues auf und begannen mit aller Kraft zu paddeln. Bereits am Morgen erreichten sie ihre Niederlassung am Ohio-River, wo Micha sie verließ. Er wollte sich nach gut fünf Tagen Abwesenheit endlich um die Tiere kümmern, denn immerhin mussten die Kühe gemolken und den Hühnern ihre Eier unter ihrem Arsch weggezogen werden. Sie überließen ihm eines der Kanues.

Zu dritt in einem Boot paddelten sie kräftig weiter und erreichten bereits am Nachmittag die Marschwiesen an der Einmündung des Biber-Flusses. Clara sah sie schon von weitem kommen, winkte ihnen zu und ließ sie anlanden. Sie war doch sehr in Sorge um ihren Mann und um ihre guten Freunde. Sie beschlossen, nach all der Aufregung des letzten Tages hier gemeinsam bis zum nächsten Morgen zu rasten.

An einem fast rauch- und geruchslosen Feuer brieten sie frisch gefangene Bachsaiblinge und erzählten einander ihre Erlebnisse.

Clara: „Wie kam es, dass sie euch, Morgentau und Ray, plötzlich einkerkerten?" Morgentau: „Na ich bin ja dort von vornherein als Indianerin nur schwer akzeptiert worden. Aber auf Ray hatten sie wohl ein Auge geworfen." Ray: „Mein Französisch hält sich ja in beschaulichen Grenzen und hat angeblich einen sehr englischen Akzent, wenn ich mich nicht irre." Morgentau: „Und das hat sie wohl misstrauisch gemacht. Bereits nach ein paar Tagen waren ihm wohl Mingos gefolgt." Ray: „Ich dachte ja immer, ich würde mich im Kanue auf dem Wasser und im Wald genau so geräuschlos bewegen, wie ihr Indianer.", dabei schaute er Morgentau an und fuhr dann fort: „Ich muss mich wohl geirrt haben, wenn ich mich nicht irre." Er kicherte, bevor er weitersprach. „Jedenfalls waren mir die Mingos auf den Fersen, ohne dass ich es gemerkt hab. Sie haben eines meiner Treffen bei unserem Handelsposten bemerkt. Gleichzeitig merkte man im Fort, dass deine wöchentliche Sauerkraut-Lieferung fehlt, George." Der angesprochene erwiderte: „Das hätte ich mir ja auch denken können, dass es denen mal auffällt, aber ich war so erpicht darauf, nach Bedford zu gehen, dass ich an diese Kleinigkeit überhaupt nicht gedacht hatte." „Ja,", sagte Morgentau, „dem sonst ständig betrunkenen Koch war das aufgefallen. Dem fehlte plötzlich eine wichtige

Zutat für das Essen der Soldaten." George: „Daran sieht man mal, auf wie viele Kleinigkeiten man im Leben achten muss" Ray erzählte weiter: „Jedenfalls schienen mir die Mingos mehr als einmal bei unseren heimlichen Treffen gefolgt zu sein. Tja und dann nahmen die uns vor etwa zehn Tagen am Anlegesteg, als ich mich in mein Kanue schwingen wollte, einfach fest, wenn ich mich nicht irre. Zum Glück kamst du ja nach ein paar Tagen. Ich hatte da unten vollkommen die Zeit vergessen." Morgentau stimmte Ray zu: „In dieser verdammten Dunkelheit verlierst du dein komplettes Zeitgefühl." „So kam es. Den Rest kennt ihr, wenn ich mich nicht irre."

Schweigend zerlegte ein jeder seinen Fisch und pulte die Gräten heraus. Die Saiblinge waren verdammt lecker!
George nach geraumer Zeit des Schmatzens und sich wohl Fühlens: „Aber sagt, da muss doch noch eines unserer Kanues an der Insel liegen?" Ray nickte: „Ich glaube auch. Und zwar auf der westlichen Seite, im Hohlraum einer alten Pappel, wenn ich mich nicht irre." „Okay, dann fahre ich das morgen holen.", erklärte George. Morgentau protestierte lautstark: „Nein! Das verbiete ich dir! Ich lasse mir nicht erneut meinen Mann nehmen!" George beschwichtigte: „Fahrt ihr morgen vor zum Dorf und schickt mir dann ein paar unserer indianischen Freunde."

Morgentau schmollte und ließ sich von ihm in dieser Nacht nicht berühren. Das hielt Clara nicht davon ab, ungewollt recht lautstark, ihren Mann zwischen ihren Lenden zu begrüßen, so dass George und Morgentau bis zum Morgen an den Fluss flüchteten.

Während sich Morgentau, Clara und Ray nach dem Frühstück zu ihrem Dorf aufmachten, nahm George das andere Kanue und fuhr den Ohio wieder stromauf.

Dieses paddeln gegen die Strömung war doch recht anstrengend und so brauchte er einen ganzen Tag, bis er wieder an ihrem Handelsposten angelangt war und Micha noch bei seinen Abendverrichtungen helfen konnte. Diese Nacht schlief George, der Weiße Wolf, zum ersten mal seit Wochen wieder in einem richtigen Bett und in einer festen Hütte. Am nächsten Morgen deckte er sich mit etwas von dem eigenen Pemmikan ein, füllte zwei Wapitischläuche mit Wasser, nahm sich seinen vor einigen Tagen hier absichtlich abgestellten deutschen Bogen mit den zehn Pfeilen, dann brach er wieder auf.

Er brauchte wieder seine Zeit, um allein, stromauf, zur Insel zu gelangen, wobei er mit jeder Meile, die er näher an Fort Du Quesne heran kam, vorsichtiger und langsamer wurde. Ständig suchten seine Augen die Umgebung ab, aber außer Reihern, Fischadlern die auf der Jagd waren, Wapitis, die ihren Durst löschten, Wandertauben und Möwen, die in den Baumkronen entlang des Flusses nisteten, über das Wasser flitzenden Schwalben und überall herum pendelnden Monarchfaltern war nichts zu sehen. Die Welt schien hier wie am Anfang ihrer Schöpfung zu leben. George fühlte sich immer kleiner in dieser gewaltigen Masse von Natur. Ein von einem Ufer zum anderen schwimmender Grizzly kreuzte seinen Weg und schien keine Notiz von ihm zu nehmen. Klapperschlangen schlängelten sich auf ihrer Jagd im Uferbereich durch das Wasser.

Da! Was war das? Eine ganze Kolonie Reiher ging plötzlich von ihrem Ansitzbaum laut krakeelend in die

Luft. So etwas konnte durch Menschen ausgelöst werden! Aber nein, nur ein paar Waldbisons bahnten sich den Weg zu einer Furt. Ein kleiner Friedfisch plumpste neben ihm, auf der Flucht vor seinem Räuber, ins Wasser.

Die Insel kam indes kaum näher. Er beschloss deshalb, sich mit seinem Kanue ins Schilf am nördlichen Ufer zu legen. Er verzehrte kalt etwas Pemmikan und schlief, sehr leicht, im Boot, das er mit Lederbändern in einer Schilfgarbe befestigt hatte, damit er über Nacht nicht versehentlich abtrieb. Er blieb, ohne Feuer machen zu können, denn an Land zu übernachten, schien ihm wegen Wolf, Puma und Bär etwas gefährlich. Das ging nur hoch oben angeschnallt in einem Baum. Im Kanue schlief es sich etwas besser. Trotz der Einreibung mit allen möglichen roten indianischen Salben, waren aber die Mücken mehr als anstrengend. Seine für diesen Zweck extra von der Handelsstation mitgenommene Lederdecke, die er Nachts über sich warf, hielt nicht alle Plagegeister ab.

Am nächsten morgen erwachte er recht erfrischt, aber relativ früh, weil die Mücken ihn schon wieder nervten. Nach einem kleinen Morgenimbiss machte er sich wieder auf den Weg.

Am äußersten Zipfel der Insel legte er an und verbarg sein Kanue unter einem Brombeerstrauch, dann schlich er über das Eiland, immer auf der Hut vor feindlichen Indianern oder Franzosen. Er fand noch ihren eigenen letzten Lagerplatz und stellte erfreut fest, dass wohl anscheinend niemand mehr nach ihnen auf der Insel gewesen war. Das machte ihn jetzt nicht unbesonnener.

Im Gegenteil blieb er weiter wachsam und suchte die von Ray beschriebene große Pappel. Weil er sich recht vorsichtig bewegte, war er recht langsam und so verging der restliche halbe Tag.

Im Schein der letzten Abendsonne fand er, nachdem er viele von ihnen abgesucht hatte, den richtigen Baum.
Mittlerweile war es so spät und im dem Fort abgewandten Flussarm so dunkel, dass er sich nicht traute, jetzt noch aufzubrechen. Sein Darm nervte ihn schon seit dem frühen Morgen und so beschloss er, das Kanue noch zu wassern, dann darin zu nächtigen und sich erst am nächsten Morgen auf den Rückweg zu machen. Seinen … „Kaktus" … setzte er an Land, in der Hoffnung, der würde Raubtiere abhalten. Wieder einmal fuhr er kalkuliertes Risiko. Mitten im nordamerikanischen Dschungel, allein, ohne Feuer und nur mit einem Jagdmesser und einem Bogen bewaffnet zu sein, war nicht ohne. Und so schlief er nur sehr leicht.

Sehr vorsichtig paddelte er am frühen Morgen mit der ersten Dämmerung bis zum Ende der Insel, fand das andere Kanue, befestigte es mit Lederschnüren an seinem und machte sich auf den Rückweg. Der mächtige Ohio-River trug ihn und es brauchte nur gelegentlich mal einen Paddelschlag, um in der Strommitte zu bleiben. Relativ zeitig am Nachmittag erreichte er wieder seinen Handelsposten.

Micha war recht besorgt, weil John und Tom sich nicht blicken ließen. Sie wären bereits über zehn Tage überfällig, Aber das hatte bei den beiden nicht viel zu bedeuten. Vielleicht hatten sie weiter an die Küste reisen müssen, um ihre Waren gewinnbringend abzusetzen, oder sie waren in einem Bordell neuen Mädchen begegnet, schmunzelte er.

Ab Biber-Fluss wurde es für George sehr anstrengend. Dieser kleine Nebenarm des großen Ohio-River floss um einiges schneller, als der im Sommer eher gemächlich dahin treibende große Fluss und so brauchte er mit zwei Booten wirklich einen Tag mehr bis zu ihrem Dorf und hatte danach in den Armen ein Gefühl, als hätte er eine ganze Nacht lang mit einem Grizzly gerungen.

Die Freude bei allen war groß. Ihr Sauerkraut hatte ihre Abwesenheit überlebt und neuer Kohl war auf dem Feld zur Ernte bereit, wobei jedoch auch diese Mischungen wieder mit Brennnesseln und Waldkräutern gestreckt werden müsste, wie George feststellte. Auch ihr selbst gebrautes Bier musste jetzt bewegt und verkauft werden, bzw. aus einem Rest des alten Bieres musste neues gebraut werden.
Da neue Gärfässer nicht in Sicht waren, reparierte man die alten und sie stellten fest, dass sie künftig für den Transport Leerfässer, vor allem von Fort Du Quesne rücktransportieren müssten. Ihr Vorrat an Kinnickinick war indes nicht betroffen, da er, bis auf die Wintermonate, ständig geerntet, getrocknet und fermentiert wurde.

Dafür aber sah ihr eigener Gemüseacker „wie Kraut und Rüben" aus und sie brauchten mehrere Tage, um das alles überwuchernde Unkraut wenigstens halbwegs zu zähmen.

Altgewohnte Alltäglichkeit schlich sich bei den vieren ein.

Nach zwei Wochen aber juckte es Ray im Gesäß und und er machte die erste Fahrt zum Ohio-River. Clara und Morgentau begannen nun damit, in Absprache mit den jeweiligen Clans, sich zwei junge Frauen heran zu ziehen, die bei ihnen gewissermaßen in die Lehre gingen, um sie zu unterstützen. Es waren die etwas rundliche, stämmige Bumblebee und die von Kindern und Erwachsenen für ihre Schwimmkünste bewunderte Bibertochter.

Als Ray nach einer Woche zurückkam, brachte er eine eigenartige Nachricht mit. Tom und John seien noch immer nicht in ihrer Niederlassung aufgetaucht. Ob er auf die Suche nach ihnen gehen solle, fragte er, aber sie palaverten darüber erst Abends am Feuer vor ihrer Hütte.

So sehr man es auch drehte und wendete, einer von ihnen musste sich, um Gewissheit zu erlangen, auf die Suche machen. Die beste Lösung wäre, wenn George ginge, entschieden sie zu viert unter den traurigen Augen von Morgentau und Clara, die sich immer freute, wenn sie gelegentlich mit George zusammenarbeiten und dabei mit ihm deutsch reden konnte. Ray war zwar ein brillanter Fallensteller und Kanuefahrer, er war aber auch schon um einiges älter und damit nicht mehr ganz so wendig im Wald, wie George, der mit etwa Mitte zwanzig noch voll im Saft seiner Jugend stand. Aber George traute sich nicht allein und so fragte er seine indianischen Freunde Steht-mit-einer-Faust und Adlerschwinge.

Um nicht als Weißer aufzufallen, legte er ausschließlich die Alltagskleidung der Onondaga an, verzichtete sogar auf seinen traditionellen Hut aus Ochsenleder und trug statt dessen eine indianische Federhaube, beharrte allerdings auf seinem Bogen aus Berlin.

Der Abschied geschah am nächsten morgen sehr schnell.

VIII.   *Die Pflanzung der Summerfields*

Das erste Stück fuhren sie mit dem Kanue bis zu ihrem Handelsposten, wo sie übernachteten. Am Tag darauf schafften sie nur die Hälfte der Strecke bis Bedford. Tom und John hatten sich an eben diesem Punkt einen kleinen, windgeschützten Unterstand gebaut, den nun unsere drei nahmen. Wieder einen Tag später gelangten sie nach Bedford. George umging den Ort komplett, weil die Gefahr, hier von Anwohnern erkannt zu werden, recht groß war, denn immerhin war es ja erst ein paar Wochen her, dass er mit Clara hier gelebt hatte. Steht-mit-einer-Faust und Adlerschwinge konnten im Ort nichts über Tom und John erfahren.

So vergingen die Tage. Da sie nicht „hoch zu Ross" unterwegs waren, brauchten sie im Durchschnitt immer knapp zwei Tage, um von einem Dorf ins andere zu gelangen. Östlich des Juniatatals kannte man die beiden Gesuchten zwar, weil sie hier regelmäßig durch kamen, aber niemand wusste über ihren Verbleib.

Es war auf halber Strecke nach Philadelphia, als sie an einem stürmischen Abend in einer Schenke einkehrten. Das Gasthaus war leer, weswegen der Wirt zu ihnen als Indianern ausnahmsweise nicht unfreundlich war. Er bot ihnen zwar kein Bett in seinem Haupthaus an, aber sie könnten, ausnahmsweise, weil das Wetter so schlecht sei, im Stall neben den Pferden übernachten. Er brachte ihnen auch noch etwas Maisgriessuppe, die sie dankbar löffelten. Der alte Herr schien Langeweile zu haben, denn er ließ sich zu einem Gespräch mit den „Indianern" herab.

Der Wirt: „Ja, die beiden Herren von der Handelsgenossenschaft „retail trade united society" mit ihren beiden Mulis hab ich gesehen. Waren ja so schwer beladen, die armen Viecher. ... Jaja, auf dem Hinweg ... wollten wohl im nächsten Dorf ihr komisches, preußisches Kraut verkaufen und dann wollten sie wieder zurück. Sind aber nie im nächsten Dorf angekommen. Ist jetzt fast drei Wochen her, glaub ich. ... Die Pennsylvania-Miliz war ihnen auf den Versen. Brauchten wohl noch ein paar Schießscheiben für die Froschfresser in Braddocks Truppe. Sind ja aber selber dran Schuld. Aus 'nem Kriegsgebiet desertiert man doch nicht so einfach. ... Ach, ihr verdammten Rothäute versteht ja eh nichts von dem, was ich sage. Fresst mal heute noch meine gute Madensuppe." Und als er ging murmelte er in sich hinein, mit der sicheren Gewissheit, daß die Irokesen ihn nicht verstehen würden, in einem ziemlich miesen, waliser Slang: "Ab morgen früh seid ihr bereits auf dem Weg zu einer Plantage in South Carolina."

George hatte verstanden.
Er gab seinen beiden Begleitern zu verstehen, die Suppe nicht weiter anzurühren, sie könnte ein Schlafmittel enthalten.
So mir nichts, dir nichts presste die Pennsylvania-Miliz nicht irgendwelche Männer in die Armee. Der Wirt bekam vermutlich Kopfgeld von der Armee, so wie er

sich jetzt sicher eine Prämie für prima indianische Sklaven von irgendwelchen Baumwollpflanzern erhoffte. Sie beobachteten das Haupthaus und als darin auch das letzte Licht gelöscht war, verschwanden sie so heimlich es ging, durch die stürmische Nacht, nicht ohne für diese "Freundlichkeiten" des Wirtes noch etwas Mist in den Brunnen geschüttet und den "Donnerbalken" hinter dem Wirtshaus angesägt zu haben. Ein wenig Strafe brauchte dieser Wirt.

Sie liefen die Nacht durch.

Am nächsten Tag mieden sie Straßen und Wege und schlichen durch frisch angelegten Wirtschaftswald, durch Mais- und Tabakfelder, Moore und Bachbetten. Sie brauchten durch die vielen Umwege, die sie machten und die Vorsichtigkeit, mit der sie sich bewegten einen Tag mehr bis ins nächste Dorf und waren auch da sehr vorsichtig. Im Wirtshaus ließen sie sich nicht blicken, aber der Pfarrer der kleinen Gemeinde, der auf seinem Kirchhof gerade ein wenig Unkraut jätete, war ein guter Ansprechpartner. Mit einem sehr schottischen Akzent erzählte er ihnen, daß er von zwei Handlungsreisenden gehört habe, die aus Richtung Westen kommend eine halbe Tagesreise vor ihrem Dorf wohl versehentlich in die Arme der Pennsylvania-Miliz gelaufen seien. Den einen von den beiden hätten sie in Braddocks Armee gepresst, dem anderen sei mit den beiden Mulis, deren Last er aber vor Ort den armen Tieren abgeschnallt und der Miliz überlassen hätte, die Flucht gelungen. Auf den Ruf der Miliz, daß sie ihn ohnehin bald erwischen würden, hätte der Flüchtende ihnen aber zugerufen, daß sie ihn bis tief nach Virginia sicher nicht verfolgen würden.

Mh, dachte George, das wäre keine schlechte Idee! Einfach über die Grenze entwischen und in eine andere Kolonie abhauen. Vermutlich hatte der Flüchtende, welcher der beiden auch immer es sei, die Pflanzung von Summerfields im Sinn.

Er erörterte diesen Gedanken mit seinen beiden indianischen Freunden und auch, ob es Sinn mache, der Weg sei schließlich weit und nicht ungefährlich, nach Virginia zu gehen. Seine Freunde aber standen zu ihm und begleiteten ihn.

Sie brauchten fast einen Monat, bis sie in die vermutete Gegend der Pflanzung kamen. Und auch dann war es schwierig. Immer öfter mußten sie sich durchfragen. Auf den riesigen Tabakplantagen waren überall arbeitende Sklaven unter der regieden Peitsche ihrer Aufseher zu sehen. Da die Pflanzungen im allgemeinen Selbstversorger waren, lag jetzt, Ende August, noch eine Mahd für das Heu an, in den Obstgärten reiften aus Europa mitgebrachte Obstsorten wie Apfel, Birne und Pflaume. Manch einer hatte sich ein paar Weinstöcke über den Atlantik für den Eigenbedarf mitgebracht. Auf anderen Plantagen sah man in kleinerem Umfang Zuckerrohr für den Eigenbedarf, das allerdings nur schlecht gedieh. Nur wenige Briten kannten und nutzten den Saft des einheimischen Ahorn zur Zuckergewinnung. Die Europäer hatten viele ihrer Tiere mit in die neue Welt gebracht. Hühner kannte man in Nordamerika nicht, dafür den Truthahn, der aber wegen seiner Größe nur von den sesshaften Indianerstämmen im Osten den Kontinents domestiziert worden war. In den Great Plains bei den nomadisch lebenden Ureinwohnern, war Haustierhaltung, bis auf den Hund, zunächst vollkommen unbekannt. Europäische Rinder wurden auf den Plantagen für Milch gehalten, genauso wie Schweine. Die nordamerikanische Fauna kannte keine Schweine. Die ersten wurden durch die Spanier bei deren Erkundung entlang des Mississippi auf einzelnen Inseln im Fluß als Frischfleischreserve für ihren Rückweg ausgesetzt, verwilderten dort, flüchteten bei Niedrigwasser von diesen Inseln und brachten als invasive Art in den folgenden Jahrzehnten die Fauna Nordamerikas ganz schön durcheinander. Sie bildeten allmächlich wieder, wie ihre wilden Vorfahren in Europa, von denen sie abstammten, neue Hauer aus und wurden zu einer ganz und gar nicht leichten Beute für Grizzly, Wolf, Kojote und Puma, weshalb sie sich unglaublich schnell in allen Habitaten des Kontinents ausbreiteten.

Die meisten Plantagen hatten auch ihre Schweinekoben, worin die Essensreste landeten, die nicht einmal mehr die Sklaven wollten.

Das in Preußen von jeder noch so kleinen Krämer- oder Bauernfamilie gehaltene Kaninchen hatte indes den Sprung über den Atlantik nicht geschafft, wie George verblüfft feststellte. Statt dessen wurde bei Europäern und Indianern gleichermaßen das Meerschwein als billiger, sich schnell fortpflanzender Fleischlieferant gehalten, wobei George sich sicher war, daß auf den Plantagen regelmäßig illegal geschossenes Wildbret auf die Teller kam.

Dies galt auch in den Kolonien der Neuen Welt als Wilderei. Das Privileg der Jagd hatten hier bisher offiziell nur der König, zur Zeit der Geschehnisse in diesem Roman war es "Georg II." und die Adligen.

Je näher unsere drei Wanderer ihrem Ziel kamen, um so unheimlicher wurde es. In den wenigen Dörfern schien die Hälfte der Bewohner verschwunden. In solchen Dörfern, die hauptsächlich dem Umschlag von Waren, der Kirche und als Verwaltungszentren einzelner Countys dienten, war eh schon wenig los, weil die überwiegende Mehrheit der Menschen auf ihren Plantagen lebten und kleine einzelne Bauern ihre Felder jenseits der schlammigen Straßen selbst bearbeiteten. Aber immer häufiger kamen sie an ungepflegten Hecken vorbei, an verwilderten Obstgärten, an nicht abgeernteten Baumwollfeldern, an zur Hälfte bereits zerfallenen Sklavenhütten.

Sie trafen immer weniger Menschen an. Kein Wirtshaus hatte mehr geöffnet, so daß sie immer häufiger gezwungen waren, Opossums, Hasen oder Wandertauben für ihre Mahlzeiten zu schießen. Sie übernachteten unter freiem Himmel, bei Regen bauten sie sich in den wenigen erhaltenen Waldstreifen zwischen den einzelnen Pflanzungen Schutzhütten.

Die Umgebung wurde immer verwilderter. Die auf Feldern arbeitenden Sklaven wurden weniger, man sah nur noch gelegentlich Aufseher mit ihrer Peitsche, Zufahrten zu Herrenhäusern zeigten deutliche Zeichen der Vernachlässigung und manch Kräutergarten schien bereits Opfer alles überwuchernden Unkrauts.

Mehrere Tage waren sie so unterwegs, bis sie endlich an einen Abzweig kamen, den George aus einer Schilderung Lady Shirleys in einem Brief an Joe zu erkennen glaubte. Hier das gleiche Bild auf den anliegenden Pflanzungen, wie überall. Man sah die Vernachlässigung der Anwesens und nur wenige sich dahin schleppende Sklaven auf den Feldern.

Noch ein Abzweig von dieser Straße und auf einem der Hinweis: "Summerfield-Farm". Es ging an einem winzigen Teich, der von Birken umsäumt war, vorbei, an wenig gepflegten und nur zum Teil abgeernteten Tabak- und Baumwollfeldern. Der Weg zum Zentrum des Anwesens vollführte einen Bogen an einem Feld mit Sonnenblumen und einem mit Flachs, Lein, vorbei, lief direkt zwischen den Sklavenhütten hindurch auf das Hauptportal des Herrenhauses zu.

Georges Freude war groß, als er im Gatter neben der Villa der Eigentümer des Besitzes, vor dem Stall Billy und Willy, seine beiden Maultiere erkannte, die nun ihrerseits auch ihn als ihren Herrn wahr nahmen und in dieses komische freudige Gequitsche, einem Esel-I-A genauso entfernt ähnelnd, wie dem Wiehern eines Pferdes, einstimmten. Als sie sich dem Eingang des Herrenhauses näherten, hörten sie von hinter sich einen lauten Pfiff und ein bereits ergrauter, afrikanischer Sklave eilte hinkend auf sie zu. Die Tür zum Herrenhaus schien indes nur angelehnt. Wieder pfiff der Alte. Als er in Hörweite unserer drei war, schrie er: "Nicht öffnen, Masser! Pocken, Masser! Pocken!"

Wie versteinert blieben unsere drei erst stehen, dann liefen sie dem Sklaven entgegen. "Seid ihr Massers oder Nigger?", fragte dieser als sie vor ihm standen. "Weder noch.", sagte George, "Wir sind Onondaga." Als der Alte verständnislos schaute, schob Adlerschwinge nach: "Wir sind Rothäute, Indianer." "Was ist hier los?", wollte Steht-mit-einer-Faust wissen. "Pocken! Pocken! Masser sagt, daß im ganzen County die Pocken sind und die Menschen wie die Fliegen sterben, sagt der Masser.", erzählte der Sklave sehr aufgeregt. "Und was ist mit dem Herrenhaus? Die Tür ist offen... .", fragte George. "Im Haus sterben Lady Jane und Masser Joe. Lady Shirley, die selber krank ist, versucht, die anderen beiden zu pflegen. Wir Sklaven trauen uns nicht mehr hinein, Masser.", wimmerte der Alte. George wurde ungeduldig: "War da noch ein Mann? Sprich, Bursche!" Ganz wieder zurückkehrend in seine seit Kindheit an gelernte Rolle als Sklave wimmerte der: "Ja, vor etwa drei Wochen ist ein Mann mit diesen beiden Mulis da", er zeigte in Richtung Stall, "hier angekommen. Er wird auch von Lady Shirley im Haus gepflegt." "Man", sagte George wütend, "das sind meine Mulis und der Mann war mein Sklave."

Der Alte war sichtlich verdutzt: "Wo kann sich ein Farbiger, wie ich, einen weißen Sklaven halten?"

"Und wo sind die anderen Sklaven?", fragte Adlerschwinge.

"Die Kizzy liegt im Bett und ist krank und ihr Neugeborenes auch. Den Rest von uns hat ein Sklavenhändler vor vier Tagen unserem Masser abgekauft.

Steht-mit-einer-Faust meinte: "Bleib du in unserer Nähe vor dem Haus, wir drei sollten hinein gehen."

Während der Alte vor der Tür stehen blieb, öffneten unsere drei sie vorsichtig. George war zufrieden mit sich, statt europäischer Schuhe, Mokkasins zu tragen, waren die doch leichter und vor allem lautloser.

Dielen knarrten.

Nach rechts lag eine weitere Tür angelehnt. Eine Treppe schwang sich zu beiden Seiten der Eingangshalle in die zweite Etage, geradezu lag vermutlich die Küche.

"Wummmmm!", machte es, eine Kugel verfehlte den Kopf von Steht-mit-einer-Faust im Wortsinne nur um Haaresbreite und als sich der Pulverdampf im Haus verzogen hatte, sah man aus einer Tür im Obergeschoss die brünette Lockenpracht einer jungen Frau, die bereits ihren zweiten Vorderlader angelegt hatte, über Kimm und Korn auf sie zielte und dabei rief: "Ihr müßt mir einen verdammt guten Grund nennen, ihr verdammten Indianer, weshalb ihr so heimlich in unser Haus eindringt!"

"George, George Hungerlundt aus Berlin! Wir haben uns auf der Sweet Revenge bei unserer gemeinsamen Überfahrt von Plymouth kennengelernt!", rief George hinauf.

Ein freudiges Quiken von oben erschallte und Lady Shirley kam die Treppe herunter gerannt.

"George! Mein liebster Georgy!", sang sie. "Ihr müßt europäische Kleidung tragen und vor allem nicht so einen Federmob auf eurem Kopf. Ihr seht ja aus, wie ein echter, räudiger Indianer!" "Ist euch denn schon einmal ein echter Indianer begegnet, Miss Shirley?", fragte George. "Nein, noch nie! Wieso? Alle Indianer sind räudiges und stinkendes Gesindel. Das weiß man doch.", gab sie zurück. "Dann darf ich sie mit meinen Freunden Adlerschwinge und Steht-mit-einer-Faust bekannt machen, Miss Shirley."

Shirley zog einen Flunsch.

"Ihr könnt nicht hierbleiben.", sagte sie. "Wir dürfen uns nicht einmal berühren. ... und dabei würde ich meinen Georgy jetzt so gern in den Arm nehmen. ... Wir haben hier alle die gelben Pocken. Die ganze Gegend hat sie, der ganze County hat sie." "Das erklärt einiges.", sagte Adlerschwinge. Shirley fuhr fort: "Meine Mutter ist bereits vor einer Woche gestorben, mein liebster Joe liegt im sterben und dein Angestellter, der John, auch. ... Ach, das wird den John aber freuen, dich nochmals zu sehen. ... ihr dürft hier im Haus nichts berühren, sonst steckt ihr auch auch an. Ich hab die Pocken selbst seit gestern." Sie zeigte ihren Arm. "Ich hab vor vier Tagen bereits fast alle meine Sklaven in den Süden verkauft, damit wenigstens die es überleben." Sie fing an zu weinen und George hätte sie am liebsten in den Arm genommen. Aber sie hatte sich bereits wieder in der Gewalt. "Nun weiß ich wenigstens, wem ich mit dem Geld daraus und mit unserem Ersparten etwas gutes tun kann." Sie kicherte. "Ich schreib dir sogar noch eine Bankvollmacht aus, Georgy, damit du an unser Erspartes kommst. Du kannst es sicher gebrauchen! ... Ich nehme an, du willst nochmal den John sehen, Georgy. Ich geh in der Zwischenzeit ins Arbeitszimmer und mache die Papiere fertig." Sie kicherte noch einmal und zeigte dann auf zwei Türen in der oberen Etage. "... aber berühre nichts!", bat sie ihn eindringlich.

Die beiden Indianer gingen vor die Haustür zum alten Sklaven und setzten sich dann, nach Indianer-Sitte im Schneidersitz vor das Haus, während George nach oben ging. Er war noch nicht oben angelangt, als Lady Shirley bereits wieder neben ihm stand und ihm ein versiegeltes Schreiben übergab. Dann ging sie ins Zimmer von Joe vor. Joe röchelte nur noch, erkannte ihn aber. Mit einem Blick wußte George, daß sein einst guter Freund aus dem Hafen von Plymouth die folgende Stunde nicht mehr überleben würde.

"Das ist gut, das ist gut.", röchelte er. Lady Shirley setzte sich zu ihrem Gemahl ans Bett. Ihre Augen waren nass.

"Liebster, er ist es.", sagte sie leis zu ihm, während sie seine feuchte Stirn streichelte. "Es ist so, wie du vor drei Wochen, als Tom hier ankam, sagtest, dein alter Freund aus Berlin sieht nach dir." "... das ist gut, das ist gut ...", flüsterte er. "George, danke daß du gekommen bist. Wir werden hier auf der Farm die Pocken nicht überleben. Du sollst meine Pflanzung bekommen, alter Freund. Da ich ja weiß, daß du lieber ein Fallensteller und Krämer bist, verkauf sie. Nimm deine beiden Mulis und unsere vier Pferde, spann sie vor die Wagen und lade alles auf, was du magst. Es ist dein." An seine Frau gerichtet: "Liebste, machst du unten gleich noch die entsprechenden Schreiben fertig?" Miss Shirley nickte und verschwand aus dem Zimmer. Joe hob noch einmal an: "Schön, George, daß du gekommen bist und daß du derjenige bist, dem ich in meinem letzten Stündlein noch beichten kann, auch wenn du kein Pfaffe bist. Diese verdammte Plantage und diese fürchterlichen Menschen ringsum in ihren scheiß Herrenhäusern haben mich so verändert, das glaubst du nicht." George trat näher an das Bett seines Freundes.

"Halte Abstand!", fauchte Joe und fuhr leiser fort: "Ich war doch in England, auf der Reise hierher nach Amerika und auch bei dir in Bedford nie jemand, der auf andere Menschen verächtlich herab geschaut hat. Aber als ich dann hier war, hat mich diese vermaledeite Pflanzerkaste schneller in ihren Fängen gehabt, als Königin Maria I. einen Protestanten hat hängen lassen können. Shirley kannte es nicht anders, denn sie gehörte ja schon immer dem Adel, wenn auch dem niederen, an. Sie hätte vermutlich auch einen von diesen ganzen verdammten, hochnäsigen, arroganten Böcken der anderen Pflanzer hier geheiratet, wenn mir ihr Alter nicht wohlgesonnen gewesen wäre und sie ihm nicht wochenlang deswegen auf den Geist gegangen wäre." Joe röchelte, bevor er fort fuhr: "Ja, George, und so bin ich einer von denen geworden und hab die Schwarzen hier wie alle Schwarzen, als Sklaven, als halbes Tier, behandelt, und bin dabei nicht immer fein gewesen. Verstehst du? Der Balg von unserer Kizzy unten ist zum Beispiel von mir. Shirley darf das nie erfahren, versprichst du mir das? Ich habs mit Kizzy oft getrieben, immer wenn Miss Shirley ihre Tage hatte, bin ich zu der Niggerin runter und habs der besorgt. ... Ich hab so viel wieder gut zu machen, George ... "

Hinter der Tür räusperte sich jemand. Shirley hatte vermutlich die letzten Sätze mitgehört. Tat aber nichtsahnend.
Sie übergab George mehrere versiegelte Schreiben mit den Worten: "Lass uns hier wenigstens noch in Ruhe sterben, bevor du alles verkaufst. Nebenan liegt John . ..."
George verließ das Zimmer. In seinem Kopf hämmerte es: "Wir müssen hier weg! Wir müssen hier schnellstens weg!" Auf der Türschwelle von Joes Zimmer hielt er inne: "Lady Shirley, habt ihr irgendwelche Kleidung, die mich als Weißen durchgehen lässt, damit wir auf dem Weg an den Ohio-River weniger auffällig sind?" Sie nickte. "Ich lege dir im Eingangsbereich etwas auf die weiße Komode."

Auch John hatte es fast überstanden und seine Seele würde in Bälde gen Himmel auffahren, so Gott wollte. Er freute sich, George noch einmal zu sehen, erzählte unter sichtlichen Qualen, wie er und Tom von der

Pennsylvania-Miliz aufgegriffen worden waren und daß Tom seither verschollen war. Um vor der Miliz flüchten zu können, habe er die Waren, die die Mulis geladen hatten, der Miliz überlassen und sei dann hierher geflüchtet, in der Hoffnung, George werde sich über kurz oder lang bei ihm melden. Auch er fand es ungewöhnlich, daß die Miliz auf diese Art die Leute in die britische Armee presste. Er bat George noch darum, ihm eine Flasche guten Bourbon ins Zimmer zu stellen. George erfüllte Johns Wunsch umgehend. Den Whisky vermutete er im Arbeitszimmer. Und damit hatte er recht. Als er die Flasche in Johns Reichweite in seinem Zimmer abstellte, verabschiedete der sich mit schwacher Handbewegung von George.

Unten angekommen, hatte Miss Shirley ihm etwas von der guten Kleidung ihres vor Jahren verstorbenen Vaters heraus gelegt. In der Tür zur Küche stehend verabschiedete sie sich von George.

Vor dem Haus warteten noch immer der Sklave Tobi und die beiden Indianer. George erzählte ihnen, was geschehen war und wie sie weiter verfahren würden. Mit der Hilfe Tobis schirrten sie die Mulis und zwei der vier Pferde, schwere, fast schwarze, kaltblütige Arbeitstiere, vor insgesamt zwei Planwagen, zwei weitere Pferde würden sie hinten an den letzten Wagen zum Zugtierwechsel anleinen. Dann beluden sie die Wagen mit so viel Tabak, wie es möglich war. Aber es blieb noch reichlich Tabak, Baumwolle und Mais von der letzten Ernte in den Scheunen zurück. Die acht Hühner, samt einem Hahn, darauf bestand Tobi, packten sie in Käfige und verluden sie mit.

Als George sich in die "Herren-Klamotten" zwängte, kam er noch auf eine Idee, die ihn beschäftigte. Er hatte am eigenen Leib auf ihrem Weg hierher erfahren, daß Indianer hier im Süden noch unbeliebter waren, als die Nigger. Deshalb wollte er aus den beiden Indianern jetzt mindestens, rein optisch, Sklaven, noch besser, Landarbeiter machen und fragte bei Tobi nach, ob er noch irgendwelche halbwegs europäisch aussehenden Kleidungsstücke für sie hätte. Der brave Tobi half ihnen und sie zogen sich in der Scheune um. Ihre indianische Kleidung versteckten sie tief unter ihrer Ladung.

Es war bereits später Nachmittag, als sie mit ihrem kleinen Track aufbrachen. Auf der Pflanzung der Summerfields konnten und wollten sie nicht bleiben.
Wegen der ungepflegten Wege und Straßen kamen sie nur langsam voran. Bis zur Dämmerung schafften sie es gerade so ebend bis zur nächsten Plantage. An einem Feldrain übernachteten sie, je einer von ihnen hielt dabei Wache, sie schirrten aber die Tiere dabei nicht aus, um im Gefahrenfalle schneller wieder unterwegs zu sein.

Es dauerte eine ganze Woche, bis sie die nächst gelegene Verwaltungsstadt, das Zentrum des Countys, erreichten. Der Verkauf der Pflanzung dort gelang nicht ganz so einfach, wie man es sich vorgestellt hatte. Man schlug George zunächst vor, mit seinem kleinen Track im Ort zu bleiben, die Farm öffentlich zum Verkauf auszuschreiben und abzuwarten. Durch die Pocken war aber die Nachfrage nach Ländereien in ihrem County vermutlich so gering, daß George sich darauf nicht einließ. Allerdings wußte er, daß das Land der Summerfieldschen Pflanzung einst der Navy gehört hatte. Und so bestand

George darauf, an die Navy zum einstigen Kaufpreis und nicht an den meistbietenden zu verkaufen, wohl wissend, daß dieses tiefgründig beackerte Land jetzt garantiert mindestens fünfmal so viel Wert war, wie bei seinem Kauf.

Es nährte die Vermutung mit den durch die Pandemie-Entvölkerung geringe allgemeine Produktnachfrage auch die Tatsache, daß ihnen niemand ihre Ladung zu einem angemessenen Preis abkaufen wollte. Darum beschloss George, seinen guten Virginia-Tabak erst in Pennsylvania zu verkaufen.

Die Auflösung der Bankkonten der Summerfields ging jedoch erstaunlich glatt und war nach nur zwei Tagen erledigt.

Nach insgesamt einer ganzen Woche in dieser Provinzhauptstadt machten sie sich wieder auf den Weg und erreichten nach zwei weiteren Wochen Pennsylvania.

***

Zu genau dieser Zeit brach auf der Pflanzung der Summerfields der letzte Akt des Untergangs herein. Joe hatte, wie von George voraus gesagt, den kommenden Morgen nicht mehr erlebt, John hielt zwei Tage länger durch. Er betrank sich zum Schluss.

Miss Shirley war nun allein auf der Farm.

Zwar hatte auch sie die Pocken, aber weil Frauen im allgemeinen in Bezug auf Krankheiten stärker sind, als Männer, hielt sie sich weiter viele Tage tapfer. Als sie ihr Ende kommen sah, setzte sie in Vaters Arbeitszimmer ein Schreiben auf, mit dem sie Tobi, Kizzy und ihrem "Balg" die Freiheit schenkte.

Die wußten zunächst nichts mit "Freiheit" anzufangen und blieben.

Ein paar weitere Tage später erschien ein Offizier der Navy in Begleitung seiner Entourage und inspizierte sehr eingehend, aber mit einem pfefferminzölgetränkten Lappen vor Mund und Nase das gesamte Anwesen.

Miss Shirley ging es zu diesem Zeitpunkt bereits so schlecht, daß sie nur noch mit Mühe ihr Bett verlassen konnte.

Einen halben Tag, nachdem die Navy-Leute ihre Pflanzung verlassen hatte, verscheuchte sie ihre letzten beiden Nigger mit der Flinte, ließ dann die beiden letzten Kühe und einen Bullen und ihre Schweine frei, entzündete mit einer Fackel erst Scheunen und Ställe, dann die Sklavenhütten und am Ende auch ihre Villa. Sie wollte Vaterns Lebenswerk nicht in fremde Hände übergehen lassen. Zu guter letzt betrank sie sich mit gutem, irischen Whiskey und als das Haus um sie herum bereits brannte und die Hitze in Vaterns Arbeitszimmer kaum noch auszuhalten war, stopfte sie eine der Pistolen und erschoss sich.

Ihr entfachtes Feuer geriet jedoch außer Kontrolle. Funken flogen überall hin. Sie entzündeten die vertrockneten und nicht abgeernteten Maisstengel. Das Feuer rollte wie eine gewaltige Walze über die Tabakfelder, erreichte den nächsten und übernächsten Hof, wo es alle Felder, Wälder und Gebäude verschlang, geriet weiter außer Kontrolle und wurde erst durch den Potomac-River gestoppt.

IX. Zurück im Wald

Ihr kleiner Track kam, als sie Virginia verlassen hatten, sehr gut voran. Immer, wenn sie auf den langen Straßen oder bei ihren regelmäßigen Rasten anderen begegneten, tat George so, als sei er der Chef seines kleinen Tracks, was er ja in Wirklichkeit auch war, ansonsten wurden Entscheidungen einvernehmlich getroffen.

So beschlossen sie, zunächst an die Atlantikküste zu reisen, um ihren Virginia-Tabak in Philadelphia zu verkaufen und dort für den Rückweg an den Ohio-River leere Holzfässer für Sauerkraut und Bier zu laden.

In Philadelphia bekamen sie für ihren Tabak einen guten Preis.

Der Rückweg verlief zunächst normal. Die Dörfer, durch die sie kamen, wurden immer kleiner, die Äcker immer magerer und winziger. Dennoch war der Dschungel weit, weit weg.

Aber dann änderte sich etwas. Immer häufiger sahen sie in den Dörfern die verkohlten Überreste einzelner Gebäude. Kleinere Farmen, am Wegesrand gelegen, waren immer öfter niedergebrannt. Die Bewohner der Dörfer wurden einerseits immer mißtrauischer Fremden wie ihnen gegenüber, andererseits schienen sie immer häufiger auf Nachschub, in welcher Form auch immer, sehnlichst zu erwarten. Und so fuhren sie mit immer gemischteren Gefühlen durch die Dörfer und wurden dabei sowohl von erwartungsfroher Freundlichkeit, aber auch von kaltem Hass empfangen. Zum Glück kamen die Alleghanys mit ihren Waldflächen immer näher. Ein Dorffeilscher erklärte ihnen an einem kleinen Marktflecken, was vor sich ging.

Der Sieg über Braddock hatte die Franzosen weit ins Juniatatal vordringen lassen und mit ihnen die Mingos. Die Mingos überfielen im Auftrag der Franzosen Nachts einzelne Farmen oder Häuser. Die Menschen bekamen es mit der Angst und so witterten sie in jedem Fremden einen möglichen französischen Spion. Andererseits erwarteten sie von der Ostküste her Waren in Form von Gewehren, Blei, Pulver und Bowiemesser.

Endlich kam der Dschungel und mit ihm die angenehm-schwühle Feuchtigkeit unter einer brennend heißen Sonne. Raystown lag schon mitten im Wald. Dieser kleine Marktflecken an der Juniata sah arg lädiert aus. Die winzige Garnison bestand aus nicht mehr als zwanzig Mann, die alles umfassende Holzpalisade hatte große, verkohlte Lücken und ein Wachturm war gar eingestürzt. Sie übernachteten im Ausspann. Als sie am nächsten Tag in Richtung Nordwest weiter fuhren, sahen die Bewohner ihnen feindselig nach. Wer mit so viel Fracht in dieser Richtung unterwegs war, kolaborierte eindeutig mit den Franzosen, das war für jeden und vor allem für die Dauergäste im Schankraum der Ausspanne logisch.
Wie viel sich doch innerhalb so kurzer Zeit, immerhin waren noch keine acht Wochen vergangen, seit sie hier aufgebrochen waren, ändern konnte, dachte George.

Der Weg zu ihrem Handelsposten zweigte gleich hinter der Juniatafurt vom Weg nach Bedford ab. Er war für Planwagen eigentlich zu schmal. George hatte die Überlegung, entweder die Wagen in Raystown gegen eine Gebühr bei irgendwem unterzustellen und zwei, vermutlich dreimal mit den Tieren ihre Fässer zu transportieren, oder sehr langsam mit den Wagen durch das Dickicht des Waldes zu jonglieren. George entschied sich für letzteres, denn ihre Fracht war nicht schwer, sondern nur voluminös.

Die Mulis waren am einfachsten zu handhaben, weil sie am ruhigsten waren. Sie brauchten dennoch die doppelte, der sonst üblichen Zeit für den Weg.

Als sie am Ohio-River ankamen, war Micha allein. Er empfing sie mit einem Warnschuss, als sie ihr Anwesen noch gar nicht sahen. Er schien nur etwas gehört zu haben, das reichte schon.

Adlerschwinge ging vor und erst als der sein Okey gab, rückten die beiden anderen nach.

Es war mittlerweile September geworden und der Indianersommer spann weiße Fäden durch kunterbuntes Laub, das von tief-grün, über flammend-rot bis hin zu zitronen-gelb reichte.

George, noch immer in der Kleidung eines Gutsherrn, herrschte Micha noch vor dem ausspannen der Tiere an: "Was sollte das denn? Hast du einen nervösen Zeigefinger oder bist du einfach nur juckig auf ein paar Maulschellen?" Micha motzte zurück: "Schau dich doch mal an, du Fatzke, wie du aussiehst." "Oh!", gab George kleinlaut zurück. "Daß du mich so nicht erkennst, daran hatte ich nicht gedacht." "Und die Onondaga hast du auch schon zu Weißen gemacht." "Lass uns erstmal die Tiere ausspannen und versorgen. Dann können wir uns dieser unbequemen Kleidung entledigen und und heute abend spinnen wir bei einem leckeren Bier ein gutes Garn zusammen. Ist das ein Vorschlag?" Micha nickte.

Als sie Abends zusammensaßen und George wieder in gewohnter und lieb gewonnener Lederkleidung saß und auch die Indianer wieder als solche zu erkennen waren, erzählten erst George und die Indianer von ihren Erlebnissen, dann begann Micha:

"Es begann etwa eine Woche, nachdem ihr weg ward. Mingos überall und die scharf auf den Kinnickinick. Zum Glück war da gerade Ray hier, der sich mit einem Faß Sauerkraut auf dem Weg zum Fort Du Quesne befand, als die Mingos hier auftauchten. Ein richtig großer Trupp! So etwa zwanzig Mann. Und das in diesen Wäldern hier. Na, jedenfalls wurden die fast zudringlich. Wollten mehrere Hasenbälger voll Kinnickinick, den aber nur in Louis d'or und France bezahlen. Ich sag, französisches Geld nehm nicht. Ich nehm nur britische Guinees oder Felle von den Indianern. Da schauen die mich an und sagen, ich würd' noch was von ihnen hören. Am nächsten Tag wieder so ein großer Trupp. Alle bemalt. Nur Krieger, keine Frauen, keine Kinder und keine Alten. Fast vier Wochen lang, täglich ein Trupp Mingos hier. Ray blieb bei seiner Rücktour vom Fort ein paar Tage hier zur Unterstätzung. Einige der Mingos bezahlten dann aber doch. Mal mit Fellen, mal mit Guinees. Hab lieber nicht gefragt, woher sie die Guinees hatten. Einer meinte, ich soll mal nicht so hochnäsig sein, denn die Blauröcke säßen schon überall und ich soll besser neutral bleiben. Der eine Mingo hat mir beim Feilschen um einen schönen Biberpelz nebenbei erzählt, daß die Mingos sich nur deshalb auf die Seite der Froschfresser schlagen, weil sie hoffen, mit denen zusammen die Langen Messer und alle anderen Briten wie mich wieder in den Atlantik zu jagen, denn die Blauröcke seien allemal bessere Menschen und fairer im Umgang, als wir Briten, meinte er. Und deshalb würden

121

sie die Franzosen unterstützen. Bis ins Juniatatal seien sie gekommen und noch viel weiter, sogar bis in die Ebene nach Philadelphia, meinte er." George unterbrach: "Das ist das, was wir auch gesehen haben. Jetzt kann ich es mir zusammenreimen." "Wart mal. Ist noch nicht alles!", erzählte Micha aufgeregt weiter! "Dann hab ich hier zwei Wochen lang keine Menschenseele mehr gesehen, außer den armen Ray, der hier noch einmal mit einem Fass Sauerkraut durchkam. Erst vor zwei Wochen dann plötzlich Tumult auf unserem Pfad. Vier Bauern auf dem Weg hierher. Zwei mit Mistgabeln, einer mit 'ner Flinte, einer von Mingopfeilen durchlöchert, wie ein Sieb. Sahen ziemlich fertig aus. Wollten Lebensmittel, Pemmikan und Bier klauen. Ich die gefragt, was passiert sei und ob sie bezahlen könnten, da meint der, der wie 'n gespicktes Flughörnchen aussah, die Mingos hätten Bedford niedergebrannt. Nur die Kirche sei stehen geblieben Und mir als Spion der Froschfresser, der die Indianer auf sie gehetzt habe, auch noch was dafür zu bezahlen, daß ich ihnen ihre Nahrung hier abknalle, könne es ja nicht sein. Der Gespickte brach dann zusammen und die anderen hab ich mit meiner Flinte verjagt. Ich hab ihn hinter dem Hügel begraben."

George schaute eine ganze Weile sehr ernst. Dann sagte er: "Vermute, wir sind hier schön zwischen die Fronten geraten. ... Mir liegt es nicht, mich beim jeweils Herrschenden beliebt zu machen. Mal sind es die Franzosen, in einem Jahr vielleicht wieder die Briten. Aber das Land gehört doch eigentlich den Indianern. Am liebsten würde ich abhauen." Adlerschwinge meldete sich: "Du kannst doch gut bei uns leben. Du bist mit Morgentau Teil unseres Stammes." George schüttelte den

Kopf: "In euren Augen schon. Aber nicht in den Augen der Weißen, ganz egal wer von denen das Gebiet hier beansprucht." Steht-mit-einer-Faust: "Du bist Blut von unserem Blut und unser Blut ist dein Blut. Du kennst doch den Schwur, den du geleistet hast, als wir dich in unserem Stamm aufgenommen haben." George nickte: "Ich weiß ja, was ihr beiden meint. Aber so denkt nunmal nicht der Weiße." Adlerschwinge nachdenklich: "Denkt der Weiße nie so?" Micha: "Eher selten. Man bleibt halt einer von ihnen. Egal ob man will, oder nicht. Und nicht nur im Krieg, so wie jetzt, denkt man bei uns: entweder bist du komplett für die eine Seite, oder du bist gegen sie. Und wenn du nur ein bischen anders denkst, als sie, bist du schon automatisch gegen sie. Du darfst bei den Weißen mit deinem Kanue nur auf dem großen Strom schwimmen. In dem Moment, wo du einen Seitenarm des Stromes nimmst, wittern sie Verrat. Auch wenn du in dieselbe Richtung fährst wie sie. ... auf einem Seitenarm wirst du sofort zu einem Verräter."

George nachdenklich: "Es ist gut, Micha, das auch von dir als Briten zu hören. Es beruhigt mich ein wenig, auch wenn es eher beunruhigend ist. Bei mir in Preußen ist es ganz genau so."

Adlerschwinge: "Das ist bei uns Irokesen ganz anders. Ihr habt ja schon mitbekommen, daß die Mingos und Lenape eher auf Seiten der Blauröcke kämpfen, wir Onondaga und Seneca halten uns aus allem raus, während die Mohawk eher die Rotröcke unterstützen. Und doch leben wir alle in dem selben Dorf und unter dem selben Dach, dem Langhaus der fünf Völker der Irokesen. Wie es in so vielen Familien ist, so gibt es auch mal Streit unter dem Langhaus. Aber letztendlich sind wir alle auf diesem Kontinent doch Kinder des Großen Geistes."

George: "Ja, ich hab schon gemerkt, wie ihr miteinander umgeht und daß es bei euch alles friedlicher abgeht. Nicht in schwarz-weiß, sondern auch in unterschiedlichen Graustufen." Steht-mit-einer-Faust: "Und dennoch fürchten auch wir Onondaga uns vor dem Tag, an dem das Langhaus die Sitten und Bräuche des Weißen Mannes übernehmen wird und wir gegeneinander losgehen." Und an Micha gewandt fuhr er fort: "Du hattest mit den Mingos Glück, daß sie noch rein indianisch denken und sie euch kennen. Wir haben in unserem Dorf schon mitbekommen, daß du, unser Bruder Weißer Wolf, mit deiner guten Freundin Clara, die wir "die wasseräugige Erdmutter mit dem maisgelben Haar", kurz "Wassermutter" nennen. ...."

George unterbrach kurz: "Claras Indianername ist mir neu." Adlerschwinge: "Diesen Namen hat sie von mir bekommen, als ich sie vor fünf Jahren bei euch im Fort mit dir reden sah. ... Aber fahr fort Steht-mit-einer-Faust!" "ja, ... ähm ... wir haben bei uns im Dorf schon mitbekommen, daß ihr weder zu den Rotröcken oder deren Kindern, den Langen Messern, gehört, noch zu den Blauröcken." Adlerschwinge: "Manchmal, wenn ihr euch unbeobachtet fühlt, sprecht ihr in einer Sprache, die wir bisher nur bei euch gehört haben. Wo sind deine Weißen? Kommen sie möglicher Weise aus Richtung der Mittagssonne und greifen in den Krieg ein, wenn die anderen Weißen sich hier erschöpft haben?" "Oh, das glaube ich nicht.", antwortete der Angesprochene. "Das komische bei uns ist, daß sie fast alle eine oder zumindest eine ähnliche Sprache sprechen, aber alle Menschen in unterschiedlich Stammesgebieten leben. Das ist so, als wenn die Onondaga, die am Ohio leben gleich ein anderer Stamm sind, als die Onondaga vom Susquehanna. Micha sagte ja, wir Weißen denken anders, als der Rote Mann." Adlerschwinge: "Magst du uns etwas über den Stamm von Wassermutter und dir erzählen." "Oh!", gab George der Weiße Wolf zurück, "Ich glaube, das wäre etwas für größere Feuer an langen Winterabenden." Die beiden Indianer nickten zufrieden. George: "Aber Micha, wir beide müssen mal zu einer Entscheidung kommen. Ich hatte ursprünglich vor gehabt, die beiden Wagen, die Maulesel und Pferde hier bei Dir zu lassen. Aber ich würde mich jetzt ungern auf Handlungsreisen in Richtung Philadelphia einlassen. Ich wüßte auch nicht, wer das machen sollte. Am allerliebsten, das sagt mir mein Bauch, würde ich von hier verschwinden."

Steht-mit-einer-Faust schaltete sich wieder ins Gespräch ein: "Bruder, so sehr, wie wir deinen Wunsch nach Flucht verstehen, so sehr muß ich dich darauf hinweisen, daß der Winter mit seinen Blizzards nahe ist." George: "Da hast du recht." Micha: "Wenn wir erstmal nur mit Fort Du Quesne und den Franzosen handelten? Ray macht ja diese Tour regelmäßig." George: "Ja, das denke ich auch. Und ihr habt beide recht. Jetzt aufzubrechen, wäre wegen des bevorstehenden Winters keine gute Idee. In welche Richtung? ... tja, ... Nach Sonnenaufgang hin werden wir zwischen den Fronten zerrieben. Zur Mittagssonne hin sieht es ähnlich aus, wie hier südlich der großen Seen. Also wenn, dann würde ich nach Sonnenuntergang hin reisen. Auf dem Ohio-River immer hinab und sehen, wo es paßt. Vielleicht fließt er ja in den sagenumwobenen Mississippi? Dort als erste Weiße einen Handelsposten eröffnen, das wärs." Micha: "Aber ich glaub, auch das

Gebiet beanspruchen schon die Franzosen." George: "Damit könntest du sogar recht haben." Adlerschwinge: "Na vielleicht noch weiter nach Westen. In den Great Plains gibt es keine Wälder, sondern nur Grasflächen, Prärien. Büffelherden sind dort so gewaltig, daß sie von Sonnenauf- bis Sonnenuntergang reichen. Der Rote Mann, der dort lebt, wandert diesen Herden hinterher und lebt nicht sesshaft, wie wir Waldindianer." George: "Das hört sich total spannend an. Wir sollten darüber reden, wenn der nächste Winter vorbei ist. Aber vorerst brauchen wir hier für diesen Posten und für den in Eurem Dorf eine Lösung, die das Denkverhalten der Rot- und der Blauröcke gleichermaßen nicht überfordert." Steht-mit-einer-Faust: "Adlerschwinge und ich werden zum Dorf vorfahren und uns dort ein paar Krieger suchen, mit denen wir Floße für die Pferde, Maultiere und Wagen bauen können. Und wir werden anschließend hier am Ohio-River unseren Freund Micha, der leider von uns noch keinen indianischen Namen bekommen hat, unterstützen. Ist das eine Idee?" George: "Das ist eine sehr gute Idee."

X. Ein Zipfel Preußen

Sie sahen eine ganze Zeit lang schweigend ins Feuer.
"Ich glaube, ich hab das >Ei des Kolumbus< gefunden.", strahlte plötzlich George. "Wenn ihr im Dorf seid, sagt doch bitte Clara, sie möge zwei preußische Flaggen nähen. Sie hatte bei uns damals einige davon in Berlin angefertigt und müßte noch wissen, wie die ausschaut." Adlerschwinge: "Ist Preußen dein eigentlicher Stamm?" George nickte. "Dann ist das eine recht kluge Idee, Bruder.", lobte er ihn.

126

Sie machten es, wie verabredet. George blieb bei Micha, die Indianer fuhren mit einem Kanue zu ihrem Dorf am Biber-Fluss. Als nicht gerade kleines Problem stellte sich die Unterbringung der Pferde und Mulis dar. Der Stall an der Handelsstation war nur für zwei Tiere gedacht und Platz für die Wagen gab es eigentlich auch nicht. Und dann war da noch die Futter-Frage, sowohl hier, als auch später am Biber-Fluss. Die wenigen Pferde, die bisher zu den Waldindianern gelangt waren, waren Nachkommen kleiner, gedrungener Rassen, die den Spaniern einst entwischt waren und mittlerweile die Great Plains besiedelten und wo viele von ihnen von den dort zum Teil nomadisch lebenden Indianern eingefangen und wiederum gezähmt und an den Menschen gewöhnt worden waren. So waren sie auch in die Hände der Waldindianer gelangt.

Nicht britische oder französische Pferde, sondern die verwilderten Tiere der Spanier, aus denen binnen weniger Jahrzehnte eine eigene Rasse, die Mustangs, geworden waren, nutzten die Irokesen. Wobei sie Ställe für die Tiere oder den Futteranbau nur für diesen Zweck auch nicht kannten.

Die wenigen Pferde der Irokesen liefen halbwild im Wald herum und blieben nur durch Salzlecken an den Menschen gewöhnt. Die Menschen legten Salz an immer gleichen Stellen bei ihren Langhäusern aus, das die Tiere aufleckten. Ihr Nahrung suchten sie sich im Wald. Immer wenn mal einige von ihnen gebraucht wurden, wurde ihnen ein Seil um den Kopf gelegt und das war alles. Wegen der schmalen und engen Pfade im Wald, wurden die Mustangs nie geritten, sondern immer nur als Packpferde genutzt und das ließen die widerstandslos mit sich geschehen. So konnte aber George mit seinen Tieren nicht umgehen. Sie würden im bevorstehenden Winter, bei dieser Freilandhaltung, erfrieren oder von Wölfen gerissen. Deshalb mußte zunächst hier am Ohio-River eine Art Koppel her, auf der die Tiere genug Futter fanden.

Micha und George nahmen der Einfachheit halber zunächst einige Bretter und Planken der Wagen dazu, zimmerten aber in den darauf folgend Tagen aus jungen, gefällten Bäumen eine größere Umzäunung. Da Pferde, außer sie sind in Panik, freiwillig eigentlich nie springen, reichte das Gatter etwa Brusthoch und wurde nach oben und unten durch siemlich unangenehm piekenden, sogenannten Kaninchendraht verbreitert. Das sollte für die nächsten Tage genügen.

Schon nach einer Woche kam ein erster Trupp Krieger, die ihnen halfen. Sie fertigten sehr schnell leichte Rindenboote an, die sie mit Birkenpech abdichteten und verklebten.
Das Problem aber mit der dauerhaften Besetzung ihres kleinen Handelspostens hier blieb. Micha war zwar bisher immer allein sehr gut klar gekommen, aber in diesen unsicheren Zeiten zwischen den Fronten war das recht heikel. George war geneigt, den Posten, der wie eine Relaisstation wirkte, aufzugeben. Dem aber widersprach Micha. Ihr Produktionsstandort am Biber-Fluss sollte fürs erste weiterhin mehr oder weniger unsichtbar bleiben.
George schlug vor, daß Clara und Ray hierher umziehen könnten und er die Strecke bis zum Dorf am Biberfluß mit Indianern befahren könne, dem aber stimmte Micha nicht zu, der eine Gefahr für Clara sah, wenn Ray auf

dem Weg zum Fort Du Quesne war und er mit Clara allein war. Und auf diesem Weg war Ray mehr oder weniger ständig. Da lebte Clara am Biber-Fluss sicherer.

Die Indianer transportierten zunächst die vier Pferde. Der Medizinmann des Dorfes, Weise Eiche, hatte eine Paste aus verschiedenen Pilzen und Pflanzen hergestellt, die die Indianer den Pferden immer wieder während ihrer Reise zum lecken geben würden und die die Tiere sehr stark beruhigte. Den Pferden wurden die Hufe gefesselt und sie wurden anschließend in die Rindenboote gelegt, pro Boot ein Pferd. Die einfachste Art.

Als die Indianer zwei Wochen später erneut erschienen, um die Mulis und die Wagen zu holen, die Wagen wurden wiederum in ihre Einzelteile zerlegt, kamen zwei junge Krieger mehr mit. Der Häuptling hatte sie zur Bewachung des Handelspostens mitgeschickt, bis eine für alle gangbare Lösung gefunden war. Dabei hatten sie auch die preußische Flagge, die Clara genäht hatte. An einem kleinen Mast, zu diesem Zwecke extra angefertigt, vor dem Eingang zum einzigen Gebäude des Postens, wurde sie aufgezogen.
Ja, ihr Posten bestand aus nur einem einzigen Blockhaus. Es beherrbergte innen zunächst den Stall zur Erholung der Mulis nach einer Handelsreise und für eine Hand voll Hühner. Dem schloss sich eine Koje an, in der Micha schlief. Für Gäste oder wenn Tom und John für eine paar Tage verweilten, gab es eine weitere Koje für zwei Personen. Wurden es noch mehr, wurden im Laden Feldbetten aufgestellt. Den größten Teil des Raumes nahm das Lager ein, in dem es eine Feuerstelle gab und einen Verkaufstresen und einen großen Tisch, um den ein

paar roh gezimmerte Stühle standen. Platz, um zwei Kanues aus dem Fluß zu ziehen und um sie hier geschützt aufzubewahren, war ganz am Ende des Hauses, das kaum mehr als 70 m² groß war. Das Gebäude hatte keine Fenster, sondern nur Türen, für den Außenbereich des Stalles, zum Wasser hin und zum Wald. Es hatte keine Fenster, dafür aber versteckte Schießscharten an den Türen und auf dem Dach eine Öffnung als Rauchabzug. Der Vorteil dieser Bauweise bestand darin, daß zum einen im Winter die Tiere im Raum das Haus mit wärmten, zum anderen war ein einziger Raum leichter von einer Person zu verteidigen. Sie hatten das Haus absichtlich nicht wie eine Biberburg mitten in den Fluß hinein gebaut, weil im Frühjahr nach der Schneeschmelze die Gefahr bestand, bei Hochwasser von entwurzelten Bäumen oder Eisschollen getroffen zu werden. Der "Donnerbalken", der auf einem langen Steg ein Stück in den Ohio hinein ragte, mußte bereits alle vierteljahr erneuert werden.

Bereits jetzt verließ George mit den Mulis und den Wagen seinen Freund Micha und kehrte nach langer Zeit endlich zu seinem Weib am Biber-Fluss zurück. Die leeren, benötigten Fässer würden die Indianer mit der nächsten Tour holen.

Als ihr Haus am Biber-Fluss nach Tagen des angestrengten Paddelns in Sicht kam, flatterte am Anlegesteg davor die preußische Flagge. Wenn das sein Landesherr "der olle Fritz" wüßte, schmunzelte George in sich hinein.

Viel Zeit, um sich um seine Frau zu kümmern, hatte er aber nicht, denn der Häuptling schickte nach ihm.

Es war nur eine kleine Runde, die sich vor der Südtür des Langhauses, in dem der Häuptling der Onondaga in diesem Dorf, mit seinem Clan und der Clanmutter lebte, versammelt hatte. George verstand nicht alles wörtlich, was gesprochen wurde, denn anwesend waren außerdem die Häuptlinge der Mingos und der Lenape und so wurde in einem lustigen Kauderwelsch aus all diesen Sprachen palavert, während das Calumet seine Runden drehte.

Onondaga-Häuptling Flinker Bär zu George: "Wir haben gehört, daß der Weiße Wolf ein Problem mit seiner Hütte am Großen Fluß hat." George nickte. Flinker Bär: "Wir wollen sehen, ob es nicht eine Lösung gibt." Der Mingo: "Ich bin übrigens der Krieger, dem du vor einigen Monden in der Nähe von Braddocks Soldaten begegnet bist." Er schmunzelte, als er fortfuhr: "Ja, ohne die heiligen Bemalungen und Zeichen in meinem Gesicht, sehe ich etwas anders aus." George: "Bei den vielen Menschen, die ich ständig kennenlerne, kann ich mir weder Namen, noch ungeschminkte Gesichter merken." Der Mingo: "Wir zwei sind weise genug, das beide zu wissen." Er nahm ein paar bedächtige Züge aus dem Calumet und redete weiter: "Vor etwa einem Mond waren mehrfach ein paar junge Krieger von uns bei deinem Haus am Großen Fluß. Glaub mir, ich wußte nichts davon."

Er stopfte etwas Tabak nach. "Viele von uns meinen, du und deine Leute redeten mit gespaltener Zunge. Ich aber glaube, du willst mit deiner Squaw und deinen Freunden nur ein ruhiges Leben jenseits aller anderen Weißen. Adlerschwinge erzählte mir vor kurzem, daß du weder Rot- noch Blaurock und auch kein Langes Messer*[2] bist.

131

Das macht dich mir sympathisch. Meine Krieger haben auch bemerkt, daß Deine Leute beim Handel mit ihnen ehrlicher und fairer umgehen, als die Banditen in Fort Presque Ile oben am Eriesee, in Fort Du Quesne, in Raystown oder Bedford." Der Lenape, der bisher bis auf ein paar Begrüßungsformeln am Beginn ihrer Zusammenkunft geschwiegen hatte, mischte sich ein: "Mein Volk meint, die Blauröcke sind beim Handel die kleineren Banditen. Aber Banditen sind sie alle." Der Häuptling der Mohikaner in diesem Dorf setzte sich zu ihnen und nahm das Calumet, das er genüßlich paffte. Vermutlich war er schlicht zu spät zu dieser kleinen Zusammenkunft erschienen, aber die Hütten seines Volkes standen auch genau am anderen Ende des Dorfes. Er nickte freundlich in die Runde und bedeutete mit einer Geste, die anderen mögen in ihrem Gespräch fortfahren.

Der Mingo hob darauf hin wieder an und richtete sich jetzt direkt an George, den Weißen Wolf: "Freund, die Blauröcke in Fort Du Quesne wollen eigentlich deinen Skalp. Du bist von ihnen geflüchtet und hast sie reingelegt. Das nehmen sie dir übel. Die Art deiner Flucht aus ihrem Kerker schallt durch die Wälder dieser Berge und der Rote Mann krümmt sich vor Lachen dabei. Durch dich merkten wir, daß auch Weiße Häuptlinge nicht unfehlbar sind. Auch deshalb wollen die Blauröcke deinen Skalp, denn du hast sie lächerlich gemacht. Sie verzichteten bisher aber darauf, dich von uns ausliefern zu lassen, weil du ihnen dein Kraut und guten Kinickinick lieferst." Der Mohawk redete: "Selbst unser Volk gen Sonnenaufgang hat von deiner Flucht gehört. Du merkst, die Wälder haben Ohren." Der Mingo redete weiter: "Noch können wir dich hier schützen. Mir haben deine Freunde, die Onondaga, erzählt, du trägst dich mit der Absicht, im Frühjahr auf dem Großen Fluß nach Sonnenuntergang zu reisen. Das spricht für Weitsicht." Jetzt übernahm der Lenape: "Du bist sicher, wie wir auch, in einer großen Familie aufgewachsen." George paffte ein paar mal das Calumet, schüttete die verbrannte Asche dann jedoch aus dem Pfeiffenkopf, stopfte sie neu und entzündete sie wieder mit einem Holzspahn. Er nickte.

Der Lenape sprach weiter: "Nicht immer sind alle Mitglieder einer Familie ständig nett zu einander. So ist es auch in den Clans der Lenape. Manchmal ist es deshalb ganz gut, wenn sich einige Familienmitglieder mal für einige Zeit und sei es nur für ein paar Monde oder für einen Winter, aus dem Weg gehen." "Das ist für Familien meist sehr heilsam, Freund.", entgegnete George. "Wir haben bei uns zwei Familien, die der Meinung sind, plötzlich schmecke das Mehl in ihrem Langhaus bitter, der Pfeil im Köcher sei nicht von allein gebrochen und überhaupt lebten hier am Biberfluß insgesamt zu viele Menschen."

"Verstehe. ..." George reichte das Calumet jetzt dem Lenape. "Vielleicht mögen diese beiden Familien mal ein oder zwei Monde in einem Biwak am Großen Fluß verbringen. In diesen unsicheren Zeiten sehen die zwei Augen eines Weißen sicherlich weniger schnell eine mögliche Gefahr, als viele Augen der Lenape." Der Angesprochene reichte das Calumet weiter an Flinker Bär, während er zwei Rauchwolken in die abendliche Luft blies. "Der Weiße Wolf ist auf dem richtigen Weg mit seinen Gedanken." "Er sollte recht bald einen neuen Namen bekommen und der Weise Wolf heißen. Ich hätte nichts gegen seine Anwesenheit beim großen Ratsfeuer.", sagte der Mohawk, bevor der Lenape weiter redete: "Genau das wollte ich dir vorschlagen. Wärst damit einverstanden?" "Die Lenape sind große Krieger, denen ich keine ihrer Bitten, noch dazu wenn sie zum gegenseitigen Nutzen sind, abschlagen kann.", sagte George. "Die beiden Familien werden sich morgen, wenn die Sonne am höchsten steht, vor deinem Haus einfinden.", erwiderte der Lenape.

Sie nickten einander in der Runde freundlich zu und ließen noch eine ganze Weile das Calumet kreisen. Als die Pfeiffe geraucht war, verabschiedeten sich alle von einander. Noch im Aufstehen sagte Flinker Bär zu George: "Ich werde morgen über Land zu meinen Nichten und Neffen am Hirschaugenfluß reisen, um dort meine Tochter und meinen neuen Sohn in Empfang zu nehmen. Er war zur selben Zeit in Fort Du Quesne, wie du. Vielleicht kennst du ihn ja."

XI. Winter in den Alleghanny's

Das Leben am Biber-Fluss nahm allmächlich wieder seinen gewohnten Lauf. Für Georges sechs Huftiere ergab sich recht schnell eine Lösung. Im Gegensatz zu allen anderen Langhäusern des Dorfes, stand Georges Handelsstation recht weit abseits und fast direkt am Wasser, also außerhalb der von den Dorfbewohnern bekannten höchsten Hochwassermarke des Flusses. Das schilfige Gelände davor bot eine hervorragende Weide, die die Tiere, wenn sie ordentlich angepflockt waren, nutzen konnten. George hatte sich außerdem, immer in Absprache mit den Häuptlingen und Clanmüttern des Dorfes, eine kleine Koppel direkt hinter seinem Haus sichern können. Wiederum immer in Absprache mit den einzelnen Langhäusern, durfte er seine Tiere, angepflockt, in die Obstgärten lassen. Die Tiere hielten so das Gras kurz und fraßen auch Fallobst, so daß die Dorfbewohner in diesem Indianersommer weniger zwischen ihren Obstbäumen zu arbeiten brauchten und auch lästige, durch Faulobst angelockte Wespen fehlten, die den Menschen gern sehr nahe kamen. Für Winterfutter mähten Clara und George mit in Fort Du Quesne von Ray erworbenen Sensen das Gras mehrerer Uferwiesen. Auch dies geschah wiederum in Absprache mit den Clanmüttern und unter Hinterlassung kleinerer "Gefälligkeiten", wie zum Beispiel hier ein Säckchen Pulver und Blei, dort ein Beutelchen Pemmikan oder Kinnickinick.

Die erste Mahd erfolgte unter aller Augen der Dorfbewohner, die so ein Arbeitsgerät noch nie in ihrem Leben gesehen hatten. Die Indianer kannten weder Sense noch Sichel. Sie ernteten ihren Mais mit Hilfe von Messern aus Feuerstein. Auch das Rad war ihnen unbekannt. Als George und Ray das erste mal die beiden Wagen aus den Einzelteilen, die sie ins Dorf transportiert hatten, zusammengesetzt und in Fahrt gebracht hatten, errregte auch dies unter der Dorfgemeinschaft gehöriges Aufsehen.

Die wenigsten indianischen Frauen verließen je diese Gemeinschaft, geschweige denn, daß sie gar einmal in den Osten und damit in Kontakt mit den europäischen Siedlern gekommen wären. Deshalb waren Wagen und Räder etwas, das sie wirklich nicht kannten. Zumal der Transport in den Wäldern der Appalachen und Alleghanys überwiegend per Kanue über die Flüsse erfolgte und es nur ganz wenige Handelswege über Land gab, die aber so schmal waren, daß die Händler ihre Packpferde hintereinander führen mußten. George setzte die Wagen, bespannt mit den Mulis, nur ein paar mal während der Mahd zum Transport des Heus ein, was wiederum für Aufsehen im Dorf sorgte. Bei der Mahd arbeiteten Clara und George zusammen, da nur sie beide den effektiven Umgang mit der Sense kannten. Bumblebee und Bibertochter, ihre beiden Azubis, wiesen sie jedoch darin ein.

Gut zwei Wochen nach Georges Ankunft im Biberfluß und seinem Gespräch mit den drei Häuptlingen, kehrte flinker Bär mit seinen beiden Kindern vom Hirschaugenfluß zurück.* Seine Tochter war über den Sommer dort bei Verwandten geblieben. Einen dieser Verwandten hatte der Häuptling beauftragt, ihm für seinen im Frühjahr bei der großen Flut gestorbenen Sohn einen neuen Jungen von der Grenze zu holen. Es war George Ruster, den George der Weiße Wolf in Fort Du Quesne kurz kennengelernt hatte und der hier für Blauvogel und unter dessen Namen von der Häuptlingsfamilie adoptiert wurde. Sie grüßten bei ihrer ersten Begegnung zwar einander, aber der Junge war noch sehr verängstigt und der Weiße Wolf hatte ihm gegenüber ein so schlechtes Gewissen, daß er ihn damals bei der Flucht aus dem Fort nicht mitgenommen hatte, daß sie sich künftig beide aus dem Weg gingen. Vielleicht war es ja auch besser für den kleinen George Ruster, bei liebevollen indianischen Eltern aufzuwachsen, als bei britischen Grenzern, die alles, was anders lebte als sie, verächtlich ablehnten und die obendrein recht brutal zu ihren Kindern waren. Sich an den eigenen Kindern zu vergehen, war bei denen eine Selbstverständlichkeit, wie George der Weiße Wolf, aus vielen Erzählungen, die er gehört hatte, wußte.

Der "Monat der fallenden Blätter" (Oktober) begann nach einem wundervollen, feenartigen Indianersommer, recht warm und mild. Indianer und ihre weißen Nachbarn ernteten auf ihren Feldern. Zwei Lenapefamilien hausten in ihren kleinen Rindenhütten nun neben ihrem Handelsposten am Ohio-River. Micha versorgte sie mit eisernen Pfeilspitzen, Pulver und Blei und die Indianer dafür ihn und den Posten mit allerbesten Winterpelzen, wildem Tabak und Wildbret. Am Biber-Fluss wanderten die getrockneten Maisstrünke des Dorfes nicht mehr, wie sonst üblich, auf die Felder und wurden im nächsten Jahr verbrannt, nein, George sammelte sie als weiteres Winterfutter für Pferd, Muli, Huhn und Schwein, die sich in den Jahren bisher so prächtig vermehrt hatten, daß George sie, geschlachtet oder lebend, bei den Indianern selbst gegen andere Lebensmittel eintauschen konnte. Auch stellte er aus ihrem Fleisch besten Pemmikan her. Dafür gab er den Indianern die "Pferdeäpfel" zur Düngung ihrer Felder.

Rein aus Neugier und getarnt als einer der ihren, nahm George gemeinsam mit Adlerschwinge Mitte des Monats an einem kleinen Handelsausflug zum Fort Presque Ile teil, das direkt am Eriesee lag. Er kannte aus Berlin nur den Müggel- und den Wannsee. Aber bei beiden sieht man das jenseitige Ufer. Die "Großen Seen", Eriesee, Huronsee, Oberer See, Michigansee und Ontariosee bilden heute die größte Süßwasserfläche der Erde. Jeder einzelne von ihnen ist mehrere hundert Kilometer lang und breit. Da Mensch vom Ufer eines Gewässers nur ca. acht Kilometer weit sehen kann, dann erscheint der gebogene Horizont, konnte George hier das gegenüber liegende Ufer nicht sehen. Er war mächtig beeindruckt. Erst glaubte er, ein Meer vor sich zu haben. Aber das Wasser schmeckte nicht salzig.

Im "Monat der haarlosen Kälber" kam zögerlich der erste Frost. Die Großen Seen, nördlich und westlich von ihnen, gaben ihre gespeicherte Sommerwärme nur zögerlich ab. Der treue Ray machte weiterhin je zwei Fahrten pro Monat nach Fort Du Quesne. Auf dem Weg dort hin transportierte er immer ein Faß Sauerkraut, sowie mehrere gesponnene Beutel voller gehackten Kinickinick und Pelze. Auf der Rücktour vom Fort brachte er leere Holzfässer, Salz, Pulver, Blei und Zündkraut, eiserne Pfeilspitzen, Weizen für Clara und George und gelegentlich ein paar leinene Stoffe oder Segeltuch mit an den Biber-Fluss.

George der Weiße Wolf und seine Frau Morgentau lebten im Langhaus ihres Clans. Wenn Ray für ein paar Tage im Dorf war, schlief Clara mit ihm in einer Koje im Handelsposten im Dorf. Wenn er nicht da war, kam sie in Georges und Morgentaus Kammer unter, um nicht in dem großen Haus ihrer Handeslniederlassung mit sich allein und den Tieren im angrenzenden Stall zu sein. Das sparte in der immer kälter werdenden Zeit viel Feuerholz. Auch kochten sie drei gemeinsam an einem Feuer und in einem Kessel. Obwohl Clara und George versuchten, europäisch zu kochen, schlichen sich immer häufiger nordamerikanische Zutaten in ihre Suppen. Maismehl, vor allem aber Topinambur wurden zur Grundlage ihrer täglichen Speisen. Maisbrot wurde nur selten gebacken, weil es vom Aufwand her, das Feuer mußte sehr heiß sein, zu aufwendig war. Der wenige Weizen, den Ray mitbrachte, wurde eher zu Bier vergoren. Ihr winziges Feldlein mit Roggen, Clara hatte erst vor zwei Jahren noch einen viertel Scheffel von diesem rein mitteleuropäischen, sogenannten Sekundär-Getreide zufällig in alter Kleidung von sich entdeckt, warf noch nicht genug ab und wurde von ihnen bisher nur zur Neuanzucht verwendet, in der stillen Hoffnung, daraus in späteren Jahren einmal dunkles Brot wie sie es aus Berlin kannten, herstellen zu können. Das Öl aus Sonnenblumen ersetzte für sie das Leinöl. Neben Schweinefleisch und Hühnereiern aus eigener Produktion landete auch Waschbär, Meerschwein, Truthahn, Flughörnchen, Opossum und Schlange als Fleischeinlage im Topf. Als besondere Delikatesse erwiesen sich die fast kaninchengroßen Ochsenfrösche, deren Schenkel größer und zarter, als die eines Meerschweinchens waren.

Das indianische Pedant zum Dezember hieß "Monat des Frosts" und genau so stellte er sich ein. War es bisher schon über Wochen hinweg Nachts frostig und am Morgen die gesamte Natur bereift, fegte zwei Tage vor dem Beginn dieses Monat ein eisiger Wind auch die letzten Blätter von den Bäumen und brachte zudem den ersten Schnee mit. Auch hier spielten erneut die Großen Seen mit, denn der aus Kanada kommende, eiskalte Wind sog sich über den Seen kräftig mit Feuchtigkeit voll, die er im Ohio-Tal, zwischen den Hängen der Alleghanny's und Appalachen, wieder ablud.
Die Fahrten für Ray zum Fort Du Quesne wurden zunehmend schwieriger, weil sich an den Flußufern am

Biberfluß und am Ohio Eis bildete, das durchaus auch mal abbrach und die Rindenhaut des Kanues beschädigen konnte. Ray's Hintern erfror zudem fast beim Paddeln. Außerdem waren die Tage mittlerweile so kurz, daß Ray fast die doppelte Zeit für seinen Weg benötigte. Um seinen Verpflichtungen schon einmal im Voraus nachzukommen, belud George an diesem ersten richtigen Wintertag drei Kanues und lud acht Fässer Sauerkraut. Gegen den Willen von Morgentau, die darin eine Gefahr für ihn sah, begleitete George den guten Ray auf dieser Tour. Zur Sicherheit holten sie sich die Unterstützung von Adlerschwinge, Steht-mit-einer-Faust und vom jungen Rehkalb* aus dem Clan des Häuptlings mit.

Es war, wie George erwartet hatte. Niemand im Fort rechnete mit ihm und so wurde er unter seiner dicken Bärenfellmütze, die ihm Morgentau noch geschneidert hatte, nicht erkannt. Die Mitnahme gleichvieler Leerfässer, stellte auch kein Problem dar, weil es die in Unmengen im Fort gab und die zu dieser Jahreszeit eher im Weg herum standen, als daß sie nützlich waren. Und so schien man in Fort Du Quesne beinahe froh, als George nicht nur acht, sondern gleich zwanzig Fässer zum Biberfluß mitnahm.

Mit zunehmender Kälte und immer höherem Schnee erlahmte auch das Dorfleben. Jeder Krieger, auch George der Weiße Wolf, hatte seine eigene Fallenstrecke, in der er Kleinvieh fing. Georges Nutztiere kuschelten im Stall beieinander. Die halbwilden Hunde im Dorf vertrieben Puma, Wolf und Kojote und die Bären schliefen jetzt sowieso irgendwo. Manche gruben sich Höhlen, andere ließen sich schlicht einschneien.

140

Als die Feste der Wintersonnenwende bei ausgedehnten Gelagen gefeiert wurden, holten sie Micha vom Ohio für ein paar Tage zu sich und unsere Europäer hielten sich ausnahmsweise für einen Nachmittag lang von ihren indianischen Freunden und angeheirateten Verwandten fern und feierten in aller Stille Weihnachten.

Im neuen Jahr, 1756, machte George sein Versprechen vom Spätsommer wahr und erzählte bei großen Feuern im Versammlungshaus an mehreren Abenden gemeinsam mit Clara von ihrem früheren Leben auf dem anderen Kontinent und von Berlin.

Clara sah man es allmählich an, daß Ray nicht nur regelmäßig seine Flußreisen machte. Ihr dicker Bauch wölbte sich, als bekäme sie ein Bisonkalb. Im Frühjahr war es soweit. Sie bekam eine Tochter, die den Namen Elisabeth-Christie, nach Elisabeth-Christine von Braunschweig-Wolfenbüttel-Bevern, der Gattin ihres preußischen Landesherrn, die im Sommer regelmäßig in Schloß Schönhausen bei Berlin residierte, erhielt.

Der Winter zog sich.
Erst mit dem beginnenden Frühjahr, nach der Schneeschmelze und den damit einhergehenden Hochwassern, begann man wieder mit dem Handel und so kamen langsam wieder Nachrichten von Außerhalb ins Dorf am Biber-Fluss und damit Neuigkeiten über den Kriegsverlauf zwischen Briten und Franzosen.

XII.   *Tom, oder wer?*

Gehen wir nochmal ein knappes Jahr zurück. Es war Anfang Juni 1755, als Tom Armstrong und John Walton zu Fuß mit zwei vollbepackten Mulis im Schlepp unterwegs waren. Die Last, die den Tieren auf ihren Rücken und an die Seiten aufgebunden war, schien größer, als sie eigentlich war. Magere Sommerfelle von Mink, Biber und Kojote, dazu gehackter und fermentierter Wildtabak, ihr Kinnickinick und ein Faß Sauerkraut. Auf der Rücktour sollten sie leinene Stoffe, Schießzeug, vor allem aber Salz mitbringen. Und falls ein paar Guinees übrig bleiben sollten, wäre es auch recht. Tom und John wußten, daß die Preise, die ihnen ihre Handelsgenossenschaft zahlte, höher wurden, je weiter sie von der Grenze im Westen entfernt verkauften. Deshalb wollten sie zwei, drei Dörfer weiter ins Flachland reisen. Im Laufe der Jahre hatten sie eine ganze Anzahl an Unterkunftsmöglichkeiten ausprobiert und wußten, daß es im Sommer bei gutem Wetter am preisgünstigsten für sie war, wenn sie auf der Wiese vor den jeweiligen Dorfkirchen übernachteten. Bei Regen oder im Winterhalbjahr tat es auch mal der Stall eines Ausspanns. Gasthäuser waren dagegen bei weitem zu teuer.

Aber gerade der Wirt des Ausspanns in diesem einen Dorf war ihnen regelmäßig viel zu schmierig, so daß sie es im allgemeinen vorzogen, dieses verschlafene Nest links liegen zu lassen und es sich über Nacht lieber an einem fernen Feldrain gemütlich zu machen. Nun hatte der Alte sie wohl an diesem Tage direkt am Dorfeingang abgepaßt. Er war gesprächig, wenn auch wie immer etwas zu gesprächig, buckelte fast devot vor ihnen und sie ließen sich beide einlullen und blieben, wenngleich sie es vorzogen, bei ihren Tieren ... und ihrer Ware, im Stall zu übernachten.

Gegen Mittag des nächsten Tages hatten sie etwa ein Viertel des Wegs bis zum nächsten Dorf hinter sich gebracht, als sie von zwei Schergen der Pennsylvania-Miliz auf der schmalen Straße in strammem Galopp auf ihren Warmblütern überholt wurden, die sie noch verächtlich anranzten, so in der Art, nur Verräter wären in diesen Tagen Richtung Osten unterwegs. Keine halb gerauchte Pfeifenlänge später kam ihnen eine Patroullie der britischen Feldgendarmerie recht gemächlich entgegen geritten. Tom und John sahen sie schon von weitem an ihren roten Uniformen und den daran in der Sonne blitzenden Messingknöpfen. Aber sie dachten sich nichts dabei.

Je näher sie den beiden kamen, um so langsamer wurden sie. Als ein Zusammentreffen unvermeidbar war, stiegen die drei Soldaten von ihren Pferden ab und kamen langsam auf Tom und John zu.
"Ich bin Sergeant Emerick, Geoff Emerick*³.", stellte er sich vor. "Und sie zwei sind?" Tom antwortete: "John Walton und Tom Armstrong. Bitte verzeihen sie, Sire, wir sind im Auftrag der Handelsgenossenschaft „retail trade united society" unterwegs und wollen bis zum Einbruch der Dunkelheit noch wenigstens die Hälfte der Strecke bis zum nächsten Dorf schaffen, um dort unsere Waren zu verkaufen. Es hat uns sehr gefreut, sie und ihre Männer kennen zu lernen, Sergeant." "Nicht so schnell, Mister Armstrong.", sagte der Sergeant. "Ich hab ihnen doch

noch gar nicht meine beiden Begleiter vorgestellt." Tom sah John verwirrt an, der aber auch nur mit den Schultern zuckte. "Diese beiden Herren hier sind Corporal Montgommery Scott und Corporal George Lukas." John und Tom lüpften andeutungsweise ihre Hüte, ...

Wie aus dem Nichts heraus verfinsterte sich genau in diesem Moment das Gesicht des Sergeant. "Sie sind also zwei der Deserteure aus Bedford. ... ", sagte der Sergeant lauernd.

John trat in diesem Moment etwas zurück und löste heimlich einige Ösen der Gurte, mit denen ihre Waren auf den Mulis befestigt waren. Tom aber wich nicht zurück. Sie hatten immer mal damit gerechnet, daß man sich bei der Army ihrer erinnerte, aber vorbereitet auf diesen Fall waren sie nicht. Zumal das ganze ja bereits rund vier Jahre zurück lag. "Wir haben beide 1751 ordnunggemäß unseren Dienst quittiert.", antwortete er deshalb vorsichtig. "Wir sind seit 1750 hier in Nordamerika mit dem Froschfresser und mit dem roten Gesocks im Krieg. Da kann man nicht einfach mal so eben den Dienst bei uns quittieren!", blaffte der Sergeant sie an. In dem selben Moment zogen die beiden Corporale ihre Säbel. "Scotty, nehmen sie die beiden Deserteure fest. Ihre Waren soll man als Kriegsbeute betrachten!", brüllte er.

Es ging alles sehr schnell. John saß bereits auf Willy, der im angaloppieren seine Waren verlor, Tom zog sich auf Billy, verhedderte sich aber dummer Weise in einem der Gurte, die er noch lösen mußte. Während Billy plötzlich, seiner Last ledig, wie ein Pfeil davon jagte, stürzte Tom unglücklich und hatte im selben Moment einen

Gewehrschaft an einer seiner Schläfen, so daß er erneut niederging. Jetzt waren die beiden Corporale über ihm. Er wehrte sich verzweifelt, während John noch in sicherer Entfernung mit den beiden Mulis ausharrte. Tom bekam eine Dresche, wie noch nie in seinem Leben und wurde dabei ohnmächtig. Erst jetzt ließen sie von ihm ab, schwangen sich auf ihre Gäule und nahmen die Verfolgung von John auf, während der Sergeant ihn "handlich" verschnürte und über sein Pferd warf. Das weitere Schicksal von Johnhaben wir ja oben beschrieben.

"Ogodro argardra! Ooogodu argardra!", hämmerte es in Toms Schädel. Er öffnete vorsichtig ein Auge und bemerkte, daß er wie ein Stück Wild auf einen Pferdearsch geschnallt war. Er beschloß, so zu tun, als sei er noch ohnmächtig, um die Feldgendarmen nicht auf die Idee zu bringen, ihn angeschnürt hinter den Gäulen laufen zu lassen.
Bis zum Abend gelangten sie zu einem Feldlager, einer Art Biwak. Tom stöhnte laut, als er vom Pferd herunter auf den steinigen Boden geworfen wurde. Sofort war Scotty neben ihm, half ihm auf die Beine, stieß ihn in eines der Zelte, warf seinen Hintern auf ein Feldbett und fesselte seine Füße mit einer Stahlkette an einen massiven Mast, an dem drei weitere Männer wie er angekettet lagen. Die anderen drei sahen schlimm aus. Ihre Rücken hatten reichlich die Peitsche zu spüren bekommen. Tom sah sich weiter um im Raum. Über dreißig Pritschen, davon die Hälfte noch leer und überall diese Bäume zum Anketten von Gefangenen.

Es dämmerte bereits, als ein hinkender Küchenbulle aus einem großen Fass schimmlige Brotkannten verteilte und jedem in eigene Holzbecher stinkendes, fauliges Wasser schüttete.

Er grinste dabei frech und murmelte irgendwas von "was für eine Verschwendung an diese Deserteure, die werden eh bald sterben.".

Mehr geschah an diesem Abend nicht.

Die Nacht über zerstachen ihn Heerscharen von Mücken. Das morgentliche Wecken durch den Trompeter kannte er selbst noch sehr genau. Das Frühstück war wie das Abendbrot. Tom versuchte, den Schimmel des Brotes, soweit es ging, abzukratzen, fürchtete aber, daß sein Magen, der an frische Nahrung gewöhnt war, ihm auch das übel nähme.

Kurz darauf erschien ein kleiner, devoter Sergeant mit strubbeligem, blondem Haar, der wie ein Bluthund eine Fährte verfolgte. Er sah sich im Zelt kurz um und kam dann sehr direkt auf Tom zu.

"Sie sind also einer von diesen Fielsch-Deserteuren, die das gute Bedford vor fünf Jahren abgefackelt haben.", schnurrte er und gab Tom einen Hieb mit einer Reitgerte, daß es nur so auf Toms Gesicht klatschte und er im selben Moment Blut in einem seiner Mundwinkel schmeckte. Tom versuchte, ruhig zu bleiben und sich seine Ohnmacht nicht anmerken zu lassen. "Sir, ich habe mein Abschiedsgesuch ordnungsgemäß ..." Klatsch, hatte er die Gerte erneut im Gesicht.

"Ich bin ab sofort ihr kommandierender Unteroffizier. Sgt. Boris Johnson ist mein Name. Merken sie sich das! Nennen sie mich nie wieder Sire! Ich arbeite schließlich

146

für meinen Sold, ... Mister ...." Er drehte sich um und rief: "Corporal Trump! ... Verdammt, muß man denn hier alles alleine machen? ... CORPORAL DONALD TRUMP!!! ... " Der Angeschriene erschien im Eingang. "Da sind sie ja endlich! Haben sie sich erst noch einen runtergeholt, sie Mistschwein? Schließen sie die Ketten der Männer auf und führen sie sie auf den Exerzierplatz. Der letzte, der auf dem Platz ankommt, bekommt heute kein Essen mehr. Wer nicht spurt, bekommt zwanzig mit der neunschänzigen Katze und sie, Trump, bekommen gleich hier fünf von mir, weil sie draußen gewichst haben!"

Schon standen sie aus ihrem Zelt, gemeinsam mit anderen, etwa einhundert Zwangsdienstverpflichteten, oder wie immer man sie nennen mochte, auf dem Exerzierplatz. Ein Typ Namens Ray Charles, der ganz offensichtlich etwas sehbehindert war, war der arme Teufel, der als letzter zu ihnen gelangte. Er bekam heute nicht nur keine Essens- und Wasserration, sondern obendrein von Trump und Johnson eine tracht Prügel mit der Peitsche. Schon ging es los. Links schwenk, rechts schwenk, auf der Stelle marschieren, kehrt, rechts schwenk, ... Weil der wohl noch nie im Gleichschritt marschiert war, stolperte Tom über seinen Nebenmann. Und schon spürte er, wie sich die "neunschänzige Katze" durch sein Hemd in seine Haut grub.

Links schwenk, geradeaus, rechts schwenk, ... Als der Trommler dazu kam, wurde es einheitlicher. Zum Mittag bekamen sie gerade so viel Zeit zum ausruhen, wie man zum Auslöffeln einer faden Mehlsuppe brauchte, dann ging es weiter. Zum Abend brachte Sgt. Emerick mit seinen Corporalen weitere Dienstverpflichtete. Am nächsten Tag wurde aufgeteilt. Die ganz Neuen exerzierten weiter den Marsch, andere wie Tom übten das Laden von Gewehren. Und am Tag darauf ging es mit Holzgewehren zum Nahkampftraining mit dem Bajonett.

Tom waren alle Handgriffe und Kampfmethoden noch vertraut und so kassierte er weniger Prügel, als andere. Er wußte aber, daß er von Johnson und Trump besonders scharf beobachtet wurde.

Nur eine Woche lang, eigentlich lächerlich kurz für eine richtige Ausbildung, wurden sie gedrillt, während ihnen weitere Männer zugeführt wurden. Immer wieder schärfte ihnen Johnson ein, daß sie vor ihm gefälligst mehr Angst zu haben hätten, als vor dem Feind.

Dann ging alles ganz schnell. Sie bekamen nagelneue, rote Uniformen, Waffen, Pulver, Zündkraut und Blei, Verpflegung und marschierten ab. Irgend jemand murmelte: "Wir marschieren vermutlich mit General Braddock und verjagen die Froschfresser aus dem Ohio-Tal." Zack, schon spürte der, der dieses Gerücht verbreitet hatte, die Peitsche.

Marschierten sie Anfangs noch über Straßen, die wenigstens halbwegs als solche erkennbar waren, vereinigten sie sich nach wenigen Tagen mit der Hauptstreitmacht von General Braddock, die aus Virginia gekommen war, auf rund 2.200 Mann. Da sie im Tross schwere Kanonen mitführten, verlangsamte sich ihre Marsch-Geschwindigkeit erheblich. Sie schafften täglich nur wenige Meilen. Geschlafen wurde unter offenem Himmel.

Wegen des unwegsamen Geländes gab es mit dem Nachschub Probleme, der noch langsamer war, als sie. Sie hungerten. Pferde, die Kanonen zogen, verhungerten. Im Dörfchen Great Meadows ließen sie ihr schweres Gepäck und ihre Artillerie zurück, um schneller voran zu kommen. Dadurch reduzierte sich ihre Stärke auf gut 1.400 Mann. Nicht alle von ihnen gehörten zur echten Infanterie. Einige kamen von der Navy, viele waren freiwillige Milizen, vornehmlich aus Virginia. Schlecht ausgebildet und vor allem schlecht verpflegt wurden alle.

Die Trommler trommelten den Gleichschritt, aber dieser war in dem unwegsamen Gelände kaum zu halten. Baumwurzeln, Moor, Unterholz und kleine Bäche wurden durchmarschiert, oder eher durchgestolpert. In den nächst gelegenen Dörfern mußte jede Familie mindestens zwei erwachsene Männer an den Bautrupp abgeben, der der Armee die Marschschneise bereits Wochen vor dem eigentlichen Aufmarsch in den Dschungel schlug. Schon dadurch mußte dem Franzosen bekannt sein, von wo aus Braddock kommen würde. Tom, der in den Jahren, seit er für George arbeitete, den Wald kennengelernt hatte, war bewußt, wie laut tatsächlich die Armee war.

Der Lärm mußte über mehrere Dutzend Meilen zu hören sein, vermutlich sogar bis zu ihrer Station am Ohio-River. Garantiert wurden sie dabei von Indianern, vielleicht sogar von europäischen Waldläufern, beobachtet. Sie verscheuchten jegliches Getier, ihre Essensrationen waren mager, Wasser gab es selten, so daß sie nicht nur hungerten, sondern obendrein fast verdursteten. Blutegel setzten sich fest, Wanzen saugten an den weichen Körperstellen. Riemen unter anderem von Tornister,

Wasserflasche und Seitengewehr scheuerten die Haut wund, in der es sich schnell Fliegen, Maden, Wanzen und Flöhe gemütlich machten.

Das ging so über viele Tage. Sie schliefen im Unterholz, bei Regen sogar im Schlamm mit ihrem eigenen Bauch als Decke und ihrem eigenen Rücken als Matraze.

Der eigentliche Wechsel vom Marsch in den Kampf geschah eines morgens fast übergangslos. Sie hatten den Monongahela fast erreicht. Als angeblicher Deserteur mußte Tom in die erste Reihe. Was ihren noch immer gut 1.400 Mann als reguläre französische Armee entgegenmarschierte war lächerlich gering und Braddock war genau so zuversichtlich, wie seine Männer, die Franzosen binnen eines halben Vormittags besiegt zu haben. Die Franzosen boten nur 72 reguläre Soldaten, 146 Kanadier, also gegenerische Milizen und Waldläufer und 36 Offiziere auf. Die mit den Franzosen kämpfenden Indianer stellten mit 637 Kriegern die Mehrheit deren Truppe dar.

Aber sie kämpften anders. Vom 9. bis zum 13. Juli 1755 zogen sich die Kampfhandlungen. Die Briten waren große Schlachtfelder, dazu Schlachtenordnungen bekannt und so wollten sie im Aufmarsch den Gegner besiegen. Die Indianer kämpften dagegen unberechenbar, entgegen jeglicher gewohnter europäischer Lehren und Taktiken aus dem Hinterhalt.

Johnson brüllte: "Erste Reihe vor! ... Laden! ... Feuer!" Als ihre erste Reihe nach vorn auf die Franzosen feuerte, fielen die Indianer aus dem Dschungel heraus in ihre Flanken ein. Ein Tomahawk spaltete Johnsons Kopf. Trump übernahm unverzüglich: "Zweite Reihe ...

Feuer!". Während diese zweite Reihe feierte, lud davor kniend, die erste Reihe bereits wieder ihre Flinten. Als sich der Pulverdampf verzogen hatte, stellten sie fest, daß sich die Franzosen zurück gezogen hatten und damit außer Reichweite ihrer Vorderlader waren. Von hinten regnete es dafür aus dem Wald Pfeile auf Braddocks Armee. Ihre Männer stürzten und schrien vor Schmerz. Die Indianer schienen überall um sie herum gleichzeitig zu sein.

Die ersten eigenen Leute begannen zu desertieren. Bei ihrer Flucht nach hinten wurden sie von den Indianern mit Tomahawks und Steinmessern niedergemetzelt. Die Schreie der Skalpierten gingen durch Mark und Bein. Tom drehte sich unwillkürlich um, um nachzuschauen, was denn hinter ihm los sei, als die wenigen regulären Soldaten der Franzosen zum Angriff ansetzten. Wie ein Faustschlag drang die Kugel eines Vorderladers durch Toms rechten Oberschenkel. Als er fiel, verfehlte ihn die Klinge eines Tomahawks nur um Daumenbreite. Der Stiel dieser kleinen, handlichen Streitaxt erwischte dafür den Ansatz seines Hinterkopfes mit voller Wucht und fällte ihn vollständig.

Die Briten begannen nach der ersten Schockstarre ihre Reihen wieder halbwegs zu ordnen, die Deserteure kehrten zu ihren Einheiten zurück und die Armee trat den geordneten Rückzug an. Nach kaum fünfhundert Yard**[2] ging sie bereits erneut in Stellung. Die Franzosen setzten ihnen nach. Dazwischen flitzten flink wie die Wiesel die Frauen der Indianer und plünderten die Gefallenen bis auf die Haut, bevor die Gefallenen in einer zweiten Welle durch ihre Männer skalpiert werden sollten. Tom stöhnte laut auf, als man ihn komplett auszog und nackt wieder auf den kalten Boden fallen ließ. In diesem Moment setzte die reguläre französische Armee den Briten nach, um die in die Reichweite ihrer eigenen Vorderlader zu bekommen.

Ein französischer Offizier war direkt über Tom, als der von einem verirrten Querschläger, der dessen Wirbelsäule direkt am Halsansatz durchschlug, erwischt wurde und wie ein nasser Sacke genau über Tom, der halb in eine Kuhle gepurzelt war, fiel. Der Gewehrkolben des Franzosen erwischte dabei Tom zufällig mit voller Wucht an der Schläfe, dann sackte der Offizier direkt auf Tom zusammen.

Die Schlacht zog sich und Tom war noch immer nicht bei Bewußtsein. Der hohe Blutverlust durch eine angerissene Beinschlagader verlangte seinen Tribut. Mit zunehmender Dunkelheit wurde es auf dem Schlachtfeld immer kälter. Eher unbewußt rollte sich Tom in die Uniform des über ihm liegenden Franzosen.
Die Schlacht dauerte bis zum 13. Juli. Braddock starb nach einem Lungenschuss. Einer der wenigen unverletzten Offiziere war General Washington.
Die Franzosen hatten nur drei tote und vier verwundete Offiziere, vier Soldaten und fünf Kanadier verloren, von den Indianern sind lediglich die Verluste der kanadischen Indianer bekannt, die 27 Männer verloren. Die Gesamtverluste der Briten betrugen hingegen 456 Tote und 421 Verwundete, darunter 63 der 87 Offiziere.

***

Tom erwachte in einem blütenweißen Bett. Sonne durchflutete den Raum. Er stöhnte, weil sein Kopf beim anheben wieder schmerzte. Durch eine nur angelehnte Tür eilte sofort eine Pflegerin an sein Bett. Sie schaute ihn mit großen, dunklen Augen an und legte ihm feuchtes Moos zur Kühlung auf seine Stirn, dann verschwand sie aus dem Raum, ließ aber die Tür wieder nur angelehnt.

Er hatte keine Ahnung, wo er war. Er dämmerte wieder hinfort. Durch seine kurzen Träume flatterten Bildfetzen von Kriegslüsternen Indianern, in Todesangst schreienden britischen Soldaten, von kleinen, flinken Frauenhänden, die ihn komplett ausplünderten, immer wieder dieser französische Offizier, der auf ihm zusammengesackt war. Mehr als Gefühl erinnerte er sich an eiseskalte Nächte und an einen bei der Tageshitze schnell verwesenden Mann, mit seinem alles überlagernden Leichengeruch, von dem er nicht los kam und in dessen Kleidung er sich hüllte. Wiederum waren es Kälte und der Verwesungsgeruch, die ihn auf dem Schlachtfeld weckten. Aber der tote Körper, an den er gefesselt schien, hielt die schlimmste Eiseskälte ab. Und so ergab er sich in sein Schicksal.

Es sah riesige, lodernde Feuer vor einer Palisadenwand, fühlte ein schwankendes Kanue unter seinem Rücken und eine Bahre, die ihn durch den Wald trug, bevor er erneut in ein Kanue glitt.

Immer, wenn er sich daran zu erinnern versuchte, wie er in dieses Bett hier gelangt war, hieb ihn ein Schlag in den Schlaf hinab.

153

Als er erneut erwachte, war es, weil sein Magen knurrte und er sich gleichzeitig ins Bett erleichtert hatte. Es schien Nachts zu sein. Die Tür zum Nebenraum war noch immer nur leicht angelehnt. Er versuchte, sich aus seiner misslichen Lage zu befreien und aufzurichten. Dabei aber warf er mit seinen Armen versehentlich in der Dunkelheit einen Kerzenständer um, der auf einem kleinen Nachtschrank direkt neben seinem Bett stand. Dessen Gepolter war wahrlich nicht zu überhören. Sofort erschien die Pflegerin mit einer Öllampe in ihrer Hand. Wortlos half sie ihm aus dem Bett, setzte ihn in einen gut gepolsterten Rattanstuhl und besah sich das Unglück. Dann bezog sie sein Bett neu. Sie hörte wohl seinen leer drehenden Magen, als sie ihn zurück in sein Bett hievte und kam nach wenigen Augenblicken mit einer Schale voll herrlich nach Rindfleisch duftenden, sehr fetten Brühe zu ihm zurück, die er dankbar löffelte.

Durch den gesättigten Magen fiel er schnell wieder zurück in einen nun traumlosen Schlaf. Am nächsten Morgen erwachte er voller Tatendrang. Sich dessen bewußt, wie schwach er eigentlich war. Er richtete sich etwas in seinem Bett auf und betrachtete genauer die Einrichtung seines Zimmers. Weiße, leinene Bettwäsche, in der er lag, kannte er bislang nur aus Herrenhäusern. Einmal selbst darin zu liegen, war bisher immer ein unerfüllter Wunsch von ihm gewesen. Auch sonst schien die Einrichtung des Raumes edel zu sein. Nachttisch, Bett und Komode an der Wand schienen aus europäischer Eiche, die Gerüste der zwei Rattanstühle im Raum waren aus Hickory, und das Tischlein, um den sie standen, war aus Kirschholz. Was ihn aber am meisten faszinierte, waren die verglasten Fenster. Die machten den Raum so hell. Butzenglas. Alle anderen Fenstern, die er bisher gesehen hatte, waren nur offene Löcher in den Wänden, die durch Fensterläden geschlossen wurden. Wollte man es im Raum hell haben, ließ man, gerade in Herbst und Winter, die Kälte mit hinein. Durch Butzenglas konnte man nicht wirklich aus einem Raum hinaus schauen, aber sie ließen das Licht wenigstens hinein und hielten die Kälte draußen. Nur sehr Reiche konnten sich verglaste Fenster leisten.

Im Nebenraum spielte jemand Cembalo. Er hustete vernehmlich laut. Sofort hörte das Spiel auf und eine Dame in einem Rokoko-Kleid aus weißer Seide und blauem Damast erschien, gefolgt von einem kleinen, hippligen Männchen mit großer Arzttasche in der Hand und einem kleinen Zwickel auf der schmalen Nase.

"Endlich sind sie wach, verehrter Comte!", sprach die Dame aufgeregt und setzte fort: "Unser Leibarzt Piere Groscolas wird sich sofort ihrer annehmen."
Dieser nahm pflichtbewußt sofort seine Arbeit auf und fragte, ob die Verbände richtig säßen, wo es noch weh tue, was weh tue und wie er sich fühle. Er versprach, da er ohnehin mit im Haus wohnte, sofort zu kommen, wenn man ihn riefe.
Als er ging, kam unverzüglich die Frau, die offenbar seine Pflegerin war, mit in den Raum. Er erkannte sie nicht nur an ihrem Gesicht, sondern auch an ihrem schlichteren Kleid.
Die Dame übernahm wieder das Wort, während die Pflegerin zunächst stumm blieb.
"Wissen sie, wo sie sind, Comte? Nein sicherlich nicht. Indianer fanden sie nach der Schlacht am Monongahela,

in der Nähe des Fort Du Quesne. In dem Fort war wohl niemand ansprechbar nach dem Sieg über die rot berockten Inselaffen, weshalb sie erst notdürftig von einem Medizinmann der Huronen behandelt wurden, bevor die Indianer sie über den Alleghanny-River, dann ein Stück über Land und dann über die Großen Seen bis hierher nach Montreal brachten. Sie haben vier Wochen lang fast nur geschlafen. Erinnern sie sich?" In seinem Kopf polterte es. Wie zum Teufel konnte er diese Reise vergessen haben?

Die Dame, offenbar eine Comtess, lächelte ihn verständnisvoll an.

"Wissen sie denn wenigstens ihren Namen, Comte?"

Das Brausen in seinem Kopf nahm wieder überhand und drohte ihn erneut zu ersticken. Wie hieß er, verdammt nochmal?

Die Comtess sah ihm an, daß es ihm wieder schlechter ging und sie herrschte die Pflegerin an: "Bring our guest, damn it, please have a glass of water!"

Irgendetwas stimmte nicht, bemerkte er für sich selbst. Er verstand kein Englisch mehr, dafür aber französisch. "Oh, vielen Dank.", sagte er ... auf französisch.

Wer war er und was tat er hier?

Die Comtess freute sich: "Haaach, sie können ja selber reden! Na, ich werde ihnen mal auf die Sprünge helfen. Sie sind Comter Robert Dubois und haben auf der Karibik-Insel St. Lucia eine große Zuckerohrpflanzung, wenn ich richtig informiert bin. ... Na, erinnern sie sich?"
**3

156

XIII.   *Alles Zucker, oder was?*

Er erinnerte sich an gar nichts mehr. Aber daß er Zuckerrohrpflanzer sein sollte, konnte er sich beim besten Willen nicht vorstellen. Trotzdem, ... nun, wenn er schon selbst nicht wußte, wer er war, dann war er halt der Comte Robert Dubois, von Beruf Zuckerbaron.

Sein Gesundheitszustand besserte sich langsam, aber stetig. Nach einer Woche konnte er bereits allein sein Bett verlassen. Seine Pflegerin, mit der er sich noch immer nicht verständigen konnte, weil er der englischen Sprache nicht mehr mächtig war, freute es, daß sie es jetzt einfacher hatte, sein Bett zu machen. Sie brauchte ihn auch nicht mehr zu füttern.
Ihm war es recht unangenehm, jemand Bediensteten zu haben. Ihm kam es so vor, als sei das nicht richtig.

Nach einer weiteren Woche konnte er in ihrer Begleitung das Haus erkunden. Es war eine prächtige, zweistöckige, weiß getünchte Villa in einem wundervollen Barockgarten. Seine untere Etage war aus gebrannten Ziegeln, die obere, wie die meisten Häuser in der "neuen Welt", aus Holz. Wie so viele hochherrschaftliche Wohnhäuser jener Zeit orientierte sich auch dieses Schlösschen, denn als ein solches konnte es angesehen werden, an Versailles. Neben mehreren Schlaf- und Gästezimmern in der oberen Etage, hatte es einen Bankettsaal mit sehr vielen, großen Spiegeln, in dem unter anderem auch das Cembalo stand und der fast über zwei Etagen reichte, sowie mehrere kleinere Aufenthaltsräume, eine große Bibliothek, zwei Arbeitszimmer, ein Kaminzimmer im unteren Bereich, einen speziellen Rauchsalon für die Herren und einen Damensalon für die Kaffeekränzchen der Hausherrin. Der Hausarzt bewohnte ein kleines Gartenhaus, das auf dem Weg zu den Ställen und Scheunen lag. Tom .... oder Robert ... wunderte, daß er nirgends eine Küche im Haus sah. Erst als er mehrere Tage später durch das Anwesen schlenderte, entdeckte er deren Eingang an der Nordseite des Gebäudes. Daß das "Gesinde" in winzigen, offenen Kojen im Dachgeschoß hauste und versteckte, enge Gänge zu kaum sichtbaren Türen in den herrschaftlichen Räumen führten, die nach einem ausgeklügelten System angelegt worden waren, wußte er nicht. Man wollte zwar Bedienstete haben, prahlte vor Gästen sogar gelegentlich mit deren Anzahl, aber man wollte sie nicht wahrnehmen. Das Personal hatte in diesen Kreisen stets unsichtbar zu sein.

Je fitter er wurde, um so mehr lag ihm an der Erkundung seiner Umgebung. Bereits zwei Wochen nach seinem ersten Erwachen hier in Montreal, saß er mit der Comtess, dem Arzt und ihrem Mann, gleichfalls ein Graf wie er, erstmals an der morgentlichen Frühstückstafel. Der Graf war etwa ende fünfzig. Das Gespräch lief schwer, weil Robert Dubois nichts zu erzählen wußte. Während das Personal eifrig und still hin und her huschte begann der alte Graf: "Schön, sie endlich an unserem Tisch zu sehen, Comte." "Ganz meinerseits, Herr Graf. Dank der aufopferungsvollen Pflege durch ihr Personal und ihre zauberhafte Gattin geht es mir heute schon besser." Die Comtess errötete leicht unter ihrer dicken Schicht Puder und kicherte. Ihr Mann sprach weiter: "Haben sie eine Ahnung, was mit ihnen geschehen ist?" Der Arzt schaltete sich ein: "Comte Dubois leidet unter einer massiven Amnesie. Wahscheinlich ein Schock durch die Ereignisse in der Schlacht am Monongahela. Er hat dort vermutlich mehrere Tage unter den toten Inselaffen gelegen und hatte einen gewaltigen Blutverlust. Gott sei Dank haben ihn die Indianer noch rechtzeitig gefunden und dann zu uns in den Norden gebracht. Vermutlich hätte er in dem Fort in der Wildnis sonst seinen Geist ausgehaucht." Tom ... oder Robert ... nickte: "Ich kann mich an den Moment erinnern, als eine Bleikugel meinen Oberschenkel durchschlug und an einen mächtigen Schlag auf Schläfe und Hinterkopf. An mehr jedoch nicht. Weder weiß ich die Umstände in der Schlacht, noch von meinem Leben davor." Der Graf nickte bedächtig und die Comtess kicherte: "Na da wird sich ihre Frau aber freuen. Ich habe letzte Woche einen Brief an sie auf ihrer Insel St. Lucia geschrieben." Tom ... oder Robert ... wurde hellhörig: "Woher wissen sie so viel über mich?"

Der alte Graf antwortete: "In ihrem Uniformrock waren Identifikations-Papiere. In unserer Garnison hier in Montreal half man mir weiter. Wenn sie sich etwas erholt haben, möchte man sie dort sehen. Man hat durchblicken lassen, daß man sie gern auf einem Schiff bis in die Hudsonbay bringen möchte, denn nach diesen schweren Verletzungen, sind sie wohl kaum noch als Offizier diensttautlich."

Der Arzt: "Dem kann ich nur beipflichten, verehrter Comte." Robert ... oder Tom: "Wie kann ich ihnen, Herr Graf, für ihre Gastfreundschaft danken?" Der Graf antwortete trocken: "Ich würde mich über ein Fäßchen Zuckerrohrmelasse freuen. ... oder über ein Fäßchen ihres, ... wie heißt der Schnaps, den sie aus Zuckerrohr brennen? ... Rum! .... über Rum würde ich mich sehr freuen." Seine Gattin griff ein: "Mir wäre ein Ladung Champagner lieber." Ihr Gatte antwortete diplomatisch: "Meine Liebe, in der Karibik wird kein Champagner hergestellt. Bei Comte Dubios arbeiten nur schwarze, ekelhaft stinkende und über die Maßen schwitzende Neger, die mit ihren bloßen, schwarzen Händen das Zuckerrohr ernten, schneiden und auspressen. Das ist doch so, Comte?" Tom / Robert: "... ich habe alles vergessen und weiß es wirklich nicht ..." "Bei Deinem geliebter Champagner, meine Liebste, werden dagegen die Trauben des Weins von putzigen, kleinen, weißen Kinderhändchen bei uns in Frankreich geerntet, bevor daraus von erfahrenen Männern ein Saft gekeltert wird, der direkt in den Flaschen zur Gährung kommt." Der Arzt: "Bleibt aber noch zu ergänzen, daß im Rum die komplette Wärme der Sonne in der Karibik eingefangen wurde und Comte Dubios sicherlich nicht schlecht daran verdient, sonst hätte er sich nicht so einfach ein Offizierspatent kaufen können."

Tom / Robert staunte nicht schlecht, über das, was er hier alles an der Frühstückstafel erfuhr. Da konnten alle weiteren Mahlzeiten ja sicher genau so spannend sein.

Die Tage vergingen. Mit der Zeit lernte Robert, wie er sich in Ermanglung seines richtigen Namens jetzt selbst nannte, das gesamte Hauspersonal kennen. Wenn seine zauberhaften Gastgeber nicht da waren, las er in der Bibliothek alles was er über den Anbau von Zuckerrohr und die Produktion von Rum in die Hände bekam oder er schlich sich über den Hintereingang in die Küche, in der er sich wohler fühlte, als unter "Seinesgleichen". Nach einigen Tagen schaffte er, gestützt auf einen Gehstock, den ihm sein gönnerhafter Gastgeber geschenkt hatte, bis zum Gartenhaus, in dem der Arzt lebte und praktizierte. Der Arzt bekam vom Grafen eine großzügige Apanage und dieses Gartenhaus zur Verfügung gestellt und behandelte dafür alle Bewohner des Anwesens, aber auch die etwas weniger wohlhabenden Nachbarn. Mit dem Arzt philosophierte Robert gern.

Als seine Kräfte es zuließen, begann er, gestützt auf seinen Gehstock, seine Ausflüge bis zu den Ställen und Wirtschaftsgebäuden auszuweiten. Dem Grafen gehörten wohl ein Dutzend Pferde, wovon etwa ein Drittel starke Kaltblüter waren und mehrere Kutschen.
Gerade in der Umgebung der Tiere fühlte er sich recht wohl.

Als die Comtess mitbekam, wie weit Robert mittlerweile eigenen Fußes kam, lud sie ihn zu einer Kutschfahrt in einem einachsigen Einspänner ein, um das komplette Anwesen etwas näher kennen zu lernen, bei dem sie selbst die Zügel in die Hand nahm. Vermutlich hatte sie auch etwas Langeweile, weil ihr Mann, der Graf, als Politiker meist den ganzen Tag und manchmal auch über ein Wochenende nicht zu haus war. Im Wirtschaftsgebäude munkelte man unter der Hand, daß der Graf wohl irgendwo ein Liebchen, die Sopranistin am hiesigen Opernhaus war, habe und nicht böse darüber war, daß seine Gattin, die Comtess mit Robert eine gewisse Abwechslung habe.

Weshalb der Graf auch keinerlei Anstalten machte, Robert nach St. Lucia zu schicken. Aber das waren nur Gerüchte und Robert freute sich über die

Aufmerksamkeit, die seine hochwohlgebohrene Gastgeberin, aber auch die Angestellten des Anwesens, ihm schenkten.

Das Grundstück war gewaltig. So groß, daß ein komplettes Irokesendorf hier Platz hätte, überlegte Robert. Aber wir kam er dazu, diesen Vergleich zu ziehen? Das Anwesen hatte keine Äcker, sondern nur einen kleinen Kräutergarten direkt hinter der Küche. Alles andere war ein gut durchdachter und angelegter Park, der zum Flanieren und darin verweilen einlud.

Das, wovon das Anwesen sich tatsächlich ernährte, lernte Robert erst kennen, nachdem er die Comtess danach gefragt hatte. Es wurde ein herbstlicher Tagesausflug mitten im Indianersommer, für den die Comtess den Zweiachser samt Kutscher und Verpflegung orderte. Es ging von der Insel, auf der Montreal liegt, einen halben Vormittag lang nach Norden. Dort hatte der Graf eine Farm, auf der mehrere Sorten Getreide angebaut, Hühner, Schweine, Kühe und Schafe gehalten wurden. Ein paar Weinstöcke einer Sorte aus der Bretagne, die Winter vertrug, eine Streuobstwiese mit mehreren Sorten Äpfeln, Birnen, Kirschen und Pflaumen und mehrere weitere Wiesen, die für ihr benötigtes Heu notwendig waren, ergänzten alles. Als sie durch einen kleinen Birkenhain kamen, hatte Robert erneut das Gefühl, als ob irgendetwas an seinem jetzigen Leben nicht richtig sei. Ihm fehlte eindeutig Wald. Der Graf ließ auf seinen Ländereien auch verschiedene Gemüse anbauen. Bohnen, Kürbis, Erbsen ... und Weißkohl. Und wieder hatte Robert das Gefühl, als ob Kohl etwas mit seinem früheren Leben zu tun hätte. Er kam aber nicht dahinter, was es war.

Es war noch einmal etliche Tage später, als sie in ihrer trauten Viererrunde angemeldeten Besuch zum Abendessen bekamen. Die Blätter der Bäume standen mittlerweile in flammenden Farben. Der Besucher war ein Major der montrealer Garnison. Nachdem man beim Essen allgemeine Höflichkeitsfloskeln ausgetauscht und sich der Graf beim Personal lauthals darüber beschwert hatte, wie fürchterlich alt die Trüffel schmeckten, mit denen die Enten gefüllt waren, kam man zum eigentlichen Grund des Besuchs. Man habe einige Dinge, die Robert bei seiner Ankunft hier auf diesem Anwesen dabei gehabt hätte, seiner Frau zur Identifikation in die Karibik geschickt, um zu erfahren, ob Comte Dubois wirklich der Comte Dubois sei. Die Antwort sei erst vorgestern in der Garnison hier in Montreal eingetroffen und positiv ausgefallen. Mit dem Brief sei eine kleine Schatulle voller Livre von ihr geschickt worden, um entstandene Unkosten die für die Unterbringung und Genesung ihres Gatten angefallen ein mußten, zu begleichen und um ihm eine angenehme Rückfahrt zu ihr nach St. Lucia bezahlen zu können. Außerdem hatte sie noch ein paar Livre extra mit eingepackt, weil sie vermutete, daß er hier nur noch einen beschädigten Soldatenrock habe und er sich doch für die Rückfahrt zu ihr doch neu einkleiden möge.

So machte sich Robert Dubois am nächsten Tag, er hinkte ja kaum noch, aber ein gewisser Gehschaden würde ihn wohl bis an sein Lebensende begleiten, prophezeite ihm der Hausarzt, daran beim Grafen seine Sachen zu packen. Sein großzügiger Gastgeber schenkte ihm seinen Gehstock und bat seine Gattin, die Comtess, Robert noch zu einem Schneider in die Innenstadt zu begleiten, damit er sich neu einkleiden könne, denn seiner blauen Uniform sah man an, daß sie an einigen Stellen, da wo er in der Schlacht vermutlich seine Verletzungen erworben hatte, geflickt war. Trotz aller Bemühungen des Personals war es nicht gelungen, die Blutflecken daraus vollständig zu entfernen. So ging es auch mit seinen Unterkleidern. Wobei der Graf ihm auch da bereits einiges geliehen hatte, da Robert in Montreal nur mit der Kleidung angekommen war, die er am Leib gehabt hatte.

Robert war glücklich, sich endlich finanziell bei seinem Gönner reinwaschen zu können und ihm seine Auslagen zu ersetzen. Wobei er allerdings keine Ahnung von den französischen Preisen in ₣ hatte. Komischer Weise hätte er das in etwa in britischen Pfund £ angeben können. Erneut fragte er sich, wer war er?

Er war sich auch sicher, daß er als einfacher Mann niemals so behandelt worden wäre und nie solch einen angenehmen Gastgeber gehabt hätte. Vermutlich hätte man einen einfachen Mann auf dem Schlachtfeld verbluten lassen.

Der Graf bat ihn, er möge noch eine weitere Woche verweilen und wies seine Gattin an, dafür zu sorgen, daß Robert angemessene Kleidung durch einen guten Schneider angepasst werde. Zugleich gab er Robert den Tipp, sich nicht nur nach der von seiner Gattin angegebenen Modemeinung bei seinem Kauf leiten zu lassen, sondern er möge im Hinterkopf behalten, daß man bei einer Seereise durch die Wildnis auch praktische Dinge bei der Kleidung zu bedenken habe.

Montreal, auf dieser wunderbaren Insel am Sankt-Lorenz-Strom gelegen, war mehr als großzügig angelegt. Einem engen Stadtkern der zum Zeitpunkt unserer Geschichte bereits gut einhundert Jahre alt war und der sich an die alte Festung schmiegte, folgten ausgedehnte hochherrschaftliche Wohnsitze Adliger, die hier vor allem mit dem Pelzhandel zu weiterem Reichtum gelangen wollten. Mit einer Einwohnerzahl von rund achteinhalbtausend Menschen, war es zwar eine der größeren Siedlungen in Neufrankreich, hielt sich aber im Vergleich mit Paris in beschaulichen Grenzen, ja zog nicht einmal mit den meisten Verwaltungscentren Frankreichs im alten Europa gleich. Dennoch hatte die Stadt ein Opern- und ein Theaterhaus und mehrere Bordelle der gehobenen Art.

Die Comtess fuhr mit ihm in die Altstadt, führte ihn zu verschiedenen Schneidern und kehrte schließlich bei einem von ihnen mit Robert ein, von dem sie wußte, daß er handwerkliches Geschick hatte und solide Arbeit ablieferte. Das ganze dauerte einen ganzen Tag und nahm beide sehr in Anspruch. Da es ein paar Tage dauerte, bis die Kleidung fertig war, fuhr Robert am nächsten Tag mit der Comtess zum Hafen, der im Süden der Insel lag. Neben großen Überseekähnen, die ihre Ladung aus dem Mutterland löschten, um mit Pelzen nach Frankreich zurück zu kehren, lagen hier auch Schaluppen, die den französischen Postverkehr entlang der amerikanischen Ostküste durchführten und Ketch's für den Überseepostverkehr im Hafen, sowie sehr, sehr viele Kanues, die sowohl von den Waldläufern, den weißen Fallenstellern, als auch von den Indianern und den Inuit genutzt wurden. Eine Ketsch benötigte in etwa nur ein

Drittel der Zeit, die ein normaler Lastensegler bis nach Frankreich benötigte und konnte im Sommerhalbjahr innerhalb von etwa zwanzig Tagen die Strecke über den Atlantik schaffen. Im Winter war der Postverkehr allerdings, auch mit der Karibik, eingestellt, weil dann der Sankt-Lorenz-Strom und die Sankt-Lorenz-Bay, in die er mündete, großflächig vereiste. Zweimal pro Woche ging eine Schaluppe auf die Reise in die Karibik, die ein bis zwei zahlende Passagiere mitnehmen konnte.

Der Chef der Postniederlassung war, als Robert und die Comtess nach einer Mitfahrgelegenheit in die Karibik fragten, ein wenig aufgeregt, denn der Winter stand jetzt unmittelbar bevor und niemand wußte, wie lang noch diese Postfahrten in diesem Jahr möglich waren. Er riet Robert, wenn es nicht gleich morgen möglich war, so dann doch noch in dieser Woche abzureisen.

Nun ging alles recht schnell. Innerhalb weniger Tage war die für Robert neu angefertigte Kleidung abholbereit. Er hatte sich vom Schneider sowohl wärmende Sachen für den St. Lorenz-Golf anfertigen lassen, als auch, auf Anraten desselben, leichtere Kleidung, da St. Lucia in der Nähe des Äquators lag. Er wollte bei seinen wohlwollenden Gastgebern noch Abschieds-Fest geben, scheiterte aber auf Grund der Kürze der Zeit und und wiederholte statt dessen, daß er sich mit Melasse und Rum von seiner Plantage erkenntlich zeigen würde.

Sie brachten ihn am Abfahrtag beide zum Hafen. Die Comtess war in Tränen aufgelöst, weil sie so ihren Spielkameraden, als solches sah sie Robert an, verlieren würde. Und das kurz vor einem weiteren langen und langweiligen Winter. Der Graf selbst bekam feuchte

Augen, wußte er sich doch nun wieder unter der Kontrolle seines Weibes, was Schäferstündchen mit seiner Geliebten schwieriger machte.

Die Schaluppe, auf der Robert als Passagier mitfuhr, hatte nur zwei Segel, die an einem Mast getakelt waren. Einschließlich des Kapitäns hatte sie sieben Mann Besatzung. Lediglich das Achterdeck hatte einen geschlossenen Aufbau. Dort lagerte die Post, da war die kleine Kombüse für den Tee und eine Koje für den Kapitän. Die Mannschaft und die Passagiere mußten in Hängematten auf dem Vorschiff schlafen. In Kästen, die entlang der gesamten Bordwand verliefen, waren Feuerholz für die Kombüse, Nahrungsmittel, Wasser, weitere Verpflegung und die persönlichen Sachen der Seeleute und Gäste untergebracht.

Robert betrat vom Steg der Anlegestelle das Boot. Er wollte beim Ablegen helfen, ihm wurde aber durch einen der grobschlächtigen Seemänner bedeutet, daß er sich bitte nicht in die eingespielten Arbeitsabläufe der Crew einmischen möge. Er bekam einen Sitzplatz auf einem Hühnerkäfig vor dem Mast zugewiesen, das war es. Als die Schaluppe vom Hafen in den Sankt-Lorenz-Strom hinab eindrehte, merkte Robert, was er vermißt hatte: den Wald. Zu beiden Seiten des Stroms erstreckte sich vielfarbiger Dschungel. Es war offenbar nur noch eine Frage der Zeit, bis die ersten Nachtfröste die bunten Blätter von den Bäumen jagen würden. Hin und wieder kamen ihnen Kanues mit Inuit, Indianern oder Fallenstellern entgegen. Winzige Ortschaften, kleine Marktflecken mit oft nicht mehr, als einer Hand voll roh gezimmerter Häuser, lagen weit von einander entfernt, wie winzige Inseln der Zivilisation in der Wildnis, am Strom. Hatte dort jemand Post für ihre Tour in die Karibik, dann wurde dies durch einen weißen Fetzen Stoff, der an einem Mast am Landungssteg hing, kund getan und die Schaluppe legte an. Hatten sie selbst Post für eine der Siedlungen dabei, landeten sie einfach an. Um sich nicht größeren Gefahren auszusetzen, übernachteten sie, bis sie zum Atlantik kommen würden, in solch winzigen Siedlungen und in den Niederlassungen der Hudson-Bay-Company, deren einzige Verbindung zur Außenwelt dieser riesige Strom und einige Indianerpfade waren.

Oft brachten ihnen die Bewohner dieser Außenposten der Welt zum Abend hin, gegen ein paar France, eine warme Suppe oder etwas durchgegahrtes Wildbret, so daß niemand auf ihrer Schaluppe zu kochen brauchte und sie obendrein auf den staubtrockenen allgegenwärtigen Schiffszwieback verzichten konnten. Auch Trinkwasser gab es täglich frisch, natürlich aus dem Strom selbst. Mit zunehmender Nähe zum St.-Lorenz-Golf wurde das Wasser aber immer brackiger, salziger, so daß sie auf frisches Trinkwasser aus den Siedlungen angewiesen waren, je näher sie dem Atlantik kamen.
"Ach, da ist ja der alte Jean-Luc wieder! Wir haben euch schon erwartet.", hieß es oft, wenn sie irgendwo anladeten.

Es wurde jetzt täglich kälter und Robert war froh, daß er sich wärmende Kleider zugelegt hatte. Sich um warm zu werden auf der Schaluppe bewegen, ging wegen ihrer geringen Größe nicht und so saß Robert Tag für Tag auf dem Hühnerkäfig vor dem Mast und ließ die Natur mit all ihren wundervollen Schönheiten und Reizen an sich vorbei ziehen. Riesige Schwärme an Wandertauben kreuzten in der Luft ihren Weg. Gänse, auf der Flucht vor dem bevorstehenden Winter schnatterten in Keilformation über ihnen. Im Strom tauchten Bisamratte (Nutria), Biber und gewaltige Welse vor ihnen ab. Bären, die so fett waren, daß sie sich kaum noch bewegen konnten, brachen gelegentlich am Ufer durch das Schilf, um zu trinken, oder um einen der gewaltigen Elche als letzte Mahlzeit vor ihrer eigenen Winterruhe, zu schlagen. Karibu-Herden durchschwammen den Strom, um vom einen zum anderen Ufer zu kommen. Aus dem Wald hörte man die Brunftrufe des Wapiti. Gelegentlich schob sich der mächtige Kopf eines Waldbison durch das Schilf und scheuchte Unmengen an Enten und anderen Wasservögeln auf.

Die ihnen entgegen kommenden Wasserfahrzeuge wurden immer weniger. Nur noch zweimal begegnete ihnen noch ein größeres Frachtschiff das aus Europa mit mittlerweile von Stürmen zerfetzten Segeln den Weg über den Atlantik geschafft hatte und hier im Sankt-Lorenz-Strom mühsam gegen die Ströhmung ankreuzte. Etwa alle ein bis zwei Tage kam ihnen ein Postschiff entgegen. Mit der Sprechtrompete, manchmal aber auch durch schlichte Zurufe tauschte man sich kurz über Neuigkeiten, ihre Tour betreffend, aus. Hinter dieser oder jener Flußgabelung läge jetzt ein umgestürzter Baum im Wasser und es bestünde die Gefahr, daß sich der ein oder andere starke Ast desselben durch die Planken der Schaluppe bohre, vor dieser oder jener Landmarke gäbe es auf der rechten Seite des Flusses eine neue Sandbank die mit Vorsicht zu genießen sei oder in dem komischen, kleinen Marktflecken, zwei Tage stromab, in dem es diesen bärbeißigen Vertreter der Hudson-Bay-Company gäbe, habe den die süße, schnuckelige und sehr nette und zauberhafte Jaqueline, die Tochter vom Bauern Harms, plötzlich geheiratet. ... Vielleicht gäbe es ja noch Reste vom Hochzeitsschmaus, wenn Jean-Luc dort anlege.

So machten Nachrichten hoch oben im Norden Kanadas die Runde.

Täglich wurde es nun merklich kälter. Als sie den St.-Lorenz-Golf erreichten, herrschten bereits tagsüber so kalte Temperaturen, daß das Wasser von den Stromrändern her gefror. Kapitän Jean-Luc schaute immer verdrießlicher und meinte, vermutlich würde noch das nachfolgende Postschiff durchkommen, aber das wäre es wohl mit dem Postverkehr bis zur Schneeschmelze im Frühjahr gewesen und Robert habe verdammtes Glück, daß er dieses Postschiff hier noch erreicht habe.

Ein letztes, kleines Nest, in dem sie übernachteten und in dem sie sich mit frischer Nahrung versorgten. Daneben ein Leuchtturm als Landmarke, der den ankommenden Schiffen vom Atlantik den Weg in die Sankt-Lorenz-Bay wies, dann stoben sie hinaus auf den Ozean. Das Wasser wurde zunehmend milchiger und zäher. Viele kleine Eiskristalle machten den Atlantik zu einem Sorbet. Sie fuhren nun auch Nachts hindurch. Die Wacheinteilung wurde geändert und selbst der Passagier bekam die Aufgabe, im Vorschiff sitzend, nach größeren Eisschollen Ausschau zu halten.

Sie brauchten indes nur wenige Tage, um aus dem entstehenden Eisschild in den Golfstrom, der die

Ostküste des nordamerikanischen Kontinents relativ lange Eisfrei hielt, zu gelangen. Sie fuhren jedoch weiterhin Nachts hindurch und mit äußerster Vorsicht. Der Kapitän ließ ab jetzt den Mast nur noch zur Hälfte aufstellen und die Segel nur bis knapp über der Wasseroberfläche hissen. Sie kamen nun nämlich in das Gebiet, in dem sie auf britische Patroullien, Postschiffe oder größere Kriegsschiffe treffen konnten. Zwar war ihre kleine Schaluppe schnell und wendig, aber nur ein halbwegs ordentlich gezielter Kanonenschuß, selbst wenn er mehrere Fuß abseits von ihnen ins Wasser schlug, konnte ihr kleines Boot bereits zum Kentern bringen. Weil sie versuchten, sich so unsichtbar, wie möglich zu machen, trafen sie zunächst auf keine weiteren ihrer Postboote, denn die taten dasselbe wie sie: sich unsichtbar machen.

Eines schönen Nachmittags begann sich der Himmel von der Backbord*'-Seite her in wunderbaren Farben zu zeigen und der Wind ließ fast komplett nach. Kapitän Jean-Luc's Gesicht zeigte noch mehr Sorgenfalten, als sonst.
"Sofort alles festzurren! Da kommt was auf uns zu! Und sie binden sich bitte am Boden an den Planken fest, Comte, sonst gehen sie über Bord!" Widerspruchslos zurrte sich Robert fest. Der Kapitän war ein alter Haudegen, der wußte, was er tat. Er ließ das Segel einholen, legte dann den Mast um und ließ das Schwert in der Mitte des Schiffes um eine Hand breit weiter nach unten schieben. So lag die Schaluppe stabiler im Wasser und war auch ohne Segel im schlimmsten Falle steuerbar, da der Schiffsrumpf an sich bei Sturm schon wie ein Segel wirkte. Über das gesamte Schiff wurde

anschließend geteertes Segeltuch gespannt, das das Eindringen von Wasser ins Boot vermindern sollte. Das Feuer des kleinen Herdes in der Kombüse wurde gelöscht. Und dann ging es auch schon los. Meter hoch türmten sich die Wellen, Gischt schäumte. Der Wind schien von allen Seiten gleichzeitig zu kommen. Je zwei Mann in Ölzeug hielten das Steuer. An "Kurs halten" war nicht mehr zu denken. Die alten Seehasen steuerten auf gut Glück und rein nach Gefühl. Robert senkte seinen Kopf immer tiefer in den Rumpf des Bootes. Übel wurde ihm, aber er mußte nicht spucken. Die kleine Schaluppe wurde wie eine Nussschale zehn Meter angehoben, um sofort wieder ins Bodenlose zu stürzen. Brecher mit ungeheurer Kraft schlugen auf sie ein. Die Schaluppe neigte sie mal hier, mal dort hin, drohte immer und immer wieder zu kentern, war aber letztlich klein und leicht genug, um im nächsten Augenblick oben quer auf einem Wellenkamm dahin zu rasen. Den guten Leuten am Steuer sei dank.

Das Unwetter dauerte zweieinhalb Tage. An eine Ortsbestimmung war in dieser Zeit nicht zu denken.
Als der Sturm allmählich nachließ und Robert sich wie gerädert vorkam, ließ der Kapitän auf den nächst gelegenen schwarzen Strich am Horizont zulaufen, der, wie sich schnell herausstellte, eine Inselgruppe war.
Vorsichtig ließ der Kapitän seine Schaluppe näher an die Inseln heran fahren. Plötzlich hatte er wohl eine Landmarke erkannt und brummelte etwas von: "Schnell weg hier."

Robert fragte nach, warum, woraufhin der Angesprochene erklärte: "Der Sturm hat uns schneller als erwartet nach Süden, aber auch hinaus in den Atlantik geschoben. Vor uns liegen die Bermudas. Die sind britisch. Denen möchte ich nicht in die Hände fallen."

Mehrere Tage vergingen, bis sie wieder Land vor sich hatten. Florida und die Bahamas. Von nun an waren sie wieder in der bewohnten Welt. Der Kapitän wußte, auf welcher Insel, welche kleine, französische Ansiedlung lag, wo man Umwege fahren mußte, um nicht mit den Briten aneinander zu geraten, die gleichfalls einige der Inseln oder nur Teile davon beanspruchten, wo es die in ihrem Konflikt neutralen Spanier gab und wo die eher den Briten zugeneigten Holländer saßen. Er kannte auch das eine oder andere Piratennest.

Und so kam, was kommen mußte. Sie hatten eine kleine, Hispaniola vorgelagerte, Insel gerade passiert, als eine wohlgezielte Kanonenkugel wie aus dem Nichts plötzlich weit vor ihrem Bug ins Wasser schlug und sich eine schlanke Fregatte aus der Bucht dieser Insel ihnen entgegen schob. Robert hatte Angst, aber Jean-Luc beruhigte. Er ließ die Schaluppe der Fregatte erst entgegensegeln und als sie nebeneinander waren, wendete er und fuhr parallel zu dem großen Schiff in einem Abstand von nur einigen dutzend Ellen über die weitgehend glatte und nur etwas kabbelige See.

Auf dem Deck hoch über ihnen tat sich etwas. Eine junge Frau mit langen, feuerroten Haaren beugte sich über die Reeling zu ihnen hinab und rief in einem komischen Gemisch aus englisch, französisch und einigen spanischen Brocken, und nur einen Teil davon verstand Robert: "Das hab ich mir fast gedacht, daß bei diesem sonnigen Wetter der alte Jean-Luc mit seinem Sardineneimer unterwegs ist. Wie gehts dir, alte Hundelunge?" Der Kapitän antwortete: "Anne Bonny**', mein Liebchen, ich hab mich schon gefragt, wann wir uns auf dieser Tour begegnen. Wo hast du deine Gespielin Mary Read gelassen?" "Ach, die Mary ist noch bei ihrem Kerl auf den Bahamas in New Providence. Du weißt ja, echte Liebe macht die Menschen immer betrunken und sie können nicht mehr richtig denken. Sie will ihm eine eigene Farm bei New Providence finanzieren und schaut sich deshalb einige der Güter mit ihrem Stecher an. Und du, Alterchen? Hast du denn etwas geladen, was sich für mich zu plündern lohnte?" "Hab nur die übliche Post, überwiegend Buchhaltung innerhalb der Kolonien und einen prachtvollen, hinkenden Hengst unserer großartigen Armee."

Der Kapitän kicherte, als er weitersprach: "Ist angeblich ein Rum-Baron von St. Lucia. Aber für den bekommst du kein Lösegeld von seiner Frau. Ist selber so arm, daß er nicht mal ein Fässchen Rum für uns für die Fahrt hier übrig hatte. Willst du ihn dir mal für ein paar Stunden in dein Bett holen, bis sich unsere Wege wieder trennen müssen?" Anne Bonny besah sich Robert von oben herab und meinte dann: "Nein, der ist mir zu mickrig. ... und wenn er dabei auch noch hinkt ... Außerdem hat er auf dem Kopf kaum noch Haare und du weißt doch, Alterchen, ich brauche einen Kerl, der im Bett zupacken kann." Sie drehte sich nach hinten um und redete mit einem Matrosen, dann wendete sie sich wieder an die Mannschaft der Schaluppe: "Ich hab vor einigen Wochen vor Panama ein paar Kanues aufgebracht, die mit irgendwelchen Blättern beladen waren. Die Indios, denen ich das Zeugs abnahm, meinten, es wären Coca-Blätter aus Bolivien, die sie als Indios gerne kauen würden und deshalb damit handelten. Schmecken süßlich, sind aber teuflisch. Ein einziges Blatt über die gesamte Zeit einer Wache gekaut und du hast einen Rausch, Alterchen, wie nach der ersten Flasche Brandy, die du nach deiner Entjungferung gesoffen hast. Unglaublich!" Sie ließ an einem Seil einen prall gefüllten Beutel aus Opossumhaut zu ihnen herunter und rief: "Mit den besten Grüßen von der größten Piratin aller Zeiten!" Und direkt an Robert gewand: "Und wenn eines Tages mal jemand in der Türschwelle zu deiner Farm steht und dir sagt, Anne Bonny will dich ficken, dann schickst du dein Weib aufs Feld und folgst meiner Einladung mit einem Fässchen deines Selbstgebrannten. Verstanden? Denn das bist du mir schuldig, Hinkefuß!" Robert nickte eingeschüchtert.

Die Fahrtrouten der beiden Schiffe trennten sich nach dieser kurzen Zusammenkunft und die Schaluppe fuhr wieder ganz im Sinne der französischen Krone.

Die Tour zog sich jetzt entlang der Inselkette, die als "Kleine Antillen" bekannt ist. Nun war Robert auch klar, warum manch Brief wohl etwas länger dauerte und er deshalb so lang in Montreal hatte bleiben können.
Die Flora und Fauna fand er interessant. Auf unbewohnten Inseln dominierte noch der ursprüngliche Zustand seit Beginn der Welt. Auf bewohnten Inseln waren die Küstenstädtchen umgeben von weitläufigen Plantagen, an die sich Natur anschloss, die bereits durch den Menschen beeinflußt war. Auf unbewohnten Inselchen, oft davor, gab es Natur pur. Palmen, verschiedene Agaven und Sträucher im Unterholz. Dazu Massen anVögeln die einen unglaublichen Lärm

verursachten. Im Wasser Alligatoren, Haie und Schwertwale. An Land dafür Flughunde, Warane und andere Echsen, Schildkröten und leichende Pfeilschwanzkrebse. Die Nester, in denen sie Station machten, unterschieden sich kaum. Überall entlang der Häfen die Bordelle und Spelunken, in den Straßen dahinter die Handwerker und Lagerhäuser, dann das Armenviertel und am Rand die Reichen.

"Morgen erreichen wir St. Lucia!", unterrichtete der Kapitän eines Morgens seinen Passagier.

... und genau hier wird der letzte Teil dieser Trilogie ansetzen.

XIV.   *... mal hier, mal dort ...*

Der Krieg entlang der Großen Seen nahm mit der Schneeschmelze 1756 wieder an Fahrt auf. Auch wenn man im Dorf am Biberfluss nicht immer alles mitbekam, so war man doch nicht außerhalb des Geschehens. Der Boden im Wald war noch aufgeweicht, als sie von Ray nach einer Fahrt nach Fort Du Quesne die Nachricht erhielten, daß der Kommandant des Forts mit den Sauerkrautlieferungen unzufrieden sei. Mit so wenig könne er seine Mannschaft nicht verköstigen. Wenn man ihm die im Winter ausgefallenen Lieferungen, auf Grund der zugefrorenen Gewässer konnte George seinen Verpflichtungen schlicht nicht nachkommen, nicht binnen eines Monats nachliefern würde, würde Frankreich eine Strafexpedition zur Onondaga-Siedlung am Biberfluss organisieren.

Das konnte nur bedeuten, daß die Franzosen in diesem Falle vornehmlich Mingos schicken würden und es käme zu einem Bürgerkrieg innerhalb ihres eigenen Dorfes.

Wohl oder übel setzten George und Clara deshalb gleich zwei zusätzliche Fässer an. Sie mischten einen Teil ihres alten Sauerkrautansatzes, den sie wegen der Milchsäurebakterien wie einen Schatz hüteten, mit leicht zu vergährenden Dingen, wie Maisstroh und Blaugras und hofften das Beste.

Für ihren kleinen Handelsposten wurde es ab dem Sommer immer schwieriger, an die Waren zu gelangen, die alle im Indianerland brauchten: Feuerwaffen, Blei und Pulver. Weil sich viel weißes, schießwütiges Gesindel im Wald herum trieb, wurde das Wild immer scheuer und war mit Pfeil und Bogen kaum noch zu jagen. Wild wurde deshalb auch immer rarer. Die Felle wurden durch den Stress, den die Tiere hatten, immer dünner. Gleichzeitig erhöhten Briten und Franzosen ihre Preise für Schießzeug kräftig, denn zum einen brauchten Schwarzpulver, Blei und Gewehre im Krieg ihre eigenen Leute, weshalb die ganzen Lieferungen aus Europa schon gleich von Haus aus teurer waren, zum anderen "regelte" der Markt des beginnenden Turbokapitalismus hier natürlich die Preise. Wurde ein Handelsgut rar, wurde es teurer. Und das passierte hier mit dem Schießzeug.

Es drehte sich alles immer schneller und selbst in den Dörfern der Irokesen wurde es zunehmend unruhiger. Lediglich in der Zeit des strengsten Frostes war man halbwegs sicher und von der Außenwelt abgeschottet. Hungersnöte grassierten im Indianerland, denn durch den Krieg bestellten sie ihre Felder nur noch unregelmäßig und sie bauten nur noch das Nötigste an. Wurden Dörfer verwüstet, versuchten deren Bewohner bei Verwandtschaft in Nachbardörfern unter zu kommen. Die hungerten aber oft selbst. Clara und George hatten Mühe, ihr Heiligtum, ihren Sauerkrautansatz, zu pflegen. Immer wieder kamen marodierende oder in den Schlachten ringsum versprengte Söldner durch ihr Dorf. Sie vom plündern und vergewaltigen von Frauen und Kindern abzuhalten, war eine nicht immer leichte Aufgabe.

Im einen Monat saßen noch die Franzosen in Fort Du Quesne, im nächsten Monat bereits die Briten, die es in Fort Pitt, das spätere Pittsburgh, umbenannten. Das ganze wechselte noch einige male, bis sich die Briten darin vollends festsetzten. So geschah es mit allen anderen europäischen Festungen. Und immer noch eine Welle aus Schlachten und Verwüstung rollte über das Land. Für George wurde es schlimm. Man konnte sich nie darauf verlassen, daß der Handelspartner, dem man vor zwei Wochen noch eine Lieferung überbracht hatte, auch der war, den man beim nächsten mal dort wieder antraf, ob Verträge noch galten, ob Preise weiter Bestand hatten und ob es überhaupt möglich war, weiterhin den Kohl für ihr Sauerkraut anzubauen.

Diese allgemeine Unruhe übertrug sich auch auf unsere Protagonisten. Morgentau hatte in dieser Zeit zwei Fehlgeburten, eines ihrer Kinder, ihr Sohn, starb nach nur vier Wochen an Unterernährung, weil sie in dieser Zeit selbst gerade hungerten. Clara erlitt eine Totgeburt und konnte froh sein, daß eine alte Onondaga-Frau wenigstens ihr das Leben retten konnte. Als Morgentau im Frühjahr 1762 nach knapp vier Monaten Schwangerschaft erneut eine Fehlgeburt erlitt, stand für George fest, daß sie von hier verschwinden mussten.

XV. Flucht – 1762

Den Ausschlag dafür, es tatsächlich zu tun, waren andere Ereignisse. Die Niederlage der Franzosen zeichnete sich in diesem Konflikt bereits ab. Unsere fünf bekamen mit, daß der Ottawa-Häuptling Pontiac begann, ein Netzwerk von Willigen aufzubauen, die die Briten von den Großen Seen wieder vertreiben sollten. George wollte nicht erneut zwischen die Fronten geraten und sie begannen, ernsthafte Überlegungen anzustellen, wohin sie denn nun fliehen könnten. Sie begannen, Pemmikan herzustellen, Kinickinick in Fässern einzulagern und sich selbst mit Schießzeug zu versorgen.

Eines morgens, noch mitten in diesem Frühjahr, kam Blauvogel, den sie mittlerweile über ihre gemeinsamen Erlebnisse in Fort Du Quesne aufgeklärt hatten, aufgeregt zu ihnen.

"Mein Vater lässt euch ausrichten, daß ihr endlich eure Sachen packen sollt.", sagte er zu George, der ihn mit großen Augen sehr verwundert anschaute. George rief nach Clara und Morgentau, Ray war erst gestern von einer weiteren Tour nach ... na wie hieß es nun, Fort Du Quesne oder Fort Pitt, ... zurück gekehrt und hatte berichtet, dort säßen nun die Briten. Ihn weckten sie. Gemeinsam gingen sie zum Häuptling, der ihnen erklärte, was der Grund für Blauvogels Ansage war. Im Nachbardorf am Hirschaugenfluß kampiere eine britische Armee unter dem Regiment von Colonel Bouquet. Dieser verlange binnen einer Woche die Herausgabe "aller weißen, von den Indianern Gefangenen" an die Briten, sonst würde er mit seinen Männern sämtliche indianischen Dörfer südlich des Eriesees niederbrennen. Und bei diesen "Gefangenen", sei es egal, ob sie wie im Falle von Blauvogel, von liebevollen indianischen Eltern adoptiert seien, oder ob die "gefangenen Weißen" freiwillig bei den Indianern lebten und auch, zu welchem Volk sie gehörten. Nun wußte der Häuptling zwar, daß Clara und George weder mit der einen, noch mit der anderen weißen Seite etwas zu tun hatten, aber weil Bouquet Schweizer Söldner im Dienste der Briten war, wollte der Häuptling am Biberfluss mit seinen beiden Preußen lieber kein Risiko eingehen.

"Entweder ihr lasst euch von Bouquet gefangen nehmen oder ihr verschwindet von hier. Denn bevor ich mein ganzen Dorf von den Briten niederbrennen lasse, verbrenne eher ich euer Haus. Morgentau kann gern in mein Haus zurückkehren. Ich habe gesprochen. Hugh!"

Entsetzt starrten sie den Häuptling an. Aber George wußte auch, weshalb der Häuptling jetzt so hart zu ihnen war. Er hatte zu entscheiden gehabt, das Wohl vieler, also dem seines ganzen Dorfes, gegen das einiger weniger, also Georges, Rays und Claras und letztendlich auch Blauvogels abzuwägen.
"Häuptling, wann brichst du mit Blauvogel auf?" "Ich wollte mit ihm morgen gehen." "Wenn du zurück kommst, werden wir nicht mehr hier sein. Bis auf zwei werde ich all meine Pferde eurem Dorf überlassen." Der Häuptling nickte: "Wisst ihr schon wohin? Ich habe gehört, hinter dem großen Fluß nach Sonnenuntergang hin soll die Welt noch in Frieden sein." "So hatten wir uns das auch gedacht.", sagte George.

Bis zum Mittag hatte er alles, was sich für ihn von anderen ordnen ließ, angewiesen und in Gang gebracht. Er mußte mit Micha in ihrer Station am Ohio reden. Er wollte es persönlich tun und nicht Ray übermitteln lassen. So machte er sich ein letztes mal auf den Weg zu ihrem kleinen Posten am großen Fluß, den er nach anderthalb Tagen erreichte. Er fuhr selbst nur noch drei bis viermal pro Jahr zu seinem Posten. Meist nahm er ihn als End- oder Umkehrpunkt bei einem seiner Jagdausflüge. Der Posten hatte sich etwas vergrößert. George hatte ihm dafür die beiden Mulis überlassen, die hier Rück- und Rangierarbeiten leisteten, wenn mal eine größere Menge von irgendwas in einen anderen Gebäudeteil umgelagert und die Heumaad von einer der Wiesen eingebunkert werden mußte. Mittlerweile lebten hier auch vier Lenape-Familien in ihren kleinen, kugeligen Rindenhäuschen.

Wie immer, wenn er hier einkehrte, wurden ihm von Micha zuerst die neuesten Errungenschaften gezeigt und er bekam eine detaillierte Führung durch sämtliche Räume und über das gesamte Gelände. Nach Indianerart rückte George nicht gleich bei seiner Ankunft mit seinen, schlechten, Neuigkeiten, heraus, sondern erst, nachdem der andere erzählt hatte.

Sie setzten sich mit ein paar frisch gefangenen und ausgenommen Fischen an ein Feuer vor dem Haus und starrten gemeinsam in die Flammen, als George in wenigen Sätzen zusammenfaßte, um was es ging. "Ich weiß noch nicht, wie wir das ganze Lager hier auflösen können, aber vermutlich müssen wir einen Teil den Indianern überlassen. Vielleicht geben sie dir dafür einen Teil ihrer Kanues und du kommst dann zur Mündung des

181

Biberflusses und wartest da auf uns. Ich wollte Dir zur Hilfe Ray schicken, wenn ich wieder wieder dort oben bin.", beendete George seinen Bericht. "Ich geh nicht weg.", antwortete Micha trocken auf diesen Vortrag. "Wie, du gehst nicht fort? Hast du nicht zugehört? Du gehörst zu uns." "Nein ich geh aber nicht fort von hier, George. Sieh, ich hab mich hier mit den Lenape angefreundet. Und eine der Frauen, eine ihrer wohlgemerkt unverheirateten Frauen, hilft mir nicht nur im Haushalt, sondern sie wärmt nicht nur in kalten Winternächten regelmäßig mein Bett. Außerdem fühl ich, daß Tom noch am Leben ist. Schon deshalb muß ich hier bleiben." "Und was machen wir mit John?" "Ich hatte mit John so einen Fall schon einmal erörtert. Er müßte übrigens morgen früh wieder hier sein. Wenn es dir recht ist, würden wir dir einen Teil der Waren hier in spanischen Goldmünzen ausbezahlen und den anderen Teil innhalb der nächsten fünf Tage in Fort Pitt an die Briten verkaufen und dir auch dieses Geld noch zukommen lassen. Dann können John und ich hier bleiben und in Ruhe auf Tom warten." "Das ist keine schlechte Idee. Goldmünzen sind einfacher zu transportieren, als Kinickinick. Okay, ich bin einverstanden, Micha!"

George sah ins Feuer und begann dann, die saftige Haut von seinem im Feuer gerösteten Fisch zu ziehen, dann fuhr er fort: "Morgentau kann die Sprache des Wampum***' lesen und in solche Gürtel nähen. Wir werden dich über indianische Boten wissen lassen, wohin es uns verschlagen hat. Du müßtest dir das dann nur von deinen Lenape übersetzen lassen. Aber wenn du bereits eine Squaw in deinem Bett hast, dürfte das eher das

kleinere Problem sein, schätze ich mal." Mich nickte.
"Ich danke dir, Freund.", sagte er gerührt.
George wurde jetzt wieder ganz Krämer: "Was willst du
hier behalten?"

Sie einigten sich schnell. Für George waren spanische
Goldmünzen, Pulver und Blei wichtig, für Micha war es
Kinickinick. Noch am selben Abend machte George sich
wieder zurück zum Dorf am Biberfluss. Die Münzen
hatte er wie in dieser Zeit üblich in einer stabilen
Lederrolle um den Leib gewickelt. Im Kanue selbst hatte
er je ein Fass Schwarzpulver mit einem halben und eines
mit Blei mit gleichfalls einem halben Zentner Gewicht
geladen. Das war mehr als das Gewicht eines ganzen
Mannes.
George fuhr die Nacht über durch und langte deshalb
bereits am nächsten Tag im Dorf an, wo er den anderen
von seinem Deal berichtete. Er stellte seiner Frau frei, bei
ihren Leuten bleiben zu können, die winkte aber ab und
wollte lieber ihrem Manne folgen.

George wollte auf dem Ohio bis zur Mündung in den
Mississippi, auf diesem etwas Stromauf und in einen
Fluss, den die Indianer Missouri nannten, um sich dort,
fernab ab von Franzosen und Briten nieder zu lassen.
Ganze vier Tage packten sie. Ihnen schienen Samen und
Setzlinge für Kinickinick wichtig, um später mit den
umliegenden Indianern Handel treiben zu können. Pulver
und Blein waren wichtig und einige Eisengegenstände,
wie Sägen, Beile, Nägel, Töpfe, Nähnadeln, Fassreifen,
Hacken zur Bodenbearbeitung. Sie wollten wenigstens
ein Paar ihrer pommerschen Kaltblutpferde mitnehmen.
Ihre Herde hatte sich hier im Dorf ohnehin bereits gut

vergrößert und so nahmen sie nur je eines der gerade von der Muttermilch entwöhnten Füllen mit. Eine Kiste mit Hühnern mußte genau so mit, wie Claras und Georges Sauerkrautansatz, Samen für Kohl, Getreide für den Anbau und ein halbes Fass ihres eigenen Bieres, wegen der darin enthaltenen Hefe, dazu ein Ziegenbock und eine Geiß. George vergaß auch nicht seinen eigenen Bogen, der ihm noch immer gute Dienste leistete. Und schon mußte eine weitere Kiste mit Eisendingen mit. Eiserne Pfeilspitzen waren schärfer, als die von den Irokesen genutzten aus Stein.

Vier Kanues waren nötig, wobei sie darauf vertrauten, auf dem guten alten Ohio stromab getragen zu werden. Zum Schluss luden sie noch ein Fass Pemmikan als eiserne Ration ein und die Dauben für zwei Fässer. Die Füllen, die sie an den Hufen fesselten, kamen in einem Rindenboot unter, in dem auch die Ziegen unterkamen und das dem jeweils ersten Kanue ihres kleinen Tracks angespannt war. Claras Tochter Elisabeth-Christine kam in Rays Kanue unter, weil er schlicht schlicht geschickter als sie in seinem Umgang war.

Der Abschied von ihren Freunden im Onondaga-Dorf war herzlich. Ihre einstigen Lehrlinge Bumblebee und Bibertochter übernahmen ihre kleine Handelsniederlassung, in der sie viele Felle, wilden Tabak, Getreide, aber auch den größten Teil ihrer Ziegen und ziemlich viel Schießzeug zurück lassen mußten.
Einen Tag brauchten sie, um zur Mündung des Biber-Flusses in den Ohio zu gelangen. Auf einer der Marschwiesen entdeckten sie Micha und John, die auf sie gewartet hatten.

Eine Nacht lang tauschten sie beim Feuer noch einmal ihre Erlebnisse aus, seit sie sich alle vor sieben Jahren begegnet waren. Sie vereinbarten miteinander, daß falls Micha und John nicht innerhalb von zehn Jahren irgendeine Nachricht von George und den anderen dreien erhielten, diese beiden sich auf die Suche nach ihnen machen sollten, um wenigstens der Nachwelt von ihnen zu berichten.

Gleichwohl gab es indes auch Neuigkeiten von den Briten, die John in Fort Pitt aufgeschnappt hatte. Die Franzosen stünden kurz vor der Niederlage. Wenn diese kapitulierten, würde das gesamte Gebiet, in dem sie sich gerade befanden, komplett von den Briten vereinnahmt werden. Diese würden anschließend, so ihre Vermutung, von den Briten nach Westen vertrieben werden. Insofern war es für alle Nichtbriten eine gute Idee, das künftige Schlachtfeld zwischen Rotröcken und Rothäuten bereits jetzt zu verlassen.

Als sie am nächsten morgen aufbrachen, überreichte Micha ihnen noch eine Rolle mit spanischen Dublonen, die sich Ray um die Hüften legte.

Sie lagen sich noch einmal in den Armen und wünschten einander alles Gute.

XVI.   *Daniel Boone'*

Faul und träge lag der Ohio vor ihnen. Einzelne Waldläufer hatten ihn angeblich schon bis zu seiner Mündung in den Mississippi befahren. Auf etwa tausend britische Meilen Flusslänge, was etwa knapp 1600 km entspricht, besteht zwischen seinem Beginn an der Vereinigung zwischen Alleghanny- und Monongahela-

River auf 222 m über Meereshöhe und seiner Mündung in den allgewaltigen Mississippi auf 88 m über Meereshöhe nur ein ein Gefälle von insgesamt 134 m, was einem Gefälle von nur gut 9 m auf 100 km entspricht oder gut 90 cm auf 10 km Flusslänge. Die vergleichsweise kleine Spree überwindet von ihrer Quelle in der Nähe der Deutsch-Tschechischen Grenze bis zur Mündung in die Havel in Berlin-Spandau auf nur 382 km Länge einen Höhenunterschied von etwa 401 m. Selbst die vergleichsweise träge dahin fließende Havel überwindet auf ihren 334 km Länge einen Höhenunterschied zwischen Quelle bei 65 m über Meereshöhe bis zur Mündung in die Elbe bei Havelberg auf 22 m über "Normalnull" eine Höhe von 43 m. Daran kann man erkennen, daß der Ohio-River nochmals ein ganzes Stück langsamer floss, als die ohnehin schon behäbige Havel und er sich in der Schneeschmelze sehr viel weiter mit seinen vielen Seitenarmen ins Land hinein ergoß, als die Havel. Letztendlich führt der Ohio-River obendrein noch bei seiner Einmündung in den Mississippi ein Drittel mehr Wasser, als dieser, womit der gewaltige Mississippi eigentlich nur ein Nebenarm des mächtigeren Ohio-River ist. Der Rhein überwindet 2345 m Höhe und ist um ein Viertel kürzer als der Ohio.

Weil sich der Fluss so sehr in das ihn umgebende Tal ergoss, waren auch die Siedlungen der Indianer direkt am Hauptarm überschaubar. Die meisten Indianer siedelten in Dörfern an irgendwelchen Seitenarmen auf weniger morastigem Grund. Aber so etwas war für Clara und George im Prinzip nichts Neues, lag doch ihre Heimatstadt Berlin selbst mehr in einem Moor, als an einem Fluß. Sachsen, Bajuwaren, Böhmen oder Franken bezeichneten Preußens Regierungssitz schon immer etwas herablassend als "mooriges Sumpfnest, in dem man sich nach drei Tagen die Malaria einfängt".

Dies war aber so weit ab von dem, was hier gerade auf dem Ohio-River passierte, daß es uns zu diesem Zeitpunkt nicht wirklich zu interessieren braucht.

Träge kroch der Ohio-River dahin. Das Frühlingshochwasser war bereits vorbei. Der erfahrene Waldläufer Ray mit dem angekoppelten Rindenboot in dem die Tiere lagen zuerst, dahinter Clara mit ihrer Tochter, dann Morgentau und als letzter George, der die Nachhut bildete, so ließen sie sich den Fluss mehr hinab treiben, als daß sie paddelten. Das war Kraft sparender. Nur gelegentlich einmal ein Schlag mit dem Ruder, um einem Hinternis oder einem Strudel im Wasser auszuweichen. Alles ströhmte eine ungeheure Ruhe, Gelassenheit und Frieden aus. In den Wipfeln der teilweise bis in die Flussmitte hinein ragenden Baumwipfel gab es Schlangen, Eidechsen, Schnecken und kleine Säugetiere wie Marder, Mäuse oder Waschbären. Gänse schnatterten in Pfeilformation fliegend hoch am Himmel. Weißkopfseeadler machten neben ihnen im Wasser Beute. Reiher saßen auf ihren Ansitzen direkt über dem Wasser, lauernd auf einen unvorsichtigen Fisch. Riesige Schwärme der Wandertaube hielten mit ihren Gurrlauten im Geäst Kontakt zu einander. Flatterte einer der Schwärme auf, weil zum Beispiel ein Puma eine von ihnen erlegt hatte oder nur auf der Pirsch war, hielten sie mit einem Flugruf, der sich wie das Gekrächze eines Raben anhörte, untereinander Kontakt. Das hatten sie mit der europäischen Türkentaube gemeinsam.

Waldbisons und Wapitis kreuzten schwimmend ihren Weg. Unaufmerksame Entenküken wurde von der amerikanischen Sumpfschildkröte gepackt. Riesige Welse packten auch schon mal ein unaufmerksames Opossum, das von einem zum anderen Ufer unterwegs war. Der Mississippi-Alligator verirrte sich indes fast nie bis hierher in den Norden. Menschen begegneten ihnen selten.

Vor allem wegen ihrer eigenen Tiere kamen sie nur sehr langsam voran. Wenn die Sonne fast im Zenit stand, suchten sie sich irgendwo eine der kleinen Inseln für ein kurzes Picknick. Morgentau sorgte mit ihrem geschickten Umgang mit dem Fischspeer während der Fahrt dafür, daß sie zur Mittagszeit immer einen kleinen Snack hatten, den sie an einem Feuer braten konnten. Während die beiden Frauen die Fische ausnahmen und die Innereien den Ziegen gaben, sorgte meist George mit einem geschickten Schuß seines Bogens für's Abendessen. Oft waren es nur eine unvorsichtige Gans die er aus dem Wasser oder ein paar neugierige und deshalb etwas zudringliche Wandertauben, die er aus dem Geäst holte, meist war es aber wiederum Morgentau, die vom Ufer aus mit ihrem Speer den fetten Lachs oder Wels an Land zog. Ihre Büchsen waren nur für den äußersten Notfall geladen, denn ein Schuß war laut und sie wollten sich doch möglichst unauffällig verhalten. Ein Fisch oder ein kleines Säugetier ließen sich besser aus der Haut schlagen, als Vögel, die man erst rupfen und anschließend abbrühen mußte. Schildkröten verschmähten sie nicht und wenn es sich ergab, verzehrten sie auch Muscheln, Vogeleier und Krebse. Ihre eigenen Tiere koppelten sie an ihren Lagerplätzen so an, daß sich die Tiere selbst etwas zu fressen suchen konnten. Das hieß, Mittags irgendwo anlanden, die Tiere ausladen und ankoppeln, sie dann erst ihrer Fußfesseln entbinden und bevor es weiter ging, die Tiere wieder binden und ins Rindenboot legen. Die gleiche Prozedur, wenn sie übernachteten. Tiere ausladen, ankoppeln, morgens wieder binden und ins Boot.

Nicht weniger kompliziert war es mit Claras Tochter Elisabeth-Christine, die auf Mutterns Kanue tagsüber fast zur Regungslosigkeit verdammt war. Waren sie an Land, durfte sie aber auch nicht, wie in ihrem Dorf, einfach drauf los toben, denn überall konnten Gefahren lauern. Dem Puma und dem Wolf passte sie komplett ins Beuteschema, aber auch dem Wels, der sich unvorsichtige Vögel, Kleintiere und sogar Waschbären mit einem gekonnten Sprung aus dem Wasser sogar von den Bäumen pflückte.

Nach ein paar Tagen hatten sie ihren Rhythmus gefunden. Nach einem kleinen, kalten, Snack beluden sie morgens ihre Boote und ließen sich mit denen auf den Strom hinaustreiben. Morgentau sorgte am Vormittag für ein paar Fische. Während sie die noch auf dem Wasser ausnahm, banden sie und George ihr Kanue hinter Georges, sie stieg in seines um und während er beide Boote lenkte, nahm sie in seinem bereits die Fische aus. Danach trennten sich George und Morgentau wieder. Vorn suchte derweil bereits Ray nach einem guten und möglichst trockenen Lagerplatz für die Mittagszeit. Landeten sie wo an, war vor allem Ray es, der trockenes Holz für ihr Feuer suchen mußte. Meist schlug er untere, trockene Äste von den Bäumen, da auf dem Boden liegendes Holz und Reisig meist feucht war. In dieser Zeit schoss George meist das Abendessen, das sie bereits zur Mittagszeit ausnahmen und aus dem Fell schlugen. Anschließend ging es wieder auf den Fluss. Mit Beginn der Dämmerung suchte Ray einen Platz zum übernachten. Auch dieser mußte, wie zur Mittagszeit, möglichst trocken sein. Nach dem Ankoppeln der Tiere schlugen die Frauen das Lager für die Nacht auf. Nie schliefen sie in ihren Kanues. Ray und George überprüften die Boote bei jedem anlanden auf mögliche Schäden und dichteten die eine oder andere Stelle mit Moos und neuer Rinde ab.

Die Haut der Kanues bestand ja schließlich nur aus hauchdünner Rinde. Dann machten sich beide auf die Suche nach Feuerholz. Möglichst dicke Kloben, die die Glut gut hielten. Dabei schoss George nicht selten Bisamratten, wobei bereits eine mit durchschnittlich etwa zwei Pfund Gewicht das Frühstück für sie fünf für den nächsten Morgen darstellte. Getreide verzehrten sie während ihrer gesamten Reise kaum, denn zum einen brauchten sie es als Samen für ihre Neuanpflanzung, dann als Grundstoff für ihr Bier und zum anderen hätten sie es eh erst mahlen, bzw in einem Mörser zerstoßen müssen und einen Mörser auf einer solch langen Fahrt mitzunehmen hätte unnützes Gepäck mitzuschleppen geheißen, weil sich ein Holzmörser mit Stößel aus dem Stumpf jedes halbwegs harten Holzes schnitzen ließ.

Meist teilten sich die beiden Frauen auf. Während Clara sich um das Abendessen und die Versorgung der Tiere kümmerte, nahm sich Morgentau meist die kleine Elisabeth-Christine zur Seite und suchte mit ihr Cranberrys und andere Beeren oder Hickory-Nüsse vom

Vorjahr. Sie zeigte ihr welche Blätter und Pflanzen essbar waren. Der wilde Chicoree gehörte unter anderem dazu, junge Buchenblätter und die Bucheckern selbst, Birkenblätter oder auch Klee. Morgentau zeigte der Kleinen, wie man die Rinde von Birke und Ahorn anritzte, um den Saft der Bäume über Nacht anzuzapfen und in einem geflochtenen Rindengefäß aufzufangen, um ihn am nächsten Morgen mit der doppelten Menge Wasser zu einem leicht süßlichen Getränk zu machen, das obendrein noch nahrhaft war. Oft kam aber Clara sogar zu diesen Lehrstunden mit und erfuhr so auch etwas über die Pilze und welche davon tödlich giftig und welche essbar waren.

Während die angekoppelten Füllen in Ruhe an dem Ort grasten, an dem sie angepflockt waren, knabberten ihre beiden Ziegen an der Rinde und den süßen Trieben umliegender Bäume. Die Hühner indes mußten in ihren engen Käfigen bleiben und bekamen neben frischem Gras auch einige der noch blutigen Innereien der gejagten Tiere oder gefangenen Fische. Morgentau zeigte Clara und ihrer Kleinen auch, wie man eine Sumpfschildkröte aus ihrem Panzer schlägt, wie man den Panzer der Schildkröten als Topf benutzen kann, um darin eine nahrhafte Suppe aus Enteneiern, Ahornsirup und Birkenblättern zu kochen, welche Schlangen und Eidechsen sich für eine Suppeneinlage eigneten, aber auch, wie man die Schutzhütte für die Nacht baut.

Als Unterlage für ihre Bisonfelle, in die sich jeder einzelne einmummelte, Elisabeth-Christine schlief natürlich bei ihrer Mama, wurden zuerst trockene Blätter vom Vorjahr und Moos als Unterlage zusammengetragen.

Meist geschah dies am Fuße eines alten Hickory oder einer Eiche. Aus längeren, Laubbäumen ausgeschlagenen Ästen, deren Holz war meist elastischer, als das von Nadelbäumen, wurde danach ein grobes Gerüst im Halbrund um diese Lagerstatt gebaut, indem die Äste zunächst angespitzt in den Boden gerammt und nach oben hin weiter verflochten wurden. Dieses Gerüst wurde zu den Seiten und halb nach oben hin durch einzelne Lederplanen als Windschutz abgedeckt.

Blieb es trocken, war alles in Ordnung. Nach diesen abendlichen Verrichtungen, die alle bereits in der Dämmerung statt fanden, traf man sich sodann am Feuer. Hier wurde das zubereitet, was man an Nahrung erbeutet hatte. Nach dem Essen wurden die angefallenen Felle mit Steinklingen vom restlichen Fleisch gesäubert. Dieses bekamen am nächsten morgen die Hühner. An ihrer Kleidung wurde geflickt, was nötig war und die Waffen wurden gepflegt. Das hieß, daß das Zündkraut auf den "Pfannen" kontrolliert und die Holzteile und Läufe der Flinten mit Biberfett eingerieben wurden. Mit Biberfett hielt George auch seinen Bogen geschmeidig.

Nachts übernahm Clara die erste Wache. Die Zeit nach Mitternacht teilten sich George und Ray und wechselten mit der Anfangszeit dabei täglich. Erst mit der um diese Jahreszeit sehr früh einsetzenden morgentlichen Dämmerung übernahm Morgentau.
Sie wußten, daß ihnen Nachts am besten das Feuer Raubtiere wie Bär, Puma und Wolf abhielt. Dieses Feuer mußte man deshalb auch Nachts in Schach halten. Seine Flammen durften nicht zu hoch lodern, um die anderen nicht zu wecken und um Fremde nicht auf sich

aufmerksam zu machen. Auf der anderen Seite mußte es, vor allem durch seinen brenzligen Geruch, die Raubtiere von ihnen fern halten.

Um sich die Mücken, deren Angriffen sie entlang des Flusses unaufhörlich ausgesetzt waren, vom Leib zu halten, hatte Morgentau auch hier wieder indianische Hilfsmittel, die die Europäer nicht kannten. Eine rötliche Paste, hergestellt aus verschiedenen Mineralien, aus tierischen Exkrementen, Pflanzenteilen und dem Inhalt von Tierdrüsen, aufgetragen auf unbedeckte Körperteile, half, wenn sie auch nicht alle Plagegeister fern hielt. Diese Paste war es im übrigen, die den Indianern den beinamen "Rothaut" von den Europäern einbrachte. Da diese rote Paste relativ leicht abwaschbar war, mußte sie gerade auf dem Wasser an den Händen fast ständig erneuert werden.

Auch und gerade um sich über Nacht die blutsaugenden und ständig um sie herum sirrenden Mücken vom Leib zu halten, war es üblich, daß derjenige, der gerade seine Wache hatte, eine ziemlich übel riechende Mischung ihres Kinickinick rauchte.

Problematischer war es bei Regen. Und es regnete ziemlich häufig. Waren sie gerade auf dem Fluß und sahen an Hand der Wolken einen Schauer oder ein Gewitter auf sich zukommen, dann suchten sie Schutz unter den ausladenden Ästen alter Weiden. Regnete es sich aber mal einen Tag mit fiesem, dünnem Landregen ein, deckten sie ihre Boote mit Lederhäuten ab. Zur Mittagszeit fand man bei Dauerregen jedoch oft nicht genug trockenes Holz für ein Feuer. Das gleiche dann Abends. In beiden Fällen hielten sie sich an ihren Vorrat mit Hickory-Nüssen und an ihren Pemmikan. Ihre Tiere wurden unter einer Lederplane angepflockt. Die Hühner blieben in ihrem Käfig auf den an Land gezogenen Kanues. Um selbst Nachts bei Regen nicht in kaltem Matsch zu liegen, banden sie sich für die Nacht in die Wipfel hoher Bäume. Die Wache, blieb am Boden und mußte ein irgendwie zustande gekommenes Feuer, das mehr qualmte, als das es Wärme abgab, hüten. Zumindest gab es bei Regen aber keine Mücken.

Morgentau machte am morgen nach einem Regen gern mit Elisabeth-Christine auf die Pirsch nach den fetten Larven von Zikaden, Mai- und Junikäfern und nach Grillen, die man allesamt als Einlage mit in die nächste Suppe oder als Grundstoff für neuen Pemmikan nutzen konnte.

Hin und wieder kamen ihnen Indianer in ihren Booten entgegen oder sie wurden von welchen überholt. Meist waren es Händler, mit ihren Waren auf dem Weg zum nächsten Dorf. Manchmal waren es einzelne Krieger, die gerade auf einem Jagdausflug oder auf einem Fischzug unterwegs waren. Seltener trafen sie auf Familien. Ergab es sich, daß sie zur Mittagszeit auf solche Menschen trafen, luden sie sie mit an ihr Feuer, denn das war so Sitte im Indianerland. Über Nacht aber blieb nie jemand bei ihnen.

Sie waren bereits zwei Wochen unterwegs, als George eines Morgens nach ihrem Aufbruch plötzlich das Gefühl hatte, als würde ihnen jemand auf einem Kanue folgen. Aber es war einer dieser Tage mit Landregen, an denen man kaum hundert Schritt weit schauen konnte, weil der Regen so seicht wie Nebel fiel. George schaute sich immer wieder nervös um, aber da war nichts.

Zur Mittagszeit ließ der Regen vorübergehend so weit nach, daß sie sich an einer Furt, die offenbar regelmäßig von Waldbisons und anderen großen Tieren genutzt wurde, für eine kleine, frisch zubereitete Mahlzeit niederlassen konnten. Und wieder war George so, als würden sie beobachtet. Er teilte dies den anderen mit. Auch Morgentau hatte dieses komische Gefühl und Ray ebenfalls. "Rat mal, wer zum Essen kommt.", unkte Clara.

Sie richteten sich also auf einen Mittagsgast ein. Aber es passierte nichts. Einmal gakelten die Hühner in ihrem Käfig etwas, den sie wie immer mit an Land genommen hatten, denn blieben die Hühner in ihrem Käfig im Kanue, bestand die Gefahr, daß sie die Rinde des Bootes mit ihren Schnäbeln aufhackten oder mit ihren spitzen Krallen aufkratzten. Mehr war nicht. Nach dem Mittag hatte George das Gefühl, plötzlich nicht mehr beobachtet zu werden.
Damit hatte sich das ganze für ihn erledigt. Als sie wieder auf dem Wasser waren, verstärkte sich der Landregen etwas.

Es ging bereits zur beginnenden Abenddämmerung hin, es war später Nachmittag, der Regen hatte sich zwar etwas abgeschwächt, aber sie waren dennoch alle nass bis auf die Haut, als Ray in seinem Kanue vorn plötzlich Zeichen gab, daß die anderen schnell zu ihm aufschließen mögen und er selbst gegen die, zugegebener Maßen nicht all zu kräftige Strömung anpaddelte, um seine Position zu halten. Als George neben ihm angekommen war, sah er selbst, worauf Ray sie hatte aufmerksam machen wollen.

Am Ufer einer relativ großen Insel mitten im Fluß stand ein Mann und gestikulierte mit Armen und Beinen in ihre Richtung. Hinter ihm erahnten, vor allem aber errochen sie unter einer Regenplane aus Büffelhaut ein Feuer.

Ray schaukelte in seinem Boot etwas und gab damit den anderen zu verstehen, daß er etwas sagen wollte. "Könnte eine Falle sein.", meinte er, als George mit seinem Boot neben ihn kam. "Könnte ....", erwiderte George genau so leise. Er fuhr fort: "... aber wozu?" "Um uns in die britische Armee zu pressen?", fragte Ray lauernd. "Mitten in der Wildnis?", entgegenete George. "Wir sind hier näher an Virginia, als mir lieb ist.", antwortete Ray. "Nur zu spekulieren macht auch keinen Sinn.", sagte George. Die beiden Männer schauten sich ratlos an. George kam zu einem Entschluss. "Lad ganz offen deine Büchse, dann steig mit in mein Kanue. Die Frauen bleiben mit den anderen Booten hier draußen. So schlimm ist die Strömung ja nicht, daß sie nicht ein paar Augenblicke dagegen anpaddeln könnten.", meinte George.

Als Ray umgestiegen und seine beiden Boote in der Obhut der Frauen waren, meinte Ray zu George: "Irgendwas kommt mir bei dem Typen komisch vor. Sieht mir nicht aus, wie ein Weißer und auch nicht wie ein Indianer, wenn ich mich nicht irre." "Wir beide sehen aber auch weder wie das eine, noch wie das andere aus.", meinte George. Sie näherten sich dem Fremden, der nun ganz offensichtlich seine Flinte mehrere Schritte neben sich an einen Baum hing und sich mit offenen und erhobenen Händen wieder ans Ufer stellte. "Mich soll doch glatt der Teufel holen, wenn ich mich nicht irre.", kicherte Ray jetzt. "Von dieser Waschbärmütze hab ich doch schon mal gehört, wenn ich mich nicht irre." "Ich weiß nicht, worauf du hinaus willst, Ray." "Ja, doch, George, je näher wir im kommen, um so klarer sehe ich. Sollte mich nicht wundern, wenn wir hier einer lebenden Legende begegnen, wenn ich mich nicht irre.", kicherte Ray erneut.

Als sie das Ufer erreichten, kam der Mann mit seiner Waschbärmütze und seiner Lederkleidung, die an ihren Nähten Fransen hatte, mit erhobenen, offenen Händen auf sie zu und zog sie mit ihrem Kanue ans Ufer. Als Ray und George aus ihrem Boot ausstiegen, strahlte er beide an: "Keine Angst! Ich bin ein Freund der Indianer und aller friedlichen Menschen. Ich habe schon viel von ihnen gehört und wollte sie deshalb kennenlernen. Im ganzen Ohio-Tal sind sie Gesprächsstoff bei den roten Menschen. Ich bin Waldläufer und Fallensteller, wie sie. Mein Name ist Daniel Boone."
George klappte die Kinnlade herunter und Ray kicherte in sich hinein: "Das hatte ich mir fast schon gedacht, als ich ihre Mütze sah, wenn ich mich nicht irre." George erwiderte: "Auch ich habe bereits von ihnen gehört, Mister Boone. Sie haben doch auch unter General Braddock am Monongahela-River gekämpft. Sie sind eine lebende Legende, Sir. Und jetzt erkenne ich auch ihre charakeristische, lange Flinte." Boone lächelte: "Ist es ihnen denn recht, wenn wir in den nächsten Tagen gemeinsam reisen und abends am Feuer ein paar Geschichten miteinander austauschen würden?", dabei schüttelte er herzhaft ihrer beider Hände. Ray gab darauf hin den Frauen Zeichen, daß sie heran kommen und anlanden möchten.

XVII.   *Die Maisschlange*

Der Abend wurde lang. Daniel Boone hatte eine Menge Geschichten zu erzählen. "...und sie waren in der Schlacht bei Fort Du Qesne dabei?", fragte George, nachdem Daniel etwas von seinem bisherigen Leben erzählt hatte. "Ja, das war ich. Ich war Wagenlenker im Tross von General Braddock. Zum Glück, muß ich sagen, denn wir waren die letzten, die in diesen Schlachtkessel hinein und die ersten die da auch wieder heraus kamen.", sagte er. "Ich weiß, tausendvierhundert Mann, da wird man nicht jeden persönlich kennen, aber ein Tom Armstrong ist ihnen da sicher nicht untergekommen, wenn ich mich nicht irre?", fragte Ray und Daniel antwortete:

"Da waren ganz viele Männder dabei, die man irgendwo auf der Straße aufgegabelt hat. Und so wie ihr Freund John erzählte, daß man sie für Fahnenflüchtige hielt, da ist es gut möglich, daß ihr Tom beim Angriff in der ersten Reihe gestanden haben muss. Die sind aber alle niedergemäht worden. Sehr unwahrscheinlich, daß da jemand lebend heraus kam. ... Obwohl, ich hab da so'ne Geschichte gehört, von einem Typen, von dem man annahm, er sei ein französischer Graf, den aber niemand nicht im Fort Du Quesne behandeln wollte, weil der kein einziges französisches Wort sprach. Huronen haben den angeblich darauf hin nach Montreal gebracht. Zum Glück hatten die einen guten Medizinmann. Das ist das, was ich gehört hab. Aber man hört ja in diesen Wäldern hier sehr viel. Aber hab ich euch schon erzählt, wie mir die Seneca guten wilden Reis schenkten und ich nicht wußte, daß das guter wilder Reis ist, weil er schwarz ist und nicht weiß, wie dieses chinesische Zeug und ich das dann einem

Mohawk schenken wollte. Der wollte mir aber den so nicht abnehmen. Sei zu großzügig, so ein Geschenk, meinte er und darum wollte er mir die Tantenschwester seiner Nichte zum Weib geben. Da hab ich aber gestaunt und hab mein Angebot zurück gezogen und den Reis meiner Frau gegeben. Die war sowas von entzückt, sag ich euch. Total lecker, dieser Wildreis.'** Ich hätte ja sonst auch in die Hütte der Mohawk mit einziehen müssen.", erzählte Daniel und Morgentau bestätigte, daß dieser Reis, weil er schwer zu ernten war, sehr viel Wert sei und lecker schmecke.

"Wie weit möchten sie denn mit uns mitkommen, Mr. Boone?", fragte Clara, in deren Schoß sich mittlerweile, weil sie müde war, ihre Tochter zusammengekringelt hatte und schlief. "Wenn es recht ist, bis dahin wo sie wollen. Ich hab von einem großen Grasland jenseits des großen Flusses gehört, das will ich mir unbedingt sehen, bevor ich zu meiner Frau nach North Caroline zurückkehre. Manchmal muß man schlicht ein paar Meilen Abstand zwischen sich und seinem Lieblingsmenschen bringen, damit die Liebe wieder zündet." "Da haben wir nichts dagegen, Mister Boone, wenn ich mich nicht irre.", kicherte Ray. "Ist es okay, wenn ich heute mal eine der Wachen der beiden Männer übernehme, damit sie nacheinander mal durchschlafen können?", fragte Daniel, an die beiden Frauen gerichtet. "Nichts dagegen. Ich beharre aber auf meiner ersten Wache. Dabei kann ich in Ruhe die Dinge wieder in Ordnung bringen, wozu klobige Männerhände nicht in der Lage sind. Was meinst du, Morgentau?", fragte Clara, schaute dabei aber schelmisch ihren Ehemann an. Morgentau nickte. "Und ab morgen unterstütze ich in meinem Kanue Ray vorn, wenn es recht ist. ... und dann, hey, wir sind jetzt eine Wandergemeinschaft, bleiben wir doch beim du unr Daniel. Ich weiß ja, daß ihr Preußen da gerne unterscheidet, aber Daniel ist mir lieber." George nickte: "Ich wollte nur der lebenden Legende nicht zu nahe kommen. Danke! ... und nun laßt uns schlafen. Schaut mal, nach oben! Sternschnuppen ... und Elisabeth-Christine lächelt im Schlaf ... "

Am nächsten Morgen ging es nun zu sechst los. Daniel war eine große Hilfe. Er hatte noch besser als Morgentau, die ja "nur" eine Sqaw war, einen Draht zu den Indianern. Bei den Indianer herrschte beides, sowohl Patriarchat, als auch Matriarchat. In den Dörfern, in den Häusern und Tipis und auf dem Feld hatten die Frauen das sagen. Sie und sie ganz allein bestimmten, was innerhalb der Dörfer geschah. Was außerhalb der Dörfer geschah, ob Krieg, Frieden oder Handel, das hatten die Männer zu verantworten. Die eigentliche Macht aber hatten die Frauen. Und so verwundert es sicher nicht, daß es immer die Männer waren, die in die Hüten der Frauen und in deren Clan einzogen und sich den Frauen dort unterordneten.

Sie waren bereits ein paar Tage mit Daniel unterwegs, als sich vor ihnen im Wasser eine sehr eigenartige Prozession zeigte. Etwa fünfzig nackte Männer und viele Kinder durchquerten mehr schwimmend, als durchs flache Wasser watend von den Anlegestegen eines Dorfes direkt am Fluß, jeder mit einem Maiskolben in der Hand, wie in einer Wasserschlange, den Ohio-River. Respektvoll hielten unsere Freunde Abstand und ließen die Indianer an sich vorüber ziehen.

Mit gehörigem Respek folgten sie dem letzten Schwimmer in ihren Kanues dieser eigenartigen Schlange. Ein paar hundert Yard, keine Viertelmeile, Flußab landete die Prozession unter viel Gejohle an den Ufern eines anderen Dorfes. George und seine Leute hielten weiter gehörigen Abstand und beobachteten nur aus der Ferne. Als man sie vom Ufer aus entdeckte, bestiegen zwei junge Krieger eines ihrer Kanues und paddelten zu George. Man lud sie zu einem Volksfest, einem Powwow, ein. Das konnten sie natürlich nicht abschlagen.

Sie landeten an, befestigten ihre Boote und ließen sich in den Trubel hinein fallen. Der Grund für dieses Powwow war ein Ereignis, daß es vor vielen Generationen gegeben hatte. Selbst als die heute Ältesten noch Kinder waren, wurde dieses Fest bereits einmal im Jahr begangen.
Vor vielen, also vor sehr, sehr vielen Sommern hatte es sich zugetragen, daß die beiden Dörfer, dieses hier und das auf der anderen Seite des Flusses in eine Notlage geraten waren. Die Dörfer gehörten zu unterschiedlichen Stämmen und hatten nicht einmal eine gemeinsame Sprache gehabt. Seit Menschengedenken hatten sie sich gegenseitig bekämpft. Mal ging ihr Streit darum, wem die angeschossene Hirschkuh gehörte, wenn sie in ihrem Todeskampf auf die andere Flußseite gelangte, wem die fetten Welse am Rande des jeweils anderen Ufers gehörten oder welche Flußseite Anspruch auf den Biber haben konnte, der in der Flußmitte seine Burg errichtet hatte.

Dann kam aber ein sehr heißer Sommer und der sonst mächtige Ohio-River war nur noch ein Rinnsal, das Wild floh immer tiefer in den Wald und der Mais auf ihren beiden Feldern verdorrte. Da kamen die großen Mütter dieses Dorfes auf die Idee, den Müttern auf der anderen Flußseite mit einigen Maiskolben zu helfen, damit dort die Not nicht noch größer wurde. Die Männer beidseits des Flußes mußten ihr Kriegsbeil begraben, weil die Frauen es so wollten. Nun hatten es aber die Frauen in diesem Dorf hier mit ihrer Gutmütigkeit übertrieben und ihren bisher feindlichen Nachbarn die Maiskolben komplett mit Stroh gegeben. Als sie einige Tage später in ihren Wald zogen, um Ahorn und Birke für ihren Saft anzuzapfen, stellten sie fest, daß ihnen Maisstroh zum Abdichten der Gefäße fehlte und so fragten sie bei den vorher Beschenkten um Maisstroh nach, das diese ihnen natürlich bereitwillig gaben.

Zu diesem Zeitpunkt konnte man den Ohio-River fast trockenen Fußes durchqueren, weil es so wenig Wasser führte. Nun ließ man sich im Dorf am anderen Ufer nicht lang bitten, und brachte ihnen das Stroh und auch die Hälfte des Fleisches eines gewaltigen Bisons, den ihre Krieger an diesem Tag erlegt hatten. Das ganze geschah zu Fuß durch das Flußbett. Daran erinnerte diese Prozession. Seitdem lebten beide Dörfer friedlich miteinander. Sie lernten die Sprache des jeweils anderen und sie feierten gemeinsam ihre unterschiedlichen Feste. Ja selbst einen Krieg ihrer Stämme gegeneinander konnten diese beiden Dörfer verhindern, weil sie sich gut miteinander verstanden und weil sie eingesehen hatten, daß man nur wenn man gemeinsam kooperiert voran kommt.
Und das wurde jedes Jahr zur selben Zeit hier gefeiert.

XVIII.   *Der Grizzly und die Maus*

Zwei ganze Tage und Nächte blieben sie in diesem netten Dorf, dann zog es sie weiter. Clara, George und Ray staunten! Ihnen war in den Siedlungen der Weißen immer wieder erzählt worden, daß das Land "jenseits der Grenze" "nur erobert werden möchte", weil "niemand darin wohne". Nun aber stellten sie fest, daß das Ohio-Tal durchaus recht homogen besiedelt war. Ja, im Bereich seiner Entstehung des Ohio war die Gegend dichter besiedelt, weiter nach Westen hin, aber das lag schlicht daran, daß die Europäer die Indianer von der Ostküste des Kontinents bereits verdrängt hatten und im Juniatatal und am Alleghanny sich deshalb weitere Indianerstämme in die ursprüngliche Besiedlung hinein gedrängt hatten, aber je weiter sie nach Westen kamen, um so gleichmäßiger waren die Dörfer verteilt. Ringsum gab es noch so viel Wild, daß Daniel und George ohne viel Aufwand an ihr Essen kamen, ja man stolperte förmlich über Wapiti, Bison, Elch, Weißwedelhirsch, Woodchuck (Waldmurmeltier) und selbst der Gabelbock, der sonst in großen Herden auf der Prärie lebte, verirrte sich gelegentlich in den Wald.

Bisamratte, Biber, Otter, Schildkröten und alle mögliche Vögel gaben sich auf und im Wasser ein Stelldichein. Ahorn und Birke standen in vollem Saft und warteten fast schon darauf, angezapft zu werden. Das Land war reich an immanteriellen Ressourcen, an Nahrung und an Menschen, die ihre Schätze zu schonen wußten.

Es hatte wieder einmal stark geregnet, weshalb der Fluß etwas mehr Wasser führte, als sonst. Sie landeten deshalb zur Mittagszeit an einer kleinen Insel an, die als Besonderheit Stromauf mit einer Biberburg begann und sich dann durch das verlanden des Flusses stromab der Burg gebildet hatte. Das Wurzelwerk von Weiden und Birken bildete einen relativ festen Untergrund.

Genau in dem Moment, in dem sie ihre Kanues ans Ufer zogen, stellten sie fest, daß sich auf der Biberburg ein junger Grizzly befand. Neugierig lief er ihnen entgegen. Als er aber den menschlichen Geruch in die Nase bekam, begann er zögernd den Rückzug auf die Biberburg. Dabei stolperte er tapsig über ein Nest Feldmäuse, deren Nest innerhalb der Äste der Burg mit dem zunehmenden Steigen des Wasserpegels des Flußes in Gefahr geriet. Sie waren gerade dabei, ihre Jungen auf ein etwas höheres Niveau der Burg zu verfrachten, als nun das Bärenjunge mitten in sie hinein latschte. Alle Mütter der Welt kämpfen wie Löwen, wenn es um ihre Jungen geht. Die Feldmäuse griffen den kleinen Bären an und bissen in die Unterseite seiner Pfoten. Laut jaulte das Bärchen auf. Von der anderen Seite des Flusses antwortete die Mutter des Kleinen. Mit einem lauten "Platsch" landete sie mitten im Ohio-River und schwamm zur Biberburg. Unsere sechs Menschen beobachteten beeindruckt und erklommen, zur Sicherheit, die stärksten Bäume der Umgebung.

Die Bärin kam nicht weit von ihnen an Land, stürmte auf ihr Baby zu und wich sofort wieder zurück. Zwischen ihr und ihrem Jungen baute sich ein Skunk auf, dem das ganze hin und her zu viel geworden war, hob seinen Schwanz und verspritzte erst in Richtung Bärenbaby, dann in Richtung Bärenmami sein übel stinkendes Sekret. Das war für die empfindlichen Nasen der Grizzlys zu viel. Das Alttier sprang sofort wieder ins Wasser, gefolgt von seinem Jungen. Beide trafen sich nach wenigen Yard. Das Kleine krallte sich im Fell seiner Mutter fest und schwammen ans nächste Ufer, wo sich beide immer und immer wieder die Nasen im Gras des Unterholzes abrieben und andauernd niesten.

Der Gestank aus den Schwanzdrüsen des Skunks waberte allmählich über die gesamte Insel. Mit einem Stinktier in Sichtweite, wollten die Menschen nicht ihre Mittagspause verbringen und so suchten sie sich einen Platz auf einer anderen Insel.

XIX.   *Isegrimm und der Bison*

Ein paar Tage später beobachteten sie eine eigentlich grausame Szene. Eine Herde männlicher Waldbisons, eine sogenannte Junggesellengruppe, wollte eine Furt im Fluß durchqueren. Darunter auch ein mittlerweile ergrauter, alter Herr, dem man die Schrammen und Narben eines langen Bisonlebens, samt vieler Kämpfe um Bisonkühe und -harems ansah. Er war offensichtlich mit einem seiner Vorderläufe versehentlich in einen Dachsbau geraten und hatte ihn sich dabei gebrochen, denn er hinkte sehr und war deshalb auch ein wenig hinter die anderen Bisons zurück gefallen. Wie die Aasgeier sah man ein Rudel Wölfe das versehrte Tier belauern, während ganz im Hintergrund bereits Kojoten jaulten, um sich nach erfolgreicher Jagd ihrer großen Vettern noch ihren Teil am Festmahl zu mopsen.

Der Bison wehrte sich. Stieß mit dem Kopf mal hier, mal da hin, schlug mit den Hinterbeinen aus und traf mit

205

seinem Gehörn einen der Wölfe empfindlich. Aber die Wölfe waren clever. Sie piekten ihn wie Nadeln. Sie verbissen sich in die Fesseln der Hinterläufe, saßen ihm im Genick, hingen an seinem Schwanz und im dicken Fell seiner Lenden. Noch einmal schaffte es der Riese, seine Peiniger abzuschütteln, das rettende Wasser schon ganz nah, aber da brach durch sein Gewicht nun auch sein anderer Vorderlauf und er landete mit seinem Maul im weißen Sand des Ufers.

Jetzt waren die Wölfe wieder über ihm und selbst die Kojoten beteiligten sich daran, den gewaltigen Bison niederzuringen. Der atmete schwer, schaffte es kaum noch, seinen Kopf zum atmen zu heben.

George tat der Bison leid und er ließ hurtig einen Pfeil von der Sehne seines Bogen schwirren. Der Bison bäumte sich nach dem Eindringen des Geschosses noch einmal auf, dann sah man das Licht in seinen Augen erlöschen und er hauchte seine Lebensgeister aus.

Solche und ähnliche Dramen sahen sie entlang des Flusses immer wieder: das Taubenküken, das kaum flügge aus dem Nest in die Mitte des Stromes fiel und sofort von einer Schnappschildkröte von der Wasseroberfläche gepflückt wurde, die Entenküken, die der Reihe nach von einer Gruppe Welse aufgeschlürft wurden, das Reiernest, dessen Gelege durch einen Waschbären ausgehoben wurde, das Rehkitz, das von einem Pume vor ihren Augen gerissen wurde, die Beißerei zwischen Dachs und Vielfraß um einen Kadaver oder den von einem Bären erschlagenen Kojoten, über den sich nun die Raben her machten.

Die Landschaft veränderte sich. Das geschah nicht plötzlich, sondern sehr, sehr langsam. Erst verschwand das dichte Unterholz des Waldes, dann wurden die Grasflächen an beiden Seiten des Ohio-River immer größer und nur noch entlang des eigentlichen Flusses blieben noch Bäume stehen. Die dazwischen liegenden Waldflächen wurden immer kleiner. Der Wald wurde schütter und verschwand schließlich ganz. Sie gerieten in Schwemmland mit vielen Inseln. Sehr viel Schilf und wilder Reis um sie herum, so daß man kaum noch den Hauptarm des Ohio erkannte. Die Anzahl der Indianerdörfer verringerte sich. Die Verständigung mit den Ureinwohnern wurde von Dorf zu Dorf schwieriger. Man verstand zwar noch einzelne Wörter, deren Bedeutung änderte sich indes. Etwa, so, als wenn sich ein Urbayer mit einem Flensburger und schließlich ein Schweizer mit einem Holländer unterhält. Die Mündung des Ohio-River in den Mississippi war ein über viele Meilen ausgedehntes Delta, in dessen Verlauf der Ohio mäanderte und das von Gras- und Schilfflächen dominiert war.

Die winzigen Indianerdörfer hatten relativ geringe Einwohnerzahlen. Mal zwei Familien mit nicht mehr als fünfzehn Menschen, mal drei oder vier Familien mit kaum mehr als dreißig Personen.

Einmal übernachteten sie im Schutze eines solchen Dorfes. Beim abendlichen Feuer unterhielten sie sich mit dessen Einwohnern so gut es ging. Dabei erfuhren sie, daß die Dörfer entlang des Mississippi vor einigen

Generationen eine weit größere Bevölkerungszahl hatten. Die ausgedehnten Grasflächen entlang des Flusses seien einst Maisfelder gewesen. Immer wieder wurde von den Einheimischen der Name "Hernando de Soto" genannt. Der Häuptling des Dorfes wickelte vor ihnen einen kunstvoll in Leder verpackten spanischen Helm, der einmal zu einer eisernen Rüstung gehört hatte, aus und erzählte dabei, daß vor vielen Generationen dieser mit etwa siebenhundert Kriegern das Land entlang des Mississippi und Ohio auf einer Expedition verwüstet habe. Man habe nach vielen Jahren die "Weißen aus dem Süden" (Spanier) in die Flucht geschlagen und diese hätten dabei über die Hälfte ihrer Männer verloren. Aber die Spanier hätten Krankheiten wie die Lungenpest und Pocken in ihrem Land gelassen und damit nicht nur Dörfer, sondern ganze Stämme von ihnen ausgelöscht. Ganze Sprachen und Kulturen seien nach dem Durchzug von Hernando de Soto im Dunkel der Geschichte verschwunden.

Mit etwas Anstrengung ging es nachdem sie die Mündung des Ohio passiert hatten, auf dem Mississippi nach Norden. Riesige, von Buschwerk über dutzende von Jahrzehnten hin überwucherte Pyramiden standen zu beiden Seiten des Flusses.

Hier hörten unsere Freunde von den wenigen Indianer auf die sie trafen von der Kultur der Cahokia, die vor vielen, vielen Generationen diese Bauwerke errichtet haben sollten und die dann jedoch "wie die Geister des Waldes" im Nebel der Geschichte verschwunden seien, noch lange bevor die Spanier hier einfielen. Aber auch die Nachfolger dieser Kultur seien von "den Weißen aus dem

Süden" und erneut fiel der Name "Hernando de Soto", geschlagen und letztendlich durch Seuchen fast gänzlich ausgelöscht worden.

Wichtig war für sie, den friedlichen Kontakt zu den Einheimischen zu wahren. In einem kleinen Dorf, das an der Mündung eines größeren Flusses lag, machten sie Station. Das Volk nannte sich selbst "Mississippi". Sie berichteten ihnen, daß der hier nach Sonnenuntergang abgehende Fluß Missouri heiße.
Er war etwa genau so breit, wie der Ohio, floß aber um einiges schneller, als dieser. Auch führte er eine gehörige Menge an braunem und rotbraunem Schlamm aus den Bergen mit. Das hieß, daß sie von nun an in ihren Kanues ziemlich hart gegen die Strömung ankämpfen mußten. Wo genau sie hin wollten, wußten sie selbst nicht. Sie wollten irgendwo leben "wo es schön ist".

Clara, George, Daniel und Ray waren sich sicher, hier die ersten Europäer zu sein. Sie wurden bei ihrer Wanderung ständig von Indianern beobachtet. Die waren neugierig und nicht unfreundlich. Aber bei jedem Palaver stand die unausgesprochene Frage der Indianer an sie im Raum: Wie viele kommen nach euch?
Die Landschaft änderte sich erneut ein wenig. Sie wurde hügeliger und erinnerte Clara und George ein wenig an das norddeutsche Flachland, durch das Elbe und Havel flossen.
Immer wieder gab es gewaltige Furten, bei denen sie sich nicht vorstellen konnten, warum sie so breit waren. Richtige Bäume, einzelne Weiden und Pappeln, säumten den Fluß. Dahinter hüfthohes, welliges Grasland! Die Prärie!

XXI.   *Eine kleine Ansiedlung*

Sie hatten ihren Platz gefunden. So einfach Land von den Indianern abzuhandeln oder zu kaufen, ging nicht, denn die Indianer kennen bis heute keinen privaten Landbesitz. Also versuchten sie, Kontakt zu den nächsten Dörfern der hier lebenden Indianerstämme aufzunehmen. Daniel, Morgentau und George sollten dies erledigen. Von einem der sie ständig aus der Ferne beobachtenden Krieger eines der Stämme erfuhren sie, wo die nächsten Dörfer welcher Völker lagen. Die Indianer in der Prärie lebten größtenteils halbnomadisch. Im Sommerhalbjahr siedelten sie fest irgendwo in ihrem Stammesgebiet, jagten, bauten aber auch Mais und andere Feldfrüchte an. Die Crow-Indianer beließen es zum Beispiel beim Tabakanbau. In den kalten Monaten zogen die Stämme meist in geschütztere Winterquartiere um, denn die Winter waren in der Prärie, durch das hier überwiegend herrschende Kontinentalklima, bitter kalt.

Nachdem unsere Helden heraus bekommen hatten, wer wo siedelte, errichteten sie ein kleines Biwak direkt am Fluß. Eine Rindenhütte mußte zunächst genügen. Die Pferde und Ziegen blieben weiter angekoppelt und die Hühner in ihren Käfigen. Nachdem sie zu fünft erst einmal diese provisorische Unterkunft errichtet hatten, machten sich Daniel, wegen seiner relativ guten Orientierung und wegen seines Vermögens, sich auf neue Völker intuitiv einlassen und mit ihnen verhandeln zu können, Morgentau, weil sie als Indianerin sich am besten von ihnen mit neuen Völkern verständigen konnte und sie als Frau gewissermaßen der Weichmacher bei Verhandlungen war und George, weil er im Umgang mit

Pfeil und Bogen im Ernstfall die Indianer sicher beeindrucken konnte, auf den Weg zum nächsten Dorf. Währenddessen blieben Clara mit ihrer Tochter und Ray an ihrem Landungspunkt zurück und bewachten dort ihre Habe.

Es gab einige unterschiedliche Stämme, die Teils entlang des Flusses, teils einige Tagesfußmärsche entfernt mitten in der Prärie lebten. Ihre Pferde konnten sie nicht einsetzen, denn die waren noch halbe Babies.

Flußauf fuhren sie mit einem ihrer Kanues und kamen nach zwei Tagen zu einem Dorf eines Stammes, der sich "Missouri" nannte. Schon bei der Begegnung mit dem fremden Beobachter hatten sie gemerkt, daß die Verständigung hier schwieriger war, als in den Wäldern entlang des Ohio. Hier bewies es sich: die Menschen unterhielten sich am Ohio und in den Alleghanny's bis hin zur Atlantikküste in einer der Irokesen zugehörenden Sprachfamilie. In der Prärie gehörten die Völker zur Sprachfamilie der Sioux. Das ist in etwa so ein Unterschied wie in Europa zwischen den germanischen, den slavischen und den romanischen Sprachen.

Sie hatten es in der Prärie mit ganz unterschiedlichen Stämmen zu tun, mit den Arikaree, den Cheyenne, den Lakota, den Dakota, den Missouri, den Oto, den Iowa und vielen anderen. Nicht immer waren die Stammesgrenzen genau gezogen und das bot reichlich Stoff für Konflikte zwischen diesen verschiedenen Völkern. Dabei ging es nie um Macht, sondern nur um Nahrungsmittel. Hungerte ein Stamm, weil zum Beispiel mal wegen des Wetters die Kälber bei den Bisons in einem Jahr ausblieben und die deshalb in kleineren Herden durch die Prärie streiften, mußten die

Jagdausflüge der Indianer ausgedehnter sein und unter Umständen geriet man dann in das Territorium eines anderen Stammes. Deshalb waberten die Grenzen eines Stammes immer ein wenig hin und her.

Es dauerte etwa vier Wochen, das war fast schon zu spät für eine Ernte noch in diesem Jahr, bis man in allen Nachbardörfern die Gemüter beruhigt hatte. Nein, sie würden nicht auf ewig bleiben, aber so lang der Krieg im Osten wüte, so lang wolle man hier siedeln. Es würden ihnen keine weiteren Weißen folgen. Sie würden auch keine Bisons jagen, wenn sie nicht von einem der Stämme einmal explizit eingeladen würden. Ja, man könne mit ihnen auch Handel treiben. Und ja, sie benötigten so und so viel Schritt an Fläche, um Mais, Bohnen und Tabak anzubauen. Im Dorf der Arikaree meinte man darauf hin, das solle man ruhig den Bisons sagen, aber notfalls könnten die Weißen ja dann mit dem Bisondung handeln, was allgemeines Gelächter unter den Arikaree auslöste, aber auf Unverständnis bei unseren drei Verhandelnden stieß.

Noch bevor sie an eine feste Behausung denken konnten, war es zunächst einmal wichtig, ein Stück Land zu pflügen. Einen Pflug hatten sie nicht mitgenommen. Sie säuberten zunächst eine Fläche von alten Holz- und Kadaverresten und Steinen. Aus den Ästen eines geschlagenen Baumes am Fluß zimmerten sie sich einen Holzpflug. Die Pferde waren noch zu jung, um sie vor den Pflug zu spannen, also spannten sich statt dessen die drei Männer davor, während die beiden Frauen mit ihrem eigenen Körpergewicht versuchten, den Pflug in die Erde zu rammen und ihn dort auch zu halten.

Sie mußten die Fläche, an die sie gedacht hatten, zweimal pflügen, um tief genug in den Boden hinein zu kommen. Dann sähten sie, was sie zu sähen hatten.

Als echtes Problem stellte sich der Mangel an genügend Holz für ein Blockhaus, zum Heizen und zum Kochen heraus. Clara hatte bereits nach wenigen Tagen mitbekommen, daß das einzige, was sich an Heizmaterial anbot, der getrocknete Dung der Büffel war.

Um sich ein Haus zu errichten, griffen sie auf Techniken zurück, die George und Clara beim Hausbau in Berlin schon einmal gesehen hatten. Sie brauchten nur wenige Bäume, die als senkrechte Stützpfeiler dienten. Aus dünneren Ästen, Reisig, aber vor allem aus Schilf errichteten sie Wände, die sie auf beiden Seiten mit Lehmschlamm aus dem Fluß und mit dem Material, was sie hier in Hülle und Fülle zur Verfügung hatten, Büffeldung in mehreren Schichten beschmierten. Immer wenn eine Schicht getrocknet war, kam die nächste Schicht darüber. Den Schlamm vermengten sie mit dem Dung und dann ging es ab an die Wand damit.

Sie bauten drei Schlafkojen, je eine für Clara und Ray, eine für Morgentau und George und eine für Elisabeth-Christine und mögliche weitere Kinder. Daniel wollte bereits am Ende des Sommers wieder ins Ohio-Tal zurück.

Die Ställe für die Tiere bauten sie gleich mit an, damit deren Wärme im Winter das Haus mitheizte. Das Dach wurde durch mehrere Balken stabilisiert und mit Schilf und Holzschindeln gedeckt.

Neben dem Hausbau bestellten sie ihren Acker. Den größten Teil des Getreides und des Kohls sähten sie aus, behielten aber für den Notfall fürs kommende Jahr je etwa ein zehntel der Samen zurück, damit sie, falls diese Ernte jetzt missriet, notfalls im neuen Jahr etwas zum anbauen hatten.

Während ihr Vorrat an Pemmikan dahin schmolz, wie das Eis im Frühjahr, versuchten sie sich bereits vor Ort zu ernähren. An dem kleinen Steg neben ihrem Haus, den sie für ihre Kanues gebaut hatten, setzten sie Reusen aus geflochtenen Schilfblättern ins Wasser, um Fische zu fangen. Auf Jagdausflügen in die Umgebung schoß George mit seinem Bogen vor allem Gabelböcke und Präriehunde, aber auch Wandertauben, Trut- und Präriehuhn.
Ihnen machte aber alsbald die recht einseitige, fleischliche Ernährung zu schaffen. Morgentau sammelte deshalb immer öfter, gemeinsam mit Clara und Elisabeth-Christine, die sie beide anlernte, Kräuter, die roh wenigstens ein paar Ballaststoffe und Vitamine hatten.

Eines Morgens wurden sie geweckt von einem tiefen, nicht endenden Donnergrollen, das ihre ganze Hütte erbeben ließ und die Tiere in ihren Ställen mehr als unruhig machte. Als sie deshalb ihre Betten verließen, um draußen nach dem Rechten zu schauen, bekamen sie einen gewaltigen Schrecken. Durch die Furt, die etwa tausend Yard stromab lag und an der sie ursprünglich ihre Hütte hatten errichten wollen, stampften tausende Bisons. Es waren so viele, daß man auf die Entfernung kaum einzelne Individuen von einander unterscheiden konnte. Von Horizont zu Horizont schob sich diese gewaltige Masse an Tieren dahin. Erst gegen Mittag wurden es weniger. George machte sich mit den beiden anderen

Männern auf, um eines der Tiere für sich zu erbeuten. Sie wollten Blei und Pulver sparen, weswegen wieder einmal der Bogen von George zum Einsatz kam. Sie schossen ein etwa einjähriges Kalb.

Der Durchzug der gewaltigen Herde hatte den angenehmen Nebeneffekt, daß entlang der Schneise, die die Büffel gezogen hatten, sehr viele Dunghaufen lagen, die sie in den nächsten Tagen einsammelten und als Vorrat für den Winter trockneten.

Etwa zwei Wochen nach der Aussaht zeigten sich beim Getreide und Kohl die ersten zarten Pflänzchen. Es war noch mitten im Sommer. Libellen huschten über den Fluß und Frösche quakten. Sie schienen das Gröbste überstanden zu haben. Deshalb machte sich Daniel Boone jetzt wieder zurück auf den Weg in die Appalachen.

Er werde am Ohio-River ausrichten, wo sie zu finden seien und er wolle ihnen durch indianische Boten regelmäßig mitteilen lassen, wie es um den Krieg bestellt sei, versicherte er ihnen. Dann verwand er in seinem fransligen Gewand, in seinem Kanue kauernd und mit seiner berühmten Büchse über der Schulter. Er sollte erst später in Geschichtsbüchern und Legenden wieder auftauchen.

Seine Erzählung von den Büffelherden, die von Horizont zu Horizont reichten, basierten indes auf seiner Begegnung mit Morgentau, Clara, George und Ray und viele andere Erzählungen aus seinem Leben auch.

Die Ernte, die sie noch vor dem Herbst einbrachten, war gut. Sie war zwar nicht reichlich, dafür hatten sie schlicht zu spät gesäht, aber sie würde sie durch den bevorstehenden Winter tragen. Für ihren Kohl bauten sie Mieten, das Getreide lagerten sie in Fässern, die sie aus mitgebrachten Dauben ebend noch selbst zusammenbauten. Damit war auch ihr Bieransatz gerettet. Fertiges Bier, das bereits sehr alt schmeckte, kochten sie in einem Topf über dem Feuer und fingen den alkoholischen Dampf mittels einiger Kupferrohre, die sie für diesen Zweck extra mitgenommen hatten, auf. Oder um es anders zu sagen, aus unverbrauchtem Bier brannten sie sich einen ordentlichen Whisky für die einsamen Winterabende.

Ihre Hühner hatten sich nach der langen Reise endlich vermehrt. Nach einer Brutdauer von zwanzig bis einundzwanzig Tagen kamen die ersten Küken zur Welt. Damit die erwachsenen Tiere nicht so einfach davon flogen, mußte man ihnen jedoch regelmäßig die Schwungfedern ihrer Flügel stutzen. Sie hielten die Vögel Nachts im Stall, tagsüber in einem umzäunten Gehege, das regelmäßig den Standort wechseln konnte, das aber immer in unmittelbarer Nähe des Hauses blieb, um Greifvögel abzuschrecken.

Auch bei ihren beiden Ziegen hatte die Ruhe, in der sie seit dem Ende ihrer Flucht aus dem Alleghanny-Gebiet waren, gefruchtet. Die Ziege war sichtbar trächtig und würde wohl zur Weihnachtszeit herum die erste junge Geiß, vielleicht sogar zwei Geißlein, gebähren. Dann gab sie auch wieder Milch, deren einen Teil sie, mit Wasser verdünnt, ihren Jungen überlassen würden, aber aus einem Drittel der Milch würden sie Käse herstellen, so der Plan von Clara und George. Man hielt die Zicklein gemeinsam mit den bei weitem noch nicht ausgewachsenen Pferden in einem Stall und Tagsüber in einem Gatter in Sichtweite ihres Hauses, das von Tag zu Tag den Standort wechselte.

Während die Pferde das zarte Grün des Präriegrases knabberten, hielten sich die Ziegen an die unteren Teile der Pflanzen. Damit ergänzten sie sich hervorragend. Mit dem Pferdemist und dem Inhalt ihres, wie Clara ihn nannte "Schiet-Eimers", sie verrichteten im Sommer nur ihre kleine Notdurft auf einem Balken an einem weiteren Steg über dem Wasser des Missouri, verteilten sie auf ihrem Acker zur Düngung der Pflanzen. Es stellte sich aber auch heraus, dadurch daß Pferde schlechtere Futterverwehrter, als die wiederkäuenden Bisons waren, daß sich mit getrocknetem Pferdemist besser Feuer machen ließ, als mit den Hinterlassenschaften der Büffel.

Im späten Herbst bekamen sie an zwei Tagen nacheinander unerwarteten Besuch von "ihren Nachbarn". Je eine Abordnung der Arikaree und der Dakota ließen sich bei ihnen sehen, um ihnen zu erzählen, daß sie mit ihren Dörfern in geschütztere Gegenden ihres jeweiligen Stammesgebiets umzögen. Man wünschte sich gegenseitig für den Winter alles Gute und hoffte auf ein Wiedersehen im nächsten Jahr.

Bei den Missouri hatten sie bereits bei einem ihrer Jagdausflüge mit dem Kanue selbst festgestellt, daß diese weiter Flußab, vermutlich an die Mündung des Flusses, dem sie ihren Namen gaben in den Mississippi ausgewichen waren. Nur einige Rüststangen ihrer Behausungen hatten sie zurück gelassen.

Nun waren unsere fünf also wirklich allein in der Prärie.

Der Winter begann Ende Oktober mit Nachtfrost und sehr leichtem Schneefall, den man morgens eher als Reif auf den Gräsern wahr nahm.

Erneut kreuzte eine gewaltige Herde Bisons, auf dem Weg vom Norden in den Süden, die Furt in ihrer Nähe, gefolgt von einem Rudel Wölfe, die wie immer nach einem schwachen Tier Ausschau hielten. Sie nahmen selbst die Gelegenheit wahr, sich noch einmal mit Frischfleisch einzudecken. Was sie nicht sofort verbrauchten, spießten sie auf Leinen aus verdrilltem Präriegras und hingen es im Haus auf, um es zu trocknen und gegebenfalls Pemmikan daraus zu machen.

Die Hinterlassenschaften der Büffel sammelten sie gleichfalls, um sie neben dem Haus zu trocknen und im Winter als Heizmaterial zur Verfügung zu haben.

Als nächstes setzten die Ufer des Missouri Eis an, das tagsüber blieb. Der Boden um sie herum gefror und die Hühner hatten Probleme, scharrend genug zu Fressen zu finden. Sie setzten deshalb die Hühner zu den Pferden und Ziegen in die Koppel, in der Hoffung, daß die Tiere sich weiterhin in ihrer Nahrung ergänzten. Das war eine gute Idee.

Die Hühner pickten die Samen aus dem Präriegras, dessen Blätter die Pferde fraßen, während sich die Ziegen an den Stengeln gütlich taten und die obendrein mit ihren scharfen Hufen den angefrohrenen Boden etwas aufkratzten, in dem die Hühner erneut Nahrung fanden. Ray und George waren froh, daß sie nach der Mahd von Roggen, Gerste und Weizen das Stroh hatten trocknen können. Es diente im bevorstehenden Winter als Einstreu für die Tiere.

Ein Problem stellte jetzt das Licht dar. Sie hatten es seit ihrer Ankunft kaum geschafft, die Nester wilder Bienen nach Honig und Wachs zu plündern, denn für Bienen gab es wenige Nistmöglichkeiten in der fast baumlosen Prärie. In ihre Erdhölen fiel man eher zufällig und mußte dann sehr schnell sein, um nicht von ihnen zerstochen zu werden. So fertigten sie aus dem Talg ihrer erlegten Bisons und Gabelböcke, den man vor allem um deren Nieren und im Bindegewebe selbst fand, Kerzen. Als Docht diente auch hier verdrilltes Präriegras. Aber es war halt sehr wenig Licht, das man auf diese Weise erzeugen konnte. Bei den Irokesen hatte es Pechfackeln gegeben, aber für die Herstellung von Pech benötigte man Birken, die es gleichfalls nur wenig in der Prärie gab. Für George und Clara war in Berlin der Gebrauch von Tranlampen die Regel gewesen, die sie aber hier in Amerika bisher nicht ein einziges mal gesehen hatten.

Mit einem mehrstündigen Blizzard hielt der Winter einzug. Er wütete zwei volle Tage. Der Schnee, den er hinterließ, war hüfthoch. Um ihre Tiere zu ernähren, mußten Ray und George mühsam immer erst ein Areal von Schnee frei räumen, den sie mit einer sogenannten "Schleife", einem dreieckigen Schlitten, deren vorderer spitzer Teil gezogen wird und der mit den beiden hinteren Astgabeln über den Boden schleift, zum Fluß transportierten.

Der modderige Missouri fror offenbar im Winter nicht zu. Ihre Notdurft verrichteten sie jetzt komplett auf dem Donnerbalken über dem Fluß. Dort war es, im Wortsinne, arschkalt.

Die geschickten Hände von Morgentau hatten bereits im frühen Herbst aus Bisonfellen Winterjacken und -mützen hergestellt, die sie jetzt nötig brauchten.

Mit dem voranschreiten des Winters wuchs die Menge des Schnees um sie herum. Regelmäßig mußte die kleine, leichte Morgentau ihrer Hütte aufs Dach steigen, um den darauf gefallenen Schnee herunter zu schieben, damit das Dach nicht einbrach. Ihr Leben verlagerte sich mehr und mehr nach drinnen. Die Streitereien zwischen ihnen nahmen zu, weil sie sich nicht mehr genug aus dem Weg gehen konnten, hielten sich aber in Grenzen. Gut war, daß sie ja bereits bei den Irokesen ziemlich eng miteinander gelebt hatten. Nur Ray, der ja meist unterwegs gewesen war, hatte leichte Probleme.

Schlimm war, daß es schlicht vom Boden her, der nur aus gestampftem Flußschlamm bestand, kalt war. Sie überlegten deshalb, ob sie ihre Behausung im neuen Jahr nicht auf Stelzen etwa zehn Zoll'*** über den Erdboden legen sollten, was sie dann im nächsten Frühjahr auch taten.

Wer von ihnen auf die Idee gekommen war, zur Zeitrechnung Kerben in einen der tragenden Balken zu ritzen, jeder siebente war etwas länger, der Monatsabschluß war es dann nochmal, wußten sie nicht so recht. Aber ihnen war es wichtig, die

Wintersonnenwende und Weihnachten, die sich dem ja fast anschloss, zu feiern. Kurz vor dem Fest gebahr ihre Geiß zwei Zicklein.

Ihr Fest selbst hielten sie recht klein. Sie schlachteten lediglich eines der bereits hier geborenen Hühnchen, das sie mit Sauerkraut und Topinambur, einer auch in der Prärie heimischen Wurzel, die Morgentau kannte, anrichteten. Clara las aus dem einzigen Buch, das sie dabei hatten, der Bibel, ein paar Zeilen und Morgentau berichtete ihnen von ihrem "Großen Geist", der bei ihr mal "Manitou", mal "Orenda", oder hier westlich des Mississippi "Wakan Tanka" hieß. Erstaunlicher Weise wiesen die Schöpfungsgeschichte der Bibel und die des "Großen Geistes" viele Ähnlichkeiten, ja Parallelen auf.

Nicht nur für die Menschen war der Winter hart, sondern auch für ihre Tiere. Wenigstens einmal am Tag mußten die ihren Stall verlassen, damit man ihre Exkremente entsorgen konnte. Das der Pferde wurde zur Feuerung außen am Haus aufbewahrt, das der Ziegen als Dung bereits jetzt auf ihrem Acker ausgebracht, das der Hühner im Fluß entsorgt.
Der Acker war derweil nicht mehr als solches erkennbar, weil bis zum Jahreswechsel alles um sie herum mannshoch eingeschneit war.

Sie gruben sich in diesen Tagen ihre Wege aus dem Haus. Zum Glück hatte Ray im Herbst, in weiser Vorraussicht, einen stattlichen Elchbullen geschossen. Dessen Geweihenden waren die perfekten Schaufeln.

Die Koppel war eine von ihnen angelegte, etwa dreißig mal dreißig Schritt große Fläche, die sie versuchten, halbwegs schneefrei zu halten, was aber nicht immer gelang.

An Jagd war nicht mehr zu denken, genauso wenig, wie an Fischfang. Ihre Kanues lagen Eissicher im Gebälk des Daches ihrer Hütte. Ihre Reuse war jedoch eine sichere Nahrungsquelle. Sie fanden darin täglich ein paar Neunaugen, die mit ein bis zwei Spannen (Entfernung zwischen Daumen und Kleinem Finger bei ausgestreckter Hand) je eine tägliche Mahlzeit, gekocht in etwas Maismehl, ergaben.

Ob und wo es noch andere Tiere in der Umgebung gab, wußten sie nicht zu sagen. Einmal hörten sie das heftige Stampfen einer kleinen Büffelherde in ihrer Nähe. Aber sie kamen selbst nicht aus der unmittelbaren Umgebung ihrer Hütte heraus und Morgentau nahm sich deshalb vor, ihnen im nächsten Frühjahr Schneeschuhe zu bauen.

Markerschütternd wurde mit zunehmender Dauer des Winters das Geheul der Wölfe, das selbst bei Tage nicht aufhörte. Immer wieder fanden sie morgens Abdrücke der Tatzen von Luchs und Puma, was sie dazu veranlasste, ihre "Koppel" mit der Flinte zu bewachen, immer dann, wenn sie ihre Tiere darauf ließen, die aber gleichfalls in der Kälte lieber im Stall und in der leicht angewärmten Hütte blieben, wenn man sie nicht hinaus scheuchte.
Clara, die darauf bestand, war es zu verdanken, daß sie täglich einmal für die Zeit, die nötig war, um eine Pfeiffe zu rauchen, ihr Haus lüfteten.

In manchen Nächten war es so kalt, daß sie beschlossen, zu fünft in einem Bett zu schlafen, die Frauen innen, die Männer außen, das Kind in der Mitte zwischen den Frauen, um sich gegenseitig zu wärmen.

Das war das, was ihnen zu schaffen machte, dieses Wochenlang mit den anderen eingeschlossen zu sein und keine Menschenseele, außer die anderen fünf Gesichter zu sehen.

Aber sie sahen es auch als Prüfung für sich.

Immer wieder schneite es, nochmal und nochmal.

Ray und George wagten einmal den Versuch, ihre Abgeschiedenheit zu verlassen. Die beiden Frauen mußten dafür aber versprechen, wenigstens eine geladene Flinte in ihrer Reichweite zu haben.

Dick eingemummelt in mehrere Lagen gegerbter Bisonfelle machten sie sich auf den Weg, um nur einmal zu schauen, was um sie herum los sei und wie weit sie kommen würden.

Sie gingen dabei nicht durch "das Gatter", das als solches nicht wirklich zu erkennen war, denn es wurde anstatt von Latten, Leisten, Stämmen nur von mannhohem Schnee begrenzt. Nein, sie gingen erst zu ihrem Steg und wühlten von dort aus, in einem Winkel von etwa 45° einen neuen Weg in den Schnee. Sie versuchten dabei, irgendwie auf den Schnee hinauf zu gelangen und schafften es sogar. Die Oberfläche war eishart gefroren.

"Na, wenn da mal nicht so'n alter Klepper von Bison mächtig einbricht durch das Eis und sich seine Fesseln an den Eiskanten blutig scheuert. Der wird nicht weit kommen bei all den Pumas und Wölfen um uns rum, wenn ich mich nicht irre.", kicherte Ray.

"Schau Dich mal um! Ich wußte nicht, daß das hier so eisig ist.", sagte George.

Sie stapften eine Weile durch den tiefen Schnee, brachen aber immer wieder ein. "Aufpassen, daß wir hier nicht Schneeblind werden. Mir hat ein alter Ojibwe erzählt, daß er sich mal im Wald verlaufen hatte und hier auf die Great Plains raus kam und nach zwei Tagen nichts mehr gesehen hat, weil er nur noch weiß gesehen hat. Er ist dann so lang gelaufen, bis er gegen einen knorrigen, alten Hickory gerannt ist, den er aber nicht mehr gesehen hat. Seine Leute haben ihn da nach zwei Tagen gefunden. Es dauerte einen halben Monat, bis er zumindest wieder Umrisse erkennen konnte. Es hat sich dann nochmal gebessert, meinte er, aber er konnte, als wir uns trafen, kaum einen Truthahn von einem jungen Mädchen unterscheiden, meinte er, wenn ich mich nicht irre."

Sie stapften weiter.

Nach einigen hundert Schritt bildete sich im Schnee so etwas wie ein Talkessel, dem man ansah, daß hier ein paar dutzend Bisons gegrast hatten und dann in Richtung Sonnenuntergang weitergezogen war. Wobei deutlich zu sehen war, wie offenbar ein Tier nach dem anderen hintereinander einem Leittier gefolgt war, das sich als erstes durch den Schnee gewühlt hatte. Sie stiefelten aus dem Schneetal heraus und sahen sich um. Die Richtung zu ihrer Hütte erkannten sie nur deshalb, weil von dort eine leichte Rauchfahne wie eine Standarte in den weitgehend windstillen Himmel ragte.

"Sieh mal.", machte George Ray auf etwas aufmerksam und zeigte in die Richtung. Genauso weit, wie ihre Hütte jetzt von ihnen entfernt war, gab es einen kleinen

Birkenhain, von dem nur wenige schüttere Zweige ein paar Ellen weit über den Schnee hinaus ragten. Einige Schritt neben den Bäumen fanden sie, als sie dort anlangten, die Höhle eines Puma und dessen Schlachtplatz davor.

"Kein Wunder, wenn wir laufend die Todesschreie von Gabelböcken hören, wenn so ein Katzenunvieh so nah bei uns haust, wenn ich mich nicht irre.", kicherte Ray. "Ja, Ray, lass uns wieder zu unserer Hütte umkehren. Für heute haben wir genug gesehen.", sagte George und Ray meinte: "Der Puma hat uns sicher schon auf dem Riecher, wenn ich mich nicht irre. Dann lass uns zurück gehen."

Der Ausflug hatte beiden gut getan.

Noch ein paar mal machten sie solche kurzen Erkundungen. Sie fanden weitere Talkessel mit Bisonspuren und George gelang sogar noch einmal der Abschuss eines Gabelbocks mit seinem Bogen.

XXIII. Schneeschmelze

Die Tage wurden länger und es wurde wärmer. Zur Tag- und Nachtgleiche im Frühjahr lag der Schnee noch, wurde aber durch die immer stärker werdende Sonne weggebretzelt. Anfangs wurden nur die oberen Schichten des Schnees geschmolzen. In den weiterhin eisigen Nächten gefroren sie und bildeten allmählich eine immer härter werdende Kruste, durch die die Menschen nicht mehr, die Bisons aber weiterhin einbrachen.

Mit Sorge schauten sie auf den vor ihrer Haustür immer weiter anschwellenden Fluss.

"Sollten wir hier eventuell verschwinden?", meinte Clara eines morgens beim gemeinsamen Frühstück. "Ich glaube nein. Die Indianer haben uns ja gesagt, daß wir hier oberhalb des Flußbettes ruhig bleiben könnten, wenn ich mich nicht irre.", kicherte Ray. "Ich würde aber unsere Stege und Reusen vorübergehend abbauen und in Sicherheit bringen.", sagte Morgentau und George meinte: "Wir können ja unsere Vorräte und alle Gebrauchsgegenstände, die uns wichtig sind, bis der Schnee weg ist, hier aufs Dach stellen und an Balken binden, falls etwas Unvorhergesehenes mit dem Fluß passiert." "Vor allem aber sollten wir kontinuierlich, auch Nachts, den Fluß beobachten, wenn ich mich nicht irre.", sagte Ray und kicherte. "Auf den Schiffen, die uns damals hierher gebracht haben, gab es doch eine Wacheinteilung in je drei Wachen, einschließlich der sogenannten >Hundewache< oder so.", sagte Clara.

Weil Ray und Morgentau verständnislos schauten, erklärte George: "Bei der Armee gibts meist Wachen im zwei Stunden-Takt. Nach den ersten zwei Stunden Wachgang gibts zwei Stunden sogenannte >Freiwache< bei der die Soldaten zu irgendwelchen Tätigkeiten im Zusammenhang mit der Wache eingeteilt werden können, wie Stube putzen, Gefangene eskortieren, Essen fürs Wachlokal holen usw. Darauf folgen zwei Stunden Schlafenszeit. Nach einem Tag wird die komplette Wachmannschaft einmal ausgetauscht. Auf Schiffen hat man keine zweite, dritte oder vielleicht sogar zehnte Mannschaft, die man bei einer Reise komplett austauschen könnte. Und so sind die Schiffsmanschaften bereits in erste, zweite und dritte Wache eingeteilt. Die eine Wache ist auf dem Schiff der direkte Wachdienst, der damit verbunden ist, das Schiff bei normalem Wetter auf Kurs zu halten und den normalen Tagesablauf zu gewährleisten. Dann gibts auch hier die >Freiwache<, die dann mit zupackt, wenn es die Wache, die gerade Dienst hat, nicht mehr, zum Beispiel wegen des Wetters, schafft, die aber auch in der Zeit Reparaturen am Schiff ausführt, Segel flickt und so. Im dritten Teil haben die Männer Freizeit und dürfen essen und schlafen. Lediglich beim Ruf >all Hands!< müssen die mit anpacken. Das ist oft bei Sturm oder beim Seegefecht so. Eine dieser Wachen dauert im allgemeinen immer vier Stunden. Damit aber die Leute nicht immer dieselben Wachzeiten haben, Mitternacht bis morgens mag ja niemand gern eine Wache übernehmen, gibt es auf den meisten Schiffen eine verkürzte Wache von 20 bis 22 Uhr. Das ist diese >Hundewache< oder >Plattfuß< wie er auf mecklenburger Schiffen genannt wird. Dadurch fängt für jede dieser drei Truppen der Wachdienst am kommenden Tag immer zwei Stunden früher an, was dazu führt, daß die Männer nur jede dritte Nacht in den >Genuss< der ungeliebten Nachtwachen kommen."

"Na dann machen wir das doch so mit der >Hundewaxche<. Drei Wachen und immer einer von uns setzt einen Tag lang aus.", strahlte Clara. "Da gibts nur ein Problem, wenn ich mich nicht irre. Wir haben hier kein Stundenglas oder so eine Sanduhr wie auf einem verdammten Klipper, der die sieben Weltmeere befährt.", kicherte Ray. "Haben wir.", grinste Clara. George hob aufmerksam eine Augenbraue und sah sie an. "Haben wir. Liegt gut in Leder verpackt in einem der Fässer mit dem Kinickinick. Hab ich damals noch in Bedford von dem Major Heyse bekommen. Der wollte, daß ich ihn immer nach einer halben Stunde aus seiner Badewanne heraus zerre. Und damit ich mir die Zeit merke, hat er mir damals dieses Stundenglas geschenkt. ... George, nun schau nicht so angeekelt! ... Das war in dem halben Jahr, als dich alle für vermisst hielten und ich mit Sabine allein im Fort war. Wir mußten doch auch irgendwie überleben.", erklärte Clara und George nickte stumm. "Na dann machen wir das so. Wir werden aus den Leisten vom Steg eine angenehme Sitzfläche hier auf dem Dach zimmern und dann kann es los gehen." "...wenn ich mich nicht irre. ...", ergänzte George den kichernden Freund.

Das Abbauen des Stegs war recht schnell getan, wenngleich sie das aus Sicherheitsgründen zu zweit machten, denn das Holz war doch relativ rutschig und sie unterzogen es nach dem Abbau zunächst einem ordentlichen abschrubben mit grobem Kies, damit das Holz wieder griffig wurde. Da sie auch ihren Donnerbalken vorsorglich entfernten, mußten sie sich für ihr Geschäft etwas anderes ausdenken. Sie buddelten im noch fast durchgefrosteten Boden des oberen Uferbereichs eine Grube, über der sie den Balken aufbauten.

Der Ausbau des Daches für ihren Zweck gelang bereits nach zwei Tagen. Dabei bemerkten sie, daß sie die tragenden Dachbalken an allen Stellen würden verstärken müssen, sowie es das Wetter zuließ. Zum Schluss bekam der Aufsitz auf dem Dach noch sein eigenes Dach. Morgentau nähte aus Lederresten, die sie noch hatte, so etwas wie einen Windschutz, der etwa halb so hoch war, wie ein sitzender Mensch.
Gegen Schnee und Regen versuchten sie noch so etwas, wie einen Baldachin aus Leder aufzustellen, so daß die wachende Person nicht ganz so nass wurde. Da Wärme ja

immer nach oben steigt und sie sich somit unter dem Dach staute, war damit zu rechnen, daß ihr Ansitz zumindest nicht Fußkalt war.

George war der erste, der am Abend der Fertigstellung ihres Bauwerks darauf Position bezog. Im Sinn hatte er, daß man diesen Beobachtungsposten ruhig auch in den wärmeren Monaten nutzen könne, um von hier aus ihr Vieh auf ihren "Wanderkoppeln" unter Aufsicht zu haben. Obwohl George bei der Jagd seinen Bogen bevorzugte, schon um Schießzeug zu sparen, nahm er hier zur Wache seine persönliche Flinte mit hinauf. Sein Hintergedanke war, die anderen im Notfall mit einem Schuß alarmieren zu können.

Mehrere Tage, ja fast zwei Wochen lang saßen sie nach ihrem System bereits auf Wache. Clara saß mit ihrer Flinte und Elisabeth-Christine, die in dieser Nacht bei ihrer Mama hatte bleiben wollen, im Arm auf dem Posten. Es dämmerte bereits zart im Osten, an dem sich über dem Schnee ein glutroter Rand zeigte, als Clara von fern ein tiefes Donnern vernahm, das sich zunächst mehr nach einem starken Gewitter anhörte, aber nicht enden wollte. Elisabeth-Christine erwachte.
"Schnell, weck die anderen!", schrie Clara ihre Tochter an und schob sie zur Leiter am Rand des Daches. Dann erst gab sie einen Warnschuß ab. Die Kleine war noch nicht am Boden, als Rays Schopf sich bereits über dem Dach blicken ließ. "Hört sich nicht ungefährlich an, wenn ich mich nicht irre.", sagte er und Clara schrie ihn an: "Schick mir sofort mein Baby wieder rauf!" An einer anderen Stelle hievte George zwei Käfige, in die er die Hühner gesperrt hatte, aufs Dach. Ray half ihm

anschließend, ihre vier Ziegen gleichfalls hinauf zu tragen. Der Bock wehrte sich und versuchte mit seinen Hörnern zu stoßen, aber Morgentau hatten den Tieren ihre Fesseln gebunden und so meckerte er nur wütend. Ihre Pferde banden sie an langen Leinen an die Eckpfosten ihrer Hütte. Besonders die junge Stute war übellaunig, war sie doch zum ersten mal in ihrem Leben rossig und litt nun unter einem Überangebot an Hormonen in ihrem Körper. Morgentau schimpfte gelegentlich, weil sie die Pferde noch mindestens drei weitere Sommer würden durchfüttern müssen, bis ihr Skellett so stark war, dass es einen Reiter tragen oder man die Gäule vor einen Pflug würde spannen können.

Mit ziemlichem Lärm krachte eine Welle aus Schlamm und Wasser den Missouri herunter. Bald sahen sie die Lawine, die durch das enge Flußbett fegte. Vorweg schob der angestaute Fluß Geröll, entwurzelte Bäume und einen Eispanzer. Vermutlich hatte irgendwo ein Eisriegel das Wasser angestaut, das mit zunehmender Menge schließlich mit gewalter Kraft all seine Fesseln gesprengt hatte. Vor solchem Aufbäumen des Flusses waren sie von den Indianern gewarnt worden. Nun sahen sie es selber. Der Missouri hüpfte bei seiner Reise, dem Mississippi entgegen, immer wieder mal rechts, mal links aus seinem Bett und fegte dabei, als positivem Nebeneffekt, gleichzeitig das Eis der angrenzenden Prärie mit fort.

Die Schlammwalze erreichte den Standort ihrer Hütte, die jedoch auf einem kleinen Hügel neben dem Flußbett stand. Ihre beiden Pferde hatten sich freiwillig in ihren Stall zurück gezogen. Bald stand ihr Haus wie auf einer Insel mitten im schäumenden Missouri. Er nahm den

Schnee an seinen Rändern mit und würde wohl auch auf ihrem Acker, auf dem sie im Herbst noch einmal etwas Roggen, Weizen und Gerste ausgesäht hatten, eine gut düngende und für die Pflanzen nahrhafte Schlammschicht hinterlassen.

In seiner Flußmitte transportierte der Missouri aber nicht nur altes Holz, entwurzelte Bäume und Geröll. Nein, obenauf und in Strudeln sahen sie die Kadaver von Bisons, Gabelböcken, Pumas, Wölfen und unvorsichtigen Menschen an sich vorüber gleiten.

Nun setzte richtiges Tauwetter ein. Der Schnee um sie herum schmolz innerhalb weniger Tage und ließ die Prärie zu einem Sumpf werden. Sie merkten auf ihrem Dach, daß sie sich wirklich, rein vom Gefühl her, einen recht sicheren Platz für den Bau ihrer Hütte ausgesucht hatten. Ihr Hügel blieb für fast zwei Wochen eine Insel. Ihr Leben spielte sich jetzt, bis auf das Kochen und die Arbeiten im Stall, überwiegend auf dem Dach ihrer Behausung ab, weil sie sich vor einer weiteren Flutwelle fürchteten.

XXIV.   Auf Bisonjagd mit den Iowa

Nach der Schneeschmelze trocknete die immer stärker werdende Sonne relativ schnell den Morast der sie umgebenden Prärie. Es stellte sich jedoch heraus, daß sich dort, wo ihr kleiner Birkenhain stand, ein zweiter Arm des Missouri gebildet hatte. Dessen Wasser war zwar höchstens zwei oder drei Fuß tief und das Umfeld für drei bis vier Yard eher morastig, aber es genügte für unsere Freunde, um zu behaupten, sie lebten jetzt auf einer Insel. Es zeigte sich nach den kommenden Sommergewittern, daß dieser entstandene Seitenarm immer tiefer ausgespühlt wurde.

Ihre Nachbarn ließen sich, aus ihren Winterquartieren kommend, recht bald bei ihnen zu einem Willkommensessen sehen. Sie waren erstaunt, die Weißen lebend zu sehen.

Während das Wintergetreide relativ schnell und üppig heran reifte, bearbeiteten sie ihren Acker erneut. Das machte sich in der noch von der Schneeschmelze her aufgeweichten Erde leichter, als im letzten Sommer. Wieder kamen Mais, Bohnen, Kürbis und Tabak in den Boden, aber auch Weizen, Roggen, Gerste und Hafer. Das dunkle Roggenbrot, das Clara bug, mochten alle fünf.

Ihre Tiere vermehrten sich. Zwei weitere Zicklein erblickten im Frühjahr das Licht der Welt und ihre Hühner hatten weitere Küken, weil man ihnen diese Eier bewußt gelassen hatte.

Morgentau zeigte den anderen, wie man weitere Proteinreserven nutzen konnte. Es mußte nicht immer die große Jagd sein. Neben Fisch und ihren eigenen Hühnereiern wußte Morgentau die Maulwurfsgrillen und die Raupen verschiedener Falter zu schätzen, die sie als Einlage in ihre tägliche Suppe gaben. George schlüpfte jetzt wieder regelmäßig in die Rolle des "Weißen Wolf" und baute eine Fallenstrecke in der Nähe auf, in der er regelmäßig Bisamratten, Gürteltiere, einzeln herum streunende Präriehunde und Präriehühner fing.

Als Vorrat für den nächsten Winter begannen sie schon jetzt Fisch und Fleisch an der Luft zu trocknen und Pemmikan herzustellen.

An einem angenehm warmen Frühlingsmorgen bekamen sie Besuch von zwei Iowa, dem Stamm, der in ihrer Umgebung am häufigsten siedelte. Die Iowa sprachen eine Einladung zur Büffeljagd aus. Unsere Vier überlegten, denn sie konnten nicht ihr Vieh allein lassen. Nach den geltenden weißen Konditionen hätten Morgentau und Clara in ihrer Hütte bleiben müssen. George sah aber den flehenden Blick von Clara, sie einmal aus der mittlerweile leider all zu gewohnten Umgebung heraus zu holen. Gleichzeitig dachte er auch an Morgentau, die sicher einmal wieder unter roten Menschen würde verweilen wollen. So nahm George sich Ray zur Seite: "Sag mal, alter Kämpfer, wollt ihr drei nicht an dieser Jagd teilnehmen. Unsere beiden Frauen und auch du müßt mal raus. Ich kümmere mich in der Zeit, in der ihr unterwegs seid, um eure Tochter und um die Tiere." "Das kommt überhaupt nicht in Frage, wenn ich mich nicht irre.", kicherte Ray. "Ich mag die Abgeschiedenheit. Geh du mit unseren Frauen für ein paar Tage zu den Iowa und gewähre mir dafür später einmal einen mehrnächtigen Jagdausflug allein in einem Kanue, wenn ihr wieder zurück seid. Das würde mir schon genügen, wenn ich mich nicht irre.", sagte Ray. "Und im übrigen freue ich mich auf die Gesellschaft meiner Tochter.", schob er krächzend nach.

Die beiden Indianer warteten derweil auf ihren Mustangs schweigend bei den Frauen vor ihrer Hütte. Ray teilte ihnen mit, daß sie der Einladung gerne nachkommen würden und George mit den beiden Frauen sie gern begleiten würde und blickte dann aber in einer Andeutung in Richtung ihrer eigenen Pferde und meinte so etwas wie "sie würden es schwer haben, bei der Jagd mit den Iowa mithalten zu können, da die Iowa ja Flügel unter ihren Füßen, sie aber hier nichts Vergleichbares hätten". Die beiden Indianer nickten einander zu, stiegen von ihren Pferden und gingen zur Koppel. Sie besahen sich ihre Tiere nur kurz, kamen zurück, setzten sich auf ihre Mustangs, meinten, dies sei kein Problem und verschwanden in gemäßigtem Galopp auf dem Weg, auf dem sie gekommen waren.

Es war noch nicht Mittag, als zwei Halbwüchsige Iowa mit drei kleinen, kräftigen Mustangs im Schlepp bei ihnen mit den besten Grüßen ihres Häuptlings auftauchten. "Die weisen Mütter unseres Dorfes haben festgestellt, daß sich unsere Pferde im letzten Jahr wie die Pfeifhasen vermehrt haben und den Bisons in unserer Umgebung mittlerweile das Gras streitig machen. Sie lassen anfragen, ob die Weißen in unserem Stammesgebiet so freundlich sein wollen und ihrem Dorf die Last, der Verpflegung und Benutzung dieser drei Tiere hier abnehmen möchten." George nickte. Das war ein recht großzügiges Geschenk. Ray füllte das Viertel eines Mink"*-Fells lose mit Kinickinick und lud die beiden jungen Männer ein, zum Mittag ihr Gast zu sein, was beide gerne annahmen.

Nach dem Essen packten sie schnell ein paar Gegenstände, die sie brauchen würden. Clara war ganz aufgeregt, war es doch ihr erster Ausflug seit ihrer Ankunft hier. Immer wieder verfielen George und sie deshalb ins deutsche und mit zunehmender Aufregung ins berlinische. "Haste an deine Flinte jedacht, Kleene?" "Ja. ha ick. Willste dein' Boren mitnehm? Denn denk an jenuch Pfeile." "Wat meenste, ob sich unsere Jastjeber

234

über'n Beutel voll Sauerkraut freun' würd'n?" "Weeß ick och nich. Nimm doch einfach 'n Waschbärfell voll mit. Is ja noch jenuch von in't Fass." "Jute Idee. Denn ham wa jleich wat zum erzählen über unsern komischen Könich drüben hintan jroßen Teich."

Es war an einiges zu denken, an Felle für die Nacht, an ein paar extra Leggins, falls während der Jagd mal eines zerriss, warme Unterkleidung für die Nacht. Ihr einziges Rasiermesser ließen sie in der Hütte. George und Ray rasierten sich eh nur einmal in der Woche gegenseitig. Sie nahmen auch ein Stück ihrer selbst gemachten Seife, die sie aus den Gelenken von Tierknochen (wegen Fett) und Pottasche kochten, jeder einen Minkpelz voll Pemmikan und als Geschenk für die Indianer einen aus dem Fell einer Bisamratte geschneiderten Beutel ihres Kinickinick mit.

Nun hätte es los gehen können, wenn da nicht die Mustangs gewesen wären. Die Indianer kannten kein Zaumzeug, keinen Sattel, keine Steigbügel um sich darin auf dem Pferd zu halten und keine Trense. Sie saßen nur auf dünnen Decken oder dem Fell eines Gabelbocks und führten ihre Pferde nur über das Halfter. Den Umgang mit Pferden kannten Clara und George zwar, aber bisher war nur George gelegentlich kurze Strecken geritten, Clara und Morgentau gar nicht, denn in den Wäldern des Ostens benutzte man zur Fortbewegung überwiegend das Kanue. Pferde waren im allgemeinen als Zugtiere oder zum Lasten schleppen in Gebrauch. So war dieses indianische Reiten eine besondere Herausforderung für alle drei. Die beiden jungen Indianer halfen ihnen dabei, ihre Habe auf die Rücken der Pferde zu binden, dann beim zurechtlegen der Decken und beim Aufstieg auf die Mustangs. Die waren durch die Indianer gut dressiert und reagierten auf die kleinste Bewegung der Zügel. Allerdings mußten alle drei sehr aufpassen, nicht von den Pferderücken herunter zu rutschen, denn sie konnten sich nicht mit ihren Beinen in den Steigbügeln festhalten, weil es keine Steigbügel gab. Sehr gemäßigten Schrittes entfernte sich sodann die kleine Kolonne von ihrer Hütte. Erst nach einer ganzen Weile getrauten sie sich, auf den Mustangs in einen leichten Trab zu fallen. Allerdings sahen sie auf den Pferden eher wie schlaffe Kohlensäcke aus und man sah den beiden jungen Iowa an, daß sie sich nur mit Mühe ein Lachen verkniffen.

Die Ankunft im Dorf der Iowa am Nachmittag war sehr herzlich. Schon von weitem sah man die Menschentraube, die sie erwartete. Nachdem sie in der Dorfmitte vor dem Häuptlingszelt angekommen waren, stiegen sie ab und George übergab seine Geschenke, die wohlwollend aufgenommen wurden. Sie wurden anschließend zum Gästezelt begleitet, wo sie ihre Habe ablegen konnten. Den Mustangs gaben die Indianer nur einen Klaps auf deren Gesäß und sie verschwanden in Richtung der Koppel, auf der die anderen Pferde des Dorfes grasten.

George war nicht klar gewesen, daß eine Büffeljagd bei den Indianern mit religiösen Ritualen begann. Er hatte angenommen, daß sie ständig den Herden mit ihren Tipis hinterher zögen und dabei ständig jagden. Aber dem war nicht so. Sie zogen meist nur vom geschützten Winterlager, das oft auf der Ostseite eines Berges oder einer Hügelkette lag im Frühjahr um in ein offeneres

Lager in der Prärie. An beiden Orten mußte es Trinkwasser, zumindest eine Quelle, geben. Dort bauten sie ein wenig Tabak, Mais, Bohnen und Sonnenblumen für den Winter an. Nur kleinere Jagdtrupps stellten den Bisons nach, die sie nach der Jagd bereits vor Ort zerlegten. Bisonfleisch wurde oft für den Winter luftgetrocknet haltbar gemacht. In unmittelbarer Umgebung der Dörfer wurden Kleintiere wie Präriehuhn, Präriehund und Wandertaube geschossen oder durch Fallen erlegt, es wurde Fischfang durch Reusen betrieben, wilde Kräuter gesammelt und nach der wilden Prärierübe gegraben.

Nachdem sie ihre Sachen abgelegt hatten, ging es an ein großes Lagerfeuer auf dem zentralen Platz, an dem unter anderem das Tipi des Häuptlings, das des Medizinmanns, der Schamanin und das der Gäste lagen. Während George sofort von den anderen Männern fortgezogen wurde, schlossen sich Clara und Morgentau den Squaws an. George merkte Clara dabei sofort an, daß sie sich in dieser Gruppe nicht wirklich wohl fühlen würde, während Morgentau unverzüglich darin aufging. Er gab deshalb Clara mit einem Wink zu verstehen, ihm zu folgen. Die anderen Männer schienen nichts dagegen zu haben, denn nun folgten ihnen auch weitere junge und halbwüchsige Frauen.
Ja, Clara war etwas verunsichert. Während Morgentau sich zumindest ansatzweise mit den anderen verständigen konnte, waren da Clara und George eher auf dem selben Level, weshalb er versuchte, sie näher an sich heran zu bekommen, in der stillen Hoffnung, daß sie sich bei der Verständigung mit den Iowa ergänzen würden.

Zuerst wurde ein kleiner Wettstreit im Reiten ausgetragen, wobei George glaubhaft machen konnte, daß er nicht viel mehr, als sich halbwegs auf einem Mustang halten konnte. Unter freundlichem Gelächter schaffte er es, eine der abgeteilten Reitbahnen in leichtem Trab zu absolvieren, während Clara versuchte den Umstehenden mit Händen und Füßen zu erklären, daß George sicher besser mit einem Kanue zurande kam, als mit einem Pferd. Beim Wettschießen mit dem Bogen konnte George aber beweisen, daß er zumindest das konnte. Das brachte ihm den Respekt der Iowa ein. Schließlich zeigte Clara den Gebrauch der Büchse. Feuerwaffen waren in diesem Teil des Kontinents bislang noch mehr als rar gesäht und somit verschaffte sie sich damit Respekt.

Als es dämmerte, versammelte sich alles um das Feuer herum. Hier stieß Morgentau wieder zu ihnen. Es wurde gegessen und geschwatzt und manche Geschichte erzählt, wer wollte, tanzte im Takt von Rassel und Wasserpauke und das Kalumet machte Runde um Runde. Morgentau berichtete Clara und George etwas, daß sie ohnehin schon vermutet hatten. Während östlich des Mississippi eher die Sprachen aus der Algonkin-Sprachfamilie gesprochen wurden, waren es westlich des Mississippi die Sioux-Sprachfamilien. Was etwa dem Unterschied zwischen dem germanischen, dem slawischen und dem romanischen Sprachraum in Europa entspricht. Morgentau kam damit halbwegs klar, aber für Clara und George, die bisher nur mit der Sprache der Onondaga halbwegs zu rande kamen, war es sehr, sehr schwierig, machte aber auch Spaß.

Da sie am nächsten Tag mit dem Morgengrauen aufstehen würden, wurde das Fest weit vor Mitternacht abgebrochen.

In ihrem Zelt prasselte da bereits ein kleines Feuer. Zwei Schläuche aus der Haut von Gabelböcken hingen für den Durst in der Nacht von den Stützstangen im Tipi, wie auch einige Scheiben Trockenfleisch. Auf ihren mitgebrachten Fellen, schliefen sie.

Sehr früh ging es am nächsten morgen los. Sie erwachten wegen eines allgemeinen Getrappels vieler Füße um sich herum. Die Notdurft wurde stehend in einem nahen Bach verrichtet, der unaufhaltsam dem großen Missouri entgegen plätscherte.

In mehreren Steinguttöpfen, die im großen Feuer auf dem Festplatz standen, köchelte Suppe aus Mais, Fisch und Präriehundfleisch vor sich hin, von dem sich jeder eine Schüssel voll als Morgenmahlzeit nahm. Danach trennten sich wiederum ihre Wege. Während Morgentau mit den anderen indianischen Frauen so eine Art Reisegepäck zusammenpackte, das Mustangs auf Schleifschlitten aufgeschnürt wurde, griffen sich die Männer ihre Waffen und gingen zu ihren Reittieren. Niemand nahm jedoch Anstoß daran, daß Clara George und den Männern folgte.

Mit weißer, roter und Schwarzer Farbe, die in handlichen Töpfen mitgebracht worden waren, wurden zunächst die Flanken der Mustangs mit heiligen Zeichen bemalt, anschließend bemalten die Männer ihre Gesichter. Wobei man wiederum George half und ihm versuchte zu erklären, für was welches gemalte Symbol stehe.

Noch immer glitzerten letzte Tautropfen auf den Stängeln des Präriegrases, als sie sich in Bewegung setzten, die Männer vornweg, darauf bedacht, daß Clara und George auf ihren Mustangs den Anschluß halten konnten und sehr langsam folgte ihnen, weil nur zu Fuß unterwegs, der Trupp, unter ihnen auch Morgentau, der dann die getöteten Bisons zerlegte. Der weitaus größere Teil der Bewohner, darunter allerdings nur eine Hand voll Krieger, blieb indes im Dorf.

Weit wogte das Gras, wie ein riesiges, gelbgrünes Meer. Unterbrochen nur durch winzige Matschlöcher, um die herum es einige wenige Bäume, meist Birken, standen und durch die offenen Flächen von Präriehundkolonien. Gelegentlich gab es Bauten von Termiten. Erdlöcher von Dachs, Schleiereule und Präriehuhn stellten eine Gefahrenquelle für die Pferde dar.
Bis zum Mittag hatte man einen langgestreckten Hügel erreicht. Die Indianer stiegen von ihren Mustangs und Clara und George taten es ihnen gleich. Geduckt schlichen sie durch das fast mannshohe Gras bis hinauf zum Kamm des Hügels. Die Iowa bedeuteten den beiden Weißen, sich ruhig zu verhalten. In einem Tal vor ihnen, das durch eine weitere Hügelkette begrenzt war, graste friedlich eine von Horizont zu Horizont reichende, gewaltige Bisonherde. Clara und George hatten diese Tiermassen bisher immer nur in Bewegung, also in vollem Lauf, erlebt. Die Waldbisons, bei denen die einzelnen Büffel-Individuen größer waren, lebten nicht in so riesigen Herden. Einer der Iowa machte Clara klar, daß sie ihre Flinte auf gar keinen Fall benutzen solle, sonst würde man die ganze Herde aufscheuchen und wenn Bisons erst einmal in Bewegung waren, trampelten

sie alles nieder und unter Umständen richtete sich ihre Aggression sogar gegen ihre Jäger, die dann aber, angesichts der schieren Masse der Tiere, hoffnungslos verloren wären.

Sie pirschten sich näher an die Herde heran, leicht gedurckt, teilweise auf allen Vieren, denn die Bisons hatten im Laufe der Jahrtausende gelernt, daß vor allem von zweibeinigen Lebewesen Gefahr für sie ausging. Wolf und Puma rissen nur alte, schwache oder kranke Tiere, der Mensch aber erlegte die großen, gesunden, kräftigen, die Anführer der Harems und die Leitkühe.

Endlich waren sie nah genug. Der Anführer ihres Trupps überließ George die Ehre des ersten Schusses. George hielt seinen Bogen waage- und nicht lotrecht, setzte einen Pfeil an die Sehne, spannte und schon surrte er durch das hohe Gras. Er traf einen gut gebauten Bullen aber leider nur an der Brust. Das Tief bäumte sich auf und brüllte, aber schon zischte der zweite Pfeil von Georges Bogen und drang durch den Brustkorb des Tieres bis tief ins Herz. Ohne einen weiteren Ton von sich zu geben, brach der Bison in sich zusammen.

Anerkennendes Nicken der Iowa war die Folge, aber auch das plötzliche Achtsamsein der Bisons in der näheren Umgebung. Liegende, wiederkäuende Tiere erhoben sich, andere hoben nur ihre Köpfe und beobachtenten nun misstrauisch ihre Umgebung. Aber da sich die Jäger entgegen der Windrichtung, von Sonnenaufgang her, der Herde genähert hatten, war der Mensch für die Bisons noch nicht zu riechen.

Das war jetzt der Augenblick für den entscheidenden Angriff. Fast zeitgleich surrten die Pfeile von vielen

Bögen in die Büffelherde. Chaos entstand, als sich mehrere Tiere in einem letzten Todesschrei aufbäumten und wie eine Welle, die sich von Horizont zu Horizont fortsetzte, wogte nun die Herde von ihnen fort, eilig die Flucht vor dem furchtbarsten Raubtier, dem Menschen, ergreifend.

Acht Tiere waren sofort tödlich getroffen worden, zwei weitere bekamen den Gnadenschuss. Nicht schlecht, für einen Jagdtrupp von gerade einmal fünfzehn Mann.

Das erste Tier wurde eilig mit Steinklingen aufgebrochen und Clara und George mussten, wie alle anderen, in das warme und noch immer leicht puckernde, rohe Herz des ersten bei dieser Jagd geschossen Bisons ein Stück heraus beißen. Es war zart und schmeckte unglaublich lecker, wenngleich Clara und George sonst nie rohes Fleisch aßen.

Bis der nachfolgende Trupp mit den Frauen ankam, begannen die Jäger bereits, die Tiere teilweise zu zerlegen. Gleichzeitig wurden Wachen aufgestellt, um ihre Beute gegen Aasfresser aller Art, gegen Wölfe, Kojoten, Pumas, Geier und Bären zu verteidigen.

Es dauerte bis zum Abend, bis man alle Tiere verarbeitet hatte. Die Abfälle, wie Därme und Blut, überließen sie den Kojoten und Waschbären. Wegen des beschwerlichen Rückwegs mit all ihrer Last, übernachteten sie an Ort und Stelle. Den gesamten folgenden Tag brauchten sie zur Rückkehr ins Dorf, von dem sie einen weiteren Tag später erneut zur Jagd aufbrachen. Vier dieser Jagdausflüge machten sie insgesamt. Auf dem letzten davon wurde vom Pferd herab geschossen. Für George war es indes unmöglich, freihändig auf dem Pferd sitzend, in vollem Galopp zu schießen. Er rutschte bei jedem Versuch vom Pferderücken. So mußte er seinen Mustag immer erst zum anhalten bringen, bevor er seinen Bogen spannte, wobei Clara ihm mit ihrer Flinte gewissermaßen den Rücken frei hielt.

George mußte bei jeder dieser Jagden aufpassen, nicht in einen Jagd- bzw Blutrausch zu verfallen. Sein eigenes Blut pulste jedesmal durch seinen Körper, wenn sie sich anpirschten, rauschte entlang seiner Schläfen, beschleunigte seinen Atem, machte all seine Sinne wacher und ließ ihn aufmerksamer sein. Er roch den frischen Büffeldung, genoß das feuchte Gras durch das er sich bewegte und er liebte es, wenn er das von ihm auserkohrene Opfer bereits mit seinem ersten Schuß tödlich traf. Dann und genau dann hätte er sich am liebsten bereits auf sein nächstes Opfer konzentriert. Aber was nutzte es, mehr Büffel zu töten, als sie verarbeiten und verzehren konnten. Indes reizte ihn wirklich in der Jagdsituation selbst bereits das nächste und übernächste Opfer!

Der Jagdauftakt auf Bisons für dieses Jahr endete mit einem eintägigen Fest im Dorf, bei dem mächtige Mengen an frischem Fleisch gegessen wurden. Die Erlebnisse bei dieser Jagd wurden am Lagerfeuer in Geschichten immer weiter ausgeschmückt. Die eigentlich friedlichen Bisons wurden darin plötzlich blutrünstig, die sie verfolgenden Wölfe bekamen fünf Köpfe, die sie umlauernden Pumas wurden dreimal so groß, wie der durchschnittliche Bison.

Den Iowa überließen Morgentau, Clara und George drei der von George geschossenen fünf Büffel. Weil sie ihre Mustangs zum Transport ihrer Last benötigten, brauchten sie einen ganzen weiteren Tag, um zu ihrer Hütte und zu Ray und Elisabeth-Christine zurück zu kehren. Das Fleisch hingen sie unter dem Dach zum trocknen und räuchern auf.

XXV.   Der Baumstachler (Urson) "**

Der Sommer des Jahres 1763 brütete über der Prärie. Clara war in letzter Zeit komisch. Morgentau allerdings auch. Selbst der sonst schon recht schweigsame Ray wurde noch einsilbiger. Lediglich Elisabeth-Christine und George schienen davon nichts mitzubekommen. In ihrer Hütte waren sie zu einer effektiven Arbeitsteilung übergegangen. Ray kümmerte sich um die Reusen und um das Vieh, Clara und Morgentau wechselten sich mit ihren täglichen Arbeiten ab. Mal kochte die eine, mal die andere. Elisabeth-Christine hüpfte überall herum. Ihren Aussichtspunkt auf dem Dach hatten sie soweit ausgebaut, daß er nun eher wie eine Veranda genutzt wurde. Nur bei regnerischem Wetter wurde weiterhin in der Hütte gekocht, für die warme Jahreszeit hatten sie jetzt ein Feuer vor dem Haus brennen, von dem man aus mit einem halben Auge die Koppeln im Blick hatte. Gegessen wurde auf dem Dach. In der Hitze des Sommers schliefen sie sogar teilweise auf dem Dach. George übernahm die Jagd. Seine kleine Fallenstrecke, die er alle zwei bis drei Tage ablaufen mußte, brachte zwar nur Kleintiere ein, die aber genügten als Fleischeinlage für ihre Suppe. Begleitet wurde er bei dieser Runde oft von Morgentau, die entlang dieser

Strecke Kräuter und wilden Reis, Bohnen oder Wurzeln einsammelte. Kleinere Jagdausflüge, die nur einen Tag dauerten, bei denen George immer zwei der Mustangs mitnahm und auf denen er mit dem Bogen meist Gabelböcke schoss, vervollkomenten ihren Speiseplan. Hin und wieder fuhr er mit einem Kanue einen halben Tag den Missouri stromauf oder stromab und schoss dabei Gänse, Enten oder Waschbären. Manchmal verbrachten sie alle, zu fünft, einen halben Tag auf ihrem Acker, um das immer schneller als ihre Nutzpflanzen wachsende Unkraut halbwegs im Zaum zu halten. Ihre wunderbaren Kaltblüter waren leider noch immer zu jung für die Feldarbeit. Aber ohne viel Mühe hatten sich die Mustangs an gelegentliche Transportarbeiten, wie das ziehen von Schleifschlitten mit Büffeldung, vor allem zur Trocknung für den Winter oder das heimbringen von Jagdbeute, gewöhnt.

Die verschiedensten Indianerstämme, die ihnen vor einem Jahr noch regelmäßig ihre Aufwartung gemacht hatten, ließen sich kaum blicken. Hin und wieder ließ sich mal ein kleiner Jagdtrupp der Iowa sehen, mit dem man dann in Ruhe eine Pfeife rauchte, bevor sie weiterzogen. Ja, wenn Indianer in der Nähe waren, ließen sie sich auch kurz sehen, ansonsten waren auch sie mit ihrem Tagwerk beschäftigt.

Von dem Krieg zwischen den Weißen im Osten des Kontinents hörte man in der Prärie nicht einmal mehr einen Nachhall. Wie auch, war er doch offiziell am 10.Februar 1763 am grünen Tisch für beendet erklärt worden.

Nein, das Leben unserer fünf war nicht langweilig, aber mittlerweile doch recht eintönig und die Möglichkeiten, sich gegenseitig aus dem Weg zu gehen, gab es genug. Die Enge würde sie noch früh genug mit den ersten Winterstürmen wieder zusammentreiben.

"Ich würde gern einmal wieder einen mehrtägigen Jagdausflug machen.", platzte George eines morgens beim gemeinsamen Frühstück heraus. "Da komme ich mit.", sagte Clara sofort. Ray murmelte etwas Unverständliches, Morgentau sah beide mißtrauisch an und Elisabeth-Christine fragte ängstlich: "Aber du kommst doch wieder, Mama?" Clara nickte und sah George an, der sich leicht überrumpelt vorkam. "Ja, ähm ... ich hatte sagen wollen, ich muß hier mal für ein paar Tage raus. Clara, wenn du mich begleiten willst, gerne." "Mama kommt wieder." sagte Clara und schaute dabei ihre Tochter an. "Brechen wir 'n gleich auf?", fragte George. Clara nickte. Ray brummelte irgendetwas von "... wenn ich mich nicht irre...." und Morgentau sah beide lauernd an.

Sie nahmen alle Pferde. So konnten sie ihre beiden wunderbaren Kaltblüter, die bisher eigentlich zu nichts taugten, außer, daß sie fraßen wie die Scheunendrescher, etwas in Bewegung bringen und den anderen wenigstens damit etwas an Arbeit abnehmen. George hatte sich mittlerweile an das Reiten ohne Zaumzeug und Sattel gewöhnt, Clara noch nicht ganz so. Die Kaltblüter brauchten noch Führung und wurden deshalb mit Lederriemen an den Mustang geleint, der ihre beiden Bisonfelle für die Nacht, zwei Schläuche aus Gabelbockleder mit Trinkwasser und ihr Koch- und

Essgeschirr trug. Direkt an sich selbst trugen sie ihr persönliches Schießzeug, das heißt, Clara ihre Flinte mit dem Pulverhorn und dem Blei, George seine Flinte mit allem dazu, sowie seinen Bogen und den Köcher mit seinen Pfeilen.

Sie brauchten nur ein paar Minuten zum packen, dann brachen sie in südlicher Richtung und damit weg vom Missouri, auf. Nach einer Stunde in mäßigem Ritt folgte eine Stunde, in der sie absaßen und ihre Reittiere am Zügel führten. Ihr Packpferd mit den beiden angeleinten Kaltblütern folgte ihnen auch so. Während dieses langsamen Gehens rupften die Pferde nebenbei, was ihnen vor die Nüstern kam.

Weit wie ein Meer wogte das Präriegras, unterbrochen nur von wenigen Sträuchern und kleinen Hainen, die um Wassertümpel herum standen. Hin und wieder scheuchten sie einen Wegekuckuck, auch als Roadrunner"*** bekannt, ein paar Präriehühner, eine Wanderdrossel oder einen Prärie-Falken auf.

Schweigsam verging der Vormittag. Zur Mittagszeit schoss George ihnen eine Wandertaube, die sie anschließend über einem fast rauchlosen Feuer brieten. Schweigsam verging auch der Nachmittag. Zum Abend holte George ihnen mit seinem Bogen zwei Enten aus der Luft. Sie suchten sich einen kleinen Hain für die Nacht, der aus kaum mehr, als ein paar Sträuchern und Birken bestand. Clara hatte bereits am Nachmittag deshalb begonnen, trockenes Holz für das Feuer zur Nacht zu sammeln. Ihr Pferde pflockten sie in Sichtweite ihres kleinen Lagers an. Während Clara mit dem Feuer beschäftigt war, nahm George die Enten aus, die sie anschließend über dem Feuer an Spießen brieten. Der Saft der deshalb angeschnittenen Birken diente ihnen als Kompott.

Frieden strahlte die allmählich untergehende Sonne über der wogenden Prärie aus. Auf eine Nachtwache würden sie verzichten, denn sie waren sicher, im Ernstfall rechtzeitig durch ihre Pferde alarmiert zu werden. Erst im goldenen Schein der letzten Abendstrahlen und ihres Feuers begannen sie, sich miteinander zu unterhalten, und wie immer, wenn sie allein waren, taten sie es in ihrer Muttersprache.

"Mh...", begann George. "...ja ... ähm „,", sagte Clara verlegen. "Wat'n los mit dir?", platzte es aus George voller Ungeduld heraus. "Warum biste nicht bei deinem Mann?" "... Ja, ... ähm ... ich wollte dich schon fragen, warum du so oft unterwegs bist. ...", sagte Clara um abzulenken. "Gehste mir aus dem Weg oder deinem eigenen Weib?", schob sie nach. "... mh ...", machte George. "... Euch beiden ... nein, euch dreien." "Wir hausen ganz schön eng aufeinander, oder?" "Ja.", bestätigte George. "Weißt du, daß mich mein eigener Mann seit wir von der Frühjahrsjagd mit den Iowa zurück gekommen sind, nicht ein einziges mal mehr angefaßt hat?", sagte Clara und schob nach: "Und nicht einmal mehr deine lüsternen Blicke seh ich mehr. Das ist doch für eine junge Frau wie mich kaum zum aushalten!" "Ich bin nunmal mit Morgentau verheiratet ...", sagte er und sie erwiderte: "Ja und ich mit Ray. Na und? Wir sind nunmal nur gute Freunde. Das ist gut so." Sie kicherte: "Aber hin und wieder möchte ich mich auch darin sonnen können, daß nicht nur mein eigener Kerl mich begehrt." "Das tu ich nach wie vor, aber du weißt doch, daß die

größte Magie immer nur zwischen zwei Menschen besteht, die zwar einander sehr mögen, sich aber gegenseitig nicht haben können.", entgegnete er. ""*
"Nein, aber mal ehrlich und darum wollte ich mal ein paar Tage Distanz zu unserer Hütte, zu unserem normalen Leben und zu meinem Gatten, irgendwie passiert gerade in Bezug auf Zärtlichkeiten mit Ray nichts. Es passierte ja schon eh immer wenig, aber wenn dann war es gewaltig, nun aber seit dem Frühjahr hat er mich nicht mal mehr in unserer Kammer berührt, wenn wir allein waren.", sagte sie etwas schmollend.
"Da geht es mir mit meinem Weib wie dir mit deinem Mann seit dem Frühjahr. Irgendwie besteht eine ziemlich unangenehme Spannung zwischen Morgentau und mir. Ich weiß nicht, warum. Jedenfalls hab auch ich mein Weib in den letzten Wochen nur höchst selten berührt."
"Ja, du wirfst ja weder auf mich, noch auf Morgentau lüsterne Blicke. Das ist selbst mir schon aufgefallen."
"Darum wollte ich mal auf ein paar Tage und nicht nur für einen Vor- oder einen Nachmittag mal raus aus unserem Leben, um in Ruhe nachzudenken.", sagte er.
"Dann sind wir schon zwei.", sagte sie und er vollendete ihren Satz mit: "Wer weiß, wie es den anderen beiden geht". Sie nickte: "Das hab ich mir auch schon überlegt."
Sie ging zu ihrem Schlafbündel und holte einen kleinen, verschlossenen, irdenen Krug daraus hervor, öffnete ihn vorsichtig, goß sich und ihm in ihre Holzbecher daraus ein, es roch lecker nach frisch vergorenem Cidre, hob ihren Becher und sagte: "Auf die Freundschaft!" Er stieß mit ihr an. Sie sahen sich tief in die Augen. "Auf daß es so bleibt.", sagte er.

Die Nacht über blieb es sehr ruhig. Immer der, der wach wurde, schob ein paar trockene Äste ins Feuer. Am nächsten Morgen brachen sie gemeinsam auf. Wie schon am ersten Tag, so gingen sie auch heute schweigsam miteinander um. An einem Tümpel, an dem sie vorbei kamen, schoss er zwei Bisamratten für sie. In der nächsten Nacht begann es leicht zu tröpfeln, aber es störte nicht, weil der Regen nicht stärker wurde.

Am Tag danach waren sie erneut eher schweigend unterwegs, weil jeder von beiden die Gedanken schweifen ließ und sie dabei die Anwesenheit des anderen genossen.

Es war am nächsten Morgen, als sie beide von etwas rasselndem im Gras geweckt wurden. Die Pferde scheuten nicht, weshalb sie es für unbedenklich hielten. Fest eingehüllt in das dichte Winterfell eines Bisons, auf einer Unterlage aus Bisonleder, schaute aus ihren beiden Lagerstätten rechts und links des Feuers, kaum mehr als die Nasenspitze jedes einzelnen heraus, um Nachts nicht zu sehr von den ständig surrenden Mücken zerbissen zu werden. Georges ganzer Kopf schaute zuerst aus seinem Fell, während Clara auf der anderen Seite des Feuers noch sichtlich gähnte und sich die Augen rieb. In der Nähe von Claras Füßen rasselte es erneut mehrfach und das Präriegras bewegte sich in alle Richtungen. Sie streckte sich und rief plötzlich erschreckt: "Autsch!" George sprang von seinem Lager, um ihr zu helfen, da rasselte es erneut. Nun direkt hinter Clara, die sich liegend George zugewandt hatte. "Bleib so!", fauchte er sie an. Sie erstarrte in ihrer Bewegung. Schon war er bei ihr. Hinter ihr zockelte plötzlich, wieder rasselnd, ein Baumstachler los. Die Idee, den Baumstachler schnell mit einem Fußtritt in die Ferne zu befördern, ließ er in genau dem Moment bleiben, als er sich der gespreizten Stacheln dieses Nagetiers bewußt wurde und der ihm mehrere seiner Stacheln, die auf seinem Schwanz für genau solche Situationen nur recht lose angebracht waren, mit einer schnellen Bewegung seines Hinterteils dem Unterleib Georges entgegenschleuderte und dieser den Geschossen des Baumstachlers nur mit knapper Not ausweichen konnte.

Clara befühlte indes den Boden um sich herum. "Er muß heute Nacht neben mir geschlafen.", stellte sie fest und besah sich ihre Hand mit der sie versehentlich beim sich aufrichten in die Stacheln des schlafenden Tieres gefasst hatte. Diese Stacheln haben Widerhaken und so sah ihre Hand auch aus. George schaute sich die Bescherung an. "Die muß ich dir mit einem heißen Messer ganz schnell heraus operieren, sonst bleiben die Haken in deiner Haut und entzünden sich." Sie nickte: "Dann mach es gleich."
Er schürte das Feuer etwas auf, während sie aufstand und legte die Spitze seines Messers in die Glut des Feuers. Plötzlich rasselte es im Baum über ihnen und sie sahen, wie eine ganze Armada an Stacheln in alle Himmelsrichtungen flog, während sich zwei Baumstachler direkt über ihnen paarte. Unmittelbar nach der Paarung der beiden, hob das Männchen seinen Schwanz erneut und parfümierte "sein" Weibchen mit einer übelst riechenden Duftwolke ein, die eigentlich nur andere Männchen seiner Art von Nachstellungen "seines" Weibchens abhalten sollten. Die Geruchswolke stank indes so kräftig und erbärmlich, daß nicht nur Artgenossen in die Flucht geschlagen wurden. Den beiden Menschen verschlug es den Atem und auch sie

flüchteten vor dem Hagel an Stacheln und dem ätzenden Gestank des männlichen Baumstachlers.

"Ich geh da nicht wieder zurück! Ich nicht!", rief Clara, als sie ein gutes halbes dutzend Yard weiter wieder zum Stehen kamen. "Es ist gut! Beruhige dich ..." "Ich geh da nicht mehr hin." "Ja, hab ich ja verstanden. Hab diese Biester ja bisher nie so in Aktion erlebt, obwohl wir sie ja oft, auch in den östlichen Wäldern, gesehen haben." "Ja, aber da zockelten sie nur so dahin. ... Jetzt weiß ich aber endlich, was immer mal so raschelt und so stinkt. ... Himmel, ein Eimer voll fauler Eier ist ja gar nichts dagegen."

Während Clara, halb nackt und nur mit ihrem Schlaffell bekleidet, versuchte, die Contenance zu wahren, ließ George alle Scham fahren und pirschte sich, nur mit einem Fetzen Leder in seinem Schambereich bekleidet, an ihr bisheriges Lager heran. Die Schneide seines Jagdmessers, das noch immer halb im Feuer lag, war rotglühend. Einen seiner, bei ihrer kopflosen Flucht verlorenen Mokassins als Handschuh nutzend, holte er das Messer an seinem Griff aus der Glut heraus und stieß es zur raschen Abkühlung sofort in den Boden. Sein Mokassin qualmte nach dieser Aktion, entzündete sich aber nicht weiter. Vermutlich hätte er in diesem Zustand Claras ganze Hand zu Schmorfleisch verarbeitet. In mehreren schnellen Sprüngen holte er all ihre Habe zu dem Ort, an dem Clara jetzt auf ihn wartete. Erst ganz zum Schluss holte er das Messer und löschte mit mehreren Händen Sand das Feuer, wobei er bei all diesen Aktionen aufpassen mußte, nicht versehentlich in herumliegende Baumstachlerstacheln zu treten.

Als sie sich endlich angezogen hatten, nahmen sie ein schnelles Frühstück aus Pemmikan ein und holten dann ihre Pferde. Claras Hand schwoll in beunruhigender Geschwindigkeit an.

Um jetzt doch etwas schneller voran zu kommen, wenngleich sie auch nicht wußten, wohin, schnürte George, unter viel Gezeter der Tiere, den beiden jungen Kalblütern ihre unhandlichen, gleichwohl leichten Schlaffelle und die Lederunterlagen auf. Sie änderten ihre Marschrichtung und ritten jetzt in Richtung Nordost. George hoffte, daß Clara bis zum Dorf der Iowa durchhalten würde. Bis zum Abend hatte die Schwellung ihrer Hand die Größe eines Kinderkopfs erreicht und puckerte. Dieses mal übernachteten sie auf einer felsigen Anhöhe und pflockten die Pferde so an, daß sie in einem Kreis von vielleicht zwanzig Yard um sie herum standen. George war ziemlich verzweifelt. Am liebsten wäre er in vollstem Galopp ins nächste Indianerdorf geritten, aber er konnte Clara jetzt nicht allein lassen.

Als sie am nächsten Morgen erwachten, hatte Clara ganz offensichtlich Wundfieber. Sehr viel mühsamer, als am Tag zuvor, hielt sie sich auf ihrem Pferd, so daß George sie schließlich darauf anband."So wurde ich ja noch nie von dir gefesselt.", stönte sie.
Gegen Nachmittag stieg George mit einem Windhauch die leichte Brise nach gebratenem Fleisch in die Nase. Sie hielten an und er wagte den Balanceakt, sich mit beiden Beinen auf den Rücken seines Mustangs zu stellen. In etwa zweihundert Yard Entfernung, mehr durch das andere Wabern der Luft ringsherum zu erkennen, als wirklich zu sehen, erahnte er in einer Senke

neben ihnen in einer Baumgruppe aus wenigen Birken und Pappeln, den Lagerplatz von ein paar Menschen.

Er gab Clara zu erkennen, daß sie bleiben solle, wo sie war, stieg von seinem Pferd und pirschte sich im hohen Präriegras geduckt an die anderen Menschen heran.

In Sichtweite erkannte er einen Indianer, der der Haartracht nach vermutlich ein Iowa war und der offenbar ein Feuer hütete, über dem Teile eines Gabelbocks brieten. George beobachtete weiter. Insgesamt acht Pferde waren in einiger Entfernung angepflockt. Also waren sie mindestens zu viert. Aber wo waren die anderen der Gruppe? Es waren aber Iowa. Das hieß, es bestand keine Gefahr. Gebeugt und weiterhin Deckung im hohen Gras suchend, machte sich George auf den Rückweg zu Clara.

Er war kaum fünfzig Yard weit gekommen, als plötzlich zwei Speere vor ihm in den Erdboden sausten. Als er aufblickte, sah er, wie seine Pferde und auf einem davon Clara, die sich vor Fieber und Schwäche kaum noch auf dem Rücken des Tieres halten konnte, von einem Indianer an den Zügeln zu ihm hinunter geführt wurde.

Ganz offensichtlich hatte man sie wohl bemerkt. George richtete sich auf. Etwa fünfzig Schritt von ihm entfernt standen zwei Indianer und hielten sich die Bäuche vor lachen. Sie hatten jeder eine merkwürdie Stange in der Hand und kamen jetzt auf George zu.

"Wenn die Weißen in ihrem eigenen Land auch so tolpatschig jagen, ist es kein Wunder, daß sie auf anderen Kontinenten nach Nahrung suchen müssen.", kicherte der eine. George verstand nicht einmal die Hälfte davon.

George zog die Speere aus dem Boden und überreichte sie den beiden Kriegern. Dann besah er sich genauer, was für einen armlangen Stab die beiden in ihren Wurfhänden hielten, konnte aber weiter damit nichts anfangen und ging nun mit den beiden zum Feuer der Indianer, an dem kurz darauf ihre Pferde mit Clara anlangten.

Die Verständigung mit Worten war schwierig. Sie zeigten ihnen Claras geschwollene Hand und George versuchte mit Körperhaltung und Gesten den Baumstachler nachzuahmen. Die Iowa verstanden sofort. Clara wurde von ihrem Pferd von ihnen herunter gehoben, während George ihr schnell ein Lager aus alten Blättern, Moos und ihrem Schlafleder und -fell bereitete. Der älteste der vier Indianer besah sich nun Claras Hand genauer und wiegte dabei bedächtig den Kopf. Dann brummte er etwas zu dem zweiältesten Krieger, der daraufhin wie ein Blitz im hohen Gras verschwand.

"Wir müssen in ihre Hand schneiden." versuchte der Alte zu erklären und fuhr fort: "Gewitzter Uhu ..." George verstand nicht, so versuchte es der Alte mit anderen Worten und vielen Gesten: "... Der andere Mann sucht Kräuter für die Heilung. Aber es kann ein paar Tage dauern. ... Deine Squaw muss auch schwitzen."

George gesellte sich, bis der Kräutersuchende wiederkam, zu den beiden jüngeren Männern und fragte sie nach ihren Speeren und ihren armlangen Stangen aus, die sie bei sich trugen. Der eine von ihnen erklärte und zeigte, daß es sich um Speerschleudern handele. Die Stange war so ausgehölt, daß man in sie den Schaft etwa ein Drittel eines Speeres legen konnte. An einem Ende hatte diese Stange einen Widerhaken aus einem Teil eines Geweihhorns eines Gabelbocks mit Birkenpech eingeklebt, an den der Speer angelegt wurde. Sie demonstrierten ihm, wie weit ein Speer von Hand geschleudert werden konnte und daß er mit der Speerschleuder mehr als doppelt so weit flog. Sie erklärten George, daß sie erst seit einigen wenigen Generationen die Speerschleuder kaum noch benutzten, weil sie seit die Mustangs aufgetaucht waren und sie von den Indianern gezähmt werden konnten, bei der Büffeljagd wendiger waren und und sie seitdem mehr mit dem Bogen jagten. Mit der Speerschleuder mußte man sich zwar näher an die Bisons heran pirschen, aber wegen der Größe der in den Bisonkörper eíndringenden Steinklinge und der sich daraus ergebenden größeren und tieferen Wunde, wurde die Speerschleuder auch weiterhin, gerade von den erfahreneren Kriegern, gerne genutzt.

Während Clara noch immer nicht weiter behandelt werden konnte, versuchte George selbst einmal, diese Jagdwaffe zu erproben und nahm sich vor, bei nächster Gelegenheit ein Exemplar dieser ersten Fernwaffe der Menschheitsgesichte bei den Indianern im Handel zu erwerben.

Nach einer ziemlichen Zeitspanne, deren Länge George nicht einschätzen konnte, tauchte der Iowa mit den Kräutern auf. Der Ältere zerstieß sie in einem kleinen, handlichen Mörser, den er in seinem Gepäck hatte und mischte seinen Speichel hinzu. Aus seinem Medizinbeutel, den er gleichfalls in seinem Gepäck hatte, holte er ein paar getrocknete Blätter. Zwei davon gab er

Clara und sagte: "Kauen. Das hilft gegen den Schmerz."
Ein weiteres dieser Blätter zerstampfte er ebenfalls und
mischte es unter den Brei der frischen Kräuter. "Coca! ...
Wächst nur im Süden und muß eingetauscht werden. ...
Hilft gegen den Schmerz.", erklärte der, der die Kräuter
gesammelt hatte. Derweil erhitzte der Alte die Klinge
eines Steinmessers im Feuer und stach dann mit dessen
Spitze in die Stellen in Claras Hand, in denen noch
immer die kleinen Widerhaken des Baumstachlers
hingen.

Rotes Blut und gelber Eiter spritzen und Clara stieß einen
markerschütternden Schrei aus. Man roch verbranntes
Horn und verschmortes Fleisch. Während weiterhin grün-
gelber Eiter aus ihrer Handfläche quoll, ergab sie sich
einer sie ruhig stellenden Ohnmacht.
"Sehr viel entzündet.", sagte der Alte. "Wenn sie wieder
zu Kräften kommt, muß sie schwitzen."

Während Clara weiter ohnmächtig blieb, arbeitete der
Alte mit ruhigen Händen weiter. Die beiden jüngeren
schickte er zum Wasser holen an den nächsten Weiher.
Als sie wiederkamen, drückte er unter dem Stöhnen von
Clara, die weiterhin nicht bei Bewußtsein war, ihre
Wunden noch ein paar mal aus, stieß mit dem heißen
Messer wiederholt in die Wunden und wusch sie aus.
Schließlich legte er ihr einen Verband aus den
zerstoßenen Kräutern und wilden Maisblättern um ihre
zerschundene Handfläche an.
Als Clara am Abend schließlich zu sich kam, erklärte der
Alte: "Wir bleiben die nächsten Tage hier. Puma, Geier
und Wolf riechen ihr Blut. Allein kommt ihr zwei so nicht
durch."

In den nächsten beiden Tagen ging George mit den beiden jüngeren Iowa auf die Jagd. Dabei testete er mit großem eigenem Erfolg die Speerschleuder in der Praxis. Clara ging es zwar etwas besser, aber ihre Hand schwoll erneut etwas an, so daß nun "schwitzen" angesagt war.

Die Indianer bauten dafür eine Laubhütte, die sie mit allen zur Verfügung stehenden Lederdecken und Fellen abdeckten. Dahinein schoben sie zwei im Feuer glühend gemachte Steine. In diese Hütte nun mußte Clara hinein, die aber aufpassen mußte, sich nicht an den heißen Steinen zu verbrennen. Als sie schließlich in dieser Hütte war, wurde vom Alten Wasser auf diese glühenden Steine geschüttet und damit Clara atmen konnte, gab er auch noch ein paar Kräuter mit hinein.

Das Wasser verdampfte auf den Steinen fast sofort. Clara nahm es fast den Atem, aber sie mußte in der Hütte bleiben, bis sich der Dampf darin gelegt hatte. Dann wurde sie heraus gezogen und mit kaltem Wasser übergossen.

Das ganze wiederholte man noch zweimal. Dann wurde sie in mehrere Lagen von Fellen gewickelt und der Alte legte ihr erneut einen Verband aus diesen Kräutern um die Hand.

Nochmals vergingen zwei Tage. Sie fieberte nicht mehr und auch ihre Hand schwoll nicht erneut. Damit war abzusehen, daß sie die Hilfe der Indianer nicht mehr brauchten und sie verabschiedeten sich. "Wie können wir das wieder gut machen?", fragte George die vier. "Ach, bring das nächste mal keine kranke Squaw mit zum essen.", brummte der Alte.

XXVI.   *Feuer*

Nach einer Woche war Clara wieder gesundet. Anstatt aber gleich nach haus zu ihrer Hütte zu reisen, blieben sie noch weitere Tage in der Prärie. Sie achteten darauf, nicht mehr in der Nähe von Bäumen zu übernachten. Statt dessen pflockten sie ihre Pferde nun um ihr nächtliches Lager herum an.

Nach einem guten Monat tauchten sie wieder an ihrer Hütte auf. Die Pferde waren voller Pelze. Morgentau und Ray hatten sich indes keine Sorgen um sie gemacht, waren sie doch einige Tage nach Claras Unfall durch einen Boten der Iowa informiert worden.
Froh, wieder bei seinem Weib zu sein, zeugte George in dieser Nacht ihr erstes Kind. Auch Clara freute sich riesig, ihren Mann wieder zu sehen. Was Clara und George aber aneinander freute, war, daß sie beide ihre feste Freundschaft in diesen vier Wochen neu beleben konnten und daß sie sich jeweils auf ihre eigenen Partner freuten.

Ein paar Tage nach Ihrer Rückkehr machte sich George nun mit Morgentau zu den Iowa auf. Mittlerweile gewohnt, ohne Sattel zu reiten, schafften sie den Weg ins Dorf innerhalb eines halben Tages. Als dank für die Hilfe "im Busch" übergab George dem Häuptling und der Schamanin des Dorfes zwei ganze Bisonfelle und den Inhalt eines Beutels, der aus einem Gabelbockrumpf gemacht war. Er war voller getrockneten Fisches.
Noch einmal ließ er sich im Dorf von den Männern, während Morgentau bei den Frauen blieb, den Umgang mit der Speerschleuder erklären. Auch wie sie hergestellt

wurde, vor allem, aus welchem Holz sie gemacht war, wollte er erfahren. Gegen einen Gabelbockbalg voller Sauerkraut, von dem sie aber mehr als genug hatten, tauschte er eine Speerschleuder samt zweier Speere.
Am Abend waren sie wieder in ihrer Hütte.

Bogen und Speerschleuder waren von nun an Georges bevorzugte Jagdwaffen und wurden im Laufe der nächsten Jahre das Synonym für seine Erscheinung in der Prärie. Wann immer er in der Prärie auf Indianer traf, wußten die sofort schon auf große Entfernung an seiner Silhouette auf einem ihrer Mustangs, daß es George Der Weiße Wolf war.

Es war am Ende des Sommers in diesem Jahr, 1763. Der Tag hatte wundervoll begonnen, aber schon ab Mittag lag irgendetwas in der Luft. Sie saßen alle noch beim Mittag auf ihrer Dachveranda, als Clara etwas auffiel: "Seht mal, der Himmel da hinten, hat so einen komischen Schein." Morgentau: "Ja und es rumpelt irgendwas im Boden." George: "Aber es riecht nicht nach Gewitter." "Nein, nein, dazu ist die Luft zu trocken.", sagte Clara und Ray murrte: "Sieht auch nicht wie ein Gewitter aus, was da aufzieht, aber es kommt schnell näher, wenn ich mich nicht irre." Sie schauten, während sie nun immer schneller aßen, weiter gebannt auf den Himmel im Westen. Allmählich waren einzelne Blitze zu hören, die über den tiefdunklen Himmel jagden. Die mittlerweile sehr aufgeweckte Tochter von Clara, neun Jahre alt war Elisabeth-Christine bereits, schien noch ängstlicher zu werden.
Sie waren noch dabei, den Rest ihrer Suppe zu Löffeln, wobei Clara, wie immer, die anderen bei ihrer

Essgeschwindigkeit um Längen schlug, als die Tiere auf der Weide so unruhig wurden, daß die Menschen es auf ihrem Hochsitz bemerkten.

Clara entfuhr es auf berlinisch: "Kiekt mal, die Hühner wollen von alleene rinn in 'n Stall." Und George entfuhr es ebendso mundartlich: "Unsere Jäule hüppen ooch jleich üba 'n Zaun." Sie sahen sich beide an, lachten und übersetzten dann für die drei anderen.

"Los, lass uns die Tiere in den Stall bringen, sonst springen sie über die Latten des Gatters und wir sehen sie die nächsten Tage nicht wieder, wenn wir sie überhaupt wiedersehen, wenn ich mich nicht irre.", kicherte Ray und stieß mit seinem Ellenbogen George in die Rippen. "Na wenn bei dem, was da aufzieht, nicht die Milch in den Ziegen schlecht wird, wenn ich mich nicht irre." schob er nach und grinste wegen seine Witzes von einem Mundwinkel zum anderen. Während die beiden Männer wie von der Tarantel gestochen vom Dach herunterjagten, kommandierte oben Clara: "So, Lizzy, du bringst mit Morgentau schnell alles Geschirr, die Schemel, Decken und den Tisch nach unten, ich bring derweil Hühner und Ziegen in den Stall."

Das Unwetter kam schnell näher. Sie hatten die Tiere kaum untergebracht, wobei sie mit den Pferden und Ziegen den während der letzten Schneeschmelze neu entstandenen Flussarm an ihrer selbst aufgeschütteten Furt überqueren mussten, das Wasser des Missouri rauschte hier nur knapp Knietief hindurch, als das Unwetter fast schon über ihnen war. Schnell schöpften die Erwachsenen noch vier Eimer voll Wasser im Fluß, um bei einem möglichen Blitzeinschlag in ihrer Hütte schnell löschen zu können. Die Strohmatratzen in ihren

Betten und das Holz ihres Hauses waren zwar die beste Isolation gegen die Stromstöße eines Blitzes, gleichwohl war aber ihre Hütte ein erhöhter Punkt im Fluß, in den es immer wieder mal bei Gewitter einschlug. Zahlreiche angesenkte Stellen im Dach des Hauses zeigten an, wo sie bereits überall schon gelöscht hatten, an angekokelten Rissen in der Hausfassade sah man, wo entlang sich die Blitze letztendlich ihren Weg ins Erdreich gesucht hatten. Insofern war jetzt das Wasser holen jetzt reine Routine. Der Wasserinhalt ihrer vier Eimer hatte bisher allemal gereicht. Während die Erwachsenen arbeiteten, hatte Elisabeth-Christine die oberwichtige Aufgabe, das Gewitter weiter zu beobachten.

Schließlich stellten sie sich allesamt vor das Haus. Der Himmel über ihnen war tief grau. Blitze zuckten hin und her und zum Boden. Es krachte, knallte ohrenbetäubend um sie herum, aber es regnete nicht. Ihre Tiere in der Hütte wurden wieder unruhig. Die Pferde wieherten, was das Zeug hielt, ihre Ziegen meckerten, von den Hühnern hörte man aufgeregtes "Glugg-glugg-glugg". Clara und Morgentau gingen deshalb zu den Tieren, um sie ihnen mit ruhigem Streicheln über Nüstern und Nasen die Angst zu nehmen.
Elisabeth-Christine blieb derweil draußen bei den Männern.
Zack – zuckte es rechts über den Himmel und der Knall kam sofort. Zack zuckte es links. Und da war er, der Blitz, der direkt über ihren Köpfen ins Dach über ihrer Veranda einschlug. Sofort entzündeten sich einige Schindeln. Aber schon war Ray auf dem Dach und George hob ihm den ersten Wassereimer nach. Bereits mit dem zweiten Eimer erloschen die züngelnden

Flämmchen. Während Elisabeth-Christine versuchte, den ersten der beiden ausgeschütteten Eimer wieder von ihrem Steg aus mit Wasser zu befüllen, rief Clara aus der Tür heraus nach oben zu den Männern: "War es bei uns? Ja? Hat man am kribbeln im Boden gemerkt!" und Ray rief hinunter: "Wir haben schon wieder alles im Griff, wenn ich mich nicht irre."

Weitere Blitze zuckten über den Himmel. Die Tiere beruhigten sich. Die beiden Frauen kamen deshalb wieder heraus. Morgentau sprach aus, was sie alle dachten: "Es wundert mich aber, daß es nicht regnet." Clara antwortete: "Solche Trockengewitter haben George und ich einige male bei unserem langen Jagdausflug vor einigen Wochen bemerkt." "Die Squaws der Iowa haben mir schon letztes Jahr erzählt, daß sie solche Wetterphänomene kennen. Die sind aber wohl nicht ganz ohne.", ergänzte Morgentau.

Schnell klarte es sich wieder auf und sie wollten bereits ihren normalen Alltagspflichten nachkommen und die Tiere auf die Weide hinaus lassen, als die Pferde in der Hütte erneut unruhig wurden. Elisabeth-Christine mit ihrer jüngeren und damit noch feineren Nase roch es unmittelbar nachdem die Pferde angefangen hatten zu wiehern. "Mama, es riecht nach Rauch?", wendete sie sich an Clara. Die ranzte die beiden Männer an: "Ist der Blitz noch woanders in unsere Hütte geschlagen?" Ray und die gelenkige Morgentau waren fast mit einem Satz auf ihrem Dach. "Jetzt rieche ich es auch.", sagte George. Von oben herunter rief Morgentau: "Hier ist nichts. Ich mache mal mit Ray eine Runde ums Haus und zum Steg." Ray, der noch immer auf dem Dach stand, starrte auf einmal in eine Richtung, hielt dabei eine Hand schützend wie einen Schirm vor seine Stirn über die Augen und rief dann aufgeregt den anderen zu: "Schaut mal zum Horizont! Die Prärie brennt. Die gesamte verdammte Prärie brennt!" Er war so aufgeregt, daß er dabei sogar sein "... wenn ich mich nicht irre." vergaß.

George hatte sofort einen Plan. "Lady's, bringt die Kanues sofort ins Wasser. Und beschwert die, damit sie komplett unter Wasser kommen, den bei einem Feuersturm, ist deren Rinde, das erste, was brennt. Ray, wir beide holen das Holz vom Gatter auf unsere Insel. Denn die Stämme sind zu kostbar hier in der Prärie, um sie verbrennen zu lassen."

Während die beiden Männer in aller Eile das Holz ihrer Einfriedung holten, bekam Elisabeth-Christine die Aufgabe, alle zur Verfügung stehenden Behältnisse mit Wasser zu befüllen. Die Frauen wasserten derweil die Kanues. Mit Eimern schöpften sie erst Flusswasser hinein und beschwerten sie dann mit den Steinen ihrer Feuerstelle von vor dem Haus, bis sie ganz im Fluß versunken waren.

Der Geruch war nun nicht mehr nur leicht brenzlig. Beide Teams waren etwa gleich schnell fertig und halfen nun Lizzy beim Befüllen der Fässer in ihrem Haus mit Wasser. Das konnte gleich den möglicherweise entscheidenden Zeitvorteil bei der Rettung ihres Hauses und aller Vorräte darin bringen. Clara stieß dabei George mit ihrem Ellenbogen leicht in die Rippen und raunte ihm verschwörerisch zu: "Das war keine Schlechte Idee im Führjahr, unsere beiden Felder auf dieser kleinen, entstandenen Insel anzulegen. Bisons und Gabelböcke meiden unsere Insel, weil sie dann durchs Wasser panschen müssten und jetzt scheint das uns umgebende Wasser die Rettung unserer Ernte vor dem Präriebrand zu werden." "Dein Wort in Gottes Gehörgang, liebe Clara. Aber du hattest ja schon immer gute Ideen.", raunte er. "Naja, der Boden ist hier mitten im Fluß ja auch meist recht feucht, das war im Frühling bei der Anlage unserer Felder meine Idee.", flüsterte sie. "Was habt ihr wieder?", fragte Morgentau laut und Ray kicherte: "Wie immer, sind es nur Berliner Geheimnisse, wenn ich mich nicht irre."

Ja, es war tatsächlich eine gute Idee, die Clara da im Frühjahr gehabt hatte. Morgentau war ihr da beigesprungen und hatte sie unterstützt. Die beiden Männer hatten nichts gegen diese Logik einzuwenden. Die Äcker waren auf dieser bei der Schneeschmelze entstandenen Insel relativ gut vor wandernden und alles unter ihren Hufen zermalmenden Bisonbeinen geschützt, die Bewässerung der Äcker war relativ einfach, weil der Fluß um sie herum und das Grundwasser bereits in einer Tiefe von nur gut drei Fuß Tiefe war. Da sie einen Präriebrand in ihrem ersten Jahr nicht erlebt hatten, hatten sie damit nie gerechnet, aber der Fluß um sie herum konnte jetzt eine gute Schutzschneise gegen das Feuer darstellen.

Als sie alle Behältnisse innerhalb der Hütte mit Wasser gefüllt hatten, teilten sie sich auf. Ray nahm sich zwei Eimer und ging mit Clara zum Feld überhalb ihrer Hütte, George nahm sich zwei Eimer und ging mit Morgentau zum Feld unterhalb ihrer Hütte. Bevor sie aufbrachen, luden sie noch ihre Flinten nur mit Pulver. "Du kannst doch damit umgehen, Lizzy?", fragte George Claras

Tochter. Als die wortlos nickte, sprach er weiter: "Du kleine Maus gehst jetzt damit oben auf unser Dach und wenn Du siehst, daß das Feuer irgendwo, wo wir Erwachsenen gerade nicht sind, auf unsere Insel überspringt, feuerst du die Flinte ab, damit wir darauf aufmerksam werden und was dagegen machen können." "Und versuche um Gottes Willen nicht, das Feuer dann dort selber löschen zu wollen, Kleene.", ergänzte ihn Clara.

Die Luft wurde immer heißer und dicker. Weshalb Clara noch einmal kurz im Laufschritt ihren Posten bei Ray verließ, in die Hütte rannte und m Eiltempo aus Lederresten Atemmasken für sie alle schnitt, die sie kurz in Wasser einweichte. Ihrer Tochter reichte sie eine Maske zusammen mit einem Holzkrug voller Wasser und Kurzanleitung aufs Dach. Dann lief sie so schnell sie konnte zu Morgentau und George und anschließend wieder zurück zu ihrem Mann. Ihre Laufkondition war enorm gewachsen, seit sie nach dem langen Jagdausflug mit George für sich selbst beschlossen hatte, fitter zu werden und sie nun jeden Morgen mehrere Runden um ihre Felder und die Koppeln im Dauerlauf zurück legte. Ihr Figur war dadurch erstaunlicher Weise auch fraulicher geworden, seit sie sich so fit hielt.

Die Feuerwalze kam sehr schnell näher. Durch den Wind wurde das Feuer immer weiter getrieben und der von ihm ausgehende Rauch, der ihm voran eilte, war wie ein leichter Nebel. Aber es war kein beißender Qualm, wie bei einem Waldbrand in den Bergen des Ostens. Das Präriegras war trocken wie Zunder und brannte dadurch fast rauchlos. Schon waren sie von beiden Flußseiten auf ihrer Insel vom Feuer eingeschlossen. Die Hitze schwappte über und ergriff in der Nähe von George und Morgentau die ersten Halme ihres Roggens. Mit ihren feuchten Masken vor Mund und Nase schaufelten sie Wasser eimerweise auf die trockenen Halme ihres Getreides und schafften es sogar, zu löschen.

Dann ein Schuß aus Richtung Haus. George: "Das war Lizzy." Morgentau: "Geh du, ich schaffe das hier schon." Fast gleichzeitig kamen er und Ray an ihrer Hütte an. Ein paar ihrer Dachschindeln brannten. Unter ihnen rumorten in ihren Boxen in der Hütte in heller Panik die Tiere. George sprach aufs Dach, verbrannte sich dabei aber nur leicht Hände und Füße und ließ sich von Ray Eimer mit Wasser zureichen. Es schmorte nur noch, als Lizzy schrie: "Mama!" Ray sah auf und nickte George zu, der nur mit einer Geste zeigte: "Lauf schon!"

Das Feuer war auf das obere Feld übergesprungen, kam aber zum Glück kaum weiter, weil die Tabakpflanzen, die dort standen, zu feucht für den Feuersturm waren, aber es fraß sich durch das Unkraut am Boden und bedrohte die dort ebenfalls angebauten Halme der Gerste. Schnell mußte jetzt gehandelt werden. Ray war schon bei seiner Frau, die zwar die Bedrohung bisher im Griff hatte, aber der man ansah, daß bald ihre Kräfte erlahmen würden. Zu zweit löschten sie.

Während George weiteres Wasser über die noch leicht qualmenden Holz-Schindeln ihres Daches goß, rief Elisabeth-Christine ihm zu: "Schau mal zu Tante Morgentau. Ich glaube, sie hat das Feuer unten gelöscht!" George schaute auf und rannte dann zu Morgentau. Die saß erschöpft am Ufer, sah aber glücklich aus, als er sie erreichte. Sie zeigte zum anderen Ufer: "Schau. Es scheint schon vorbei."

Und tatsächlich schien der Feuersturm über sie hinweg gerollt zu sein. Im Wasser des Missouri trieben einige verkohlte Kadaver an ihnen vorüber, von Lebewesen, die dem Feuer offenbar nicht entkommen waren, die Leichen zweier indianiescher Männer, die vermutlich zum Stamm der Dakota gehörten, mehrere Gabelböcke, Schlangen, Eidechsen und tote Wolfsjunge. Nun sahen sie auch, was das Feuer hinterlassen hatte. An den Ufern um sie herum standen nur noch verkohlte Strünke des Präriegrases. Aber offenbar war das Feuer nicht tiefer in die Erde hinein gegangen, sondern nur auf seiner Oberfläche dahin geeilt.

Bis zum Abend hoben sie noch ihre Kanues und stellten mit dem Rumpf nach außen zum trocknen an die Wände ihrer Hütte.

"Schätze, da draußen gibt es viele hungrige Bisonmäuler, in denen jetzt schon das Wasser vor Appetit auf die Früchte unserer Felder zusammenläuft, wenn ich mich nicht irre.", kicherte Ray. Clara gab ihm recht und meinte: "Vielleicht sollten wir die nächsten Tage draußen bei den Feldern schlafen." "Das ist eine gute Idee. Aus ein paar Knüppeln und einer Bisonhaut können wir uns ja an jedem Ende der Insel einen Windschutz bauen.", sagte Morgentau. "Ach, wozu solch ein Aufwand. Es reicht, wenn wir auf oben auf unserer Veranda eine Nachtwache einrichten, die eine mit Blei geladen Flinte zur Hand hat. Wir teilen uns die Nacht durch vier, so daß wir alle mal schlafen können. Auf dem Dach sind wir vor Puma, Bär und Wolf halbwegs sicher und falls sich ein Bison oder ein Gabelbock auf unsere Insel verirrt, ballern wir den ab.", sagte George und Ray ergänzte kichernd: "Und am morgen brät dann schon das leckere Bisonherz als Frühstück über einem Feuer. Eine gute Idee, wenn ich mich nicht irre."

"Und womit füttern wir unsere Tiere?", fragte kleinlaut Lizzy. "Tja, Kind, die Hühner und Ziegen müssen hier am Haus bleiben und von unseren Essenresten leben. Die Pferde werden Papa und George wohl ins Schilf treiben, vermute ich.", antwortete Clara

XXVII.   Hochzeit 1771

Relativ schnell, innerhalb weniger Tage, sproß nach einem ausgiebigem Landregen frisches Präriegras.
Das Leben schien sich wieder zu normalisieren.
Mit Beginn der kalten Jahreszeit igelten sie sich, wie bereits im letzten Jahr, wieder ein. Zum Jahreswechsel war an den beiden Frauen deutlich zu erkennen, daß ihre Männer nicht nur die Furchen auf ihren Äckern bearbeitet hatten. Beide waren hoch schwanger. Noch bevor die Schneeschmelze einsetzte, konnten sich Elisabeth-Christine über ein kleines Brüderchen und George über eine Tochter freuen. Claras Sohn nannten sie Friedrich, nach ihrem preußischen König, wohl wissend, daß daraus über kurz oder lang die Koseform Fritzchen werden würde. Morgentau und George nannten ihre Tochter Nova, was soviel wie Sternenausbruch bedeutete.

Die Schneeschmelze 1764 vertiefte den Fluß um ihre Insel so sehr, daß sie sich genötigt sahen, an Stelle der bisherigen Furt eine kleine Brücke für sich zu bauen. Sie entschieden sich für eine einfache Fachwerkkonstruktion, die sie mit einfachen Mitteln beim nächsten Hochwasser vorübergehend würden abbauen können. Ohnehin vergrößerte sich ihre Insel, die nun fast schon mitten im Fluß lag, durch Ablagerungen an ihren Rändern.

Die Befürchtung der beiden Männer, ihr Schießzeug könnte nach zwei Jahren dem Ende zugehen und sie würden eine aufwendige Reise in den Osten des Kontinents antreten müssen, bewahrheitete sich nicht. Zwar pflegten sie ihre Flinten und hatten sie immer griffbereit, einzig nutzen sie sie kaum, denn die Reusen im Fluss, die Ray pflegte, brachten genug Fisch und bei seinen längeren Jagdausflügen, zu denen er am liebsten Clara mitnahm, nutzte George den Bogen und die Speerschleuder. Auch brachte seine Fallenstrecke regelmäßig ihren Ertrag.

Die Jahre gingen ins Land. In jedem Frühling luden die Iowa sie zur Eröffnung der Jagdsaison auf Bisons zu sich ins Dorf und im Herbst zur letzten traditionellen Bisonjagd des Jahres. Wobei sie den Indianern immer gut die Hälfte ihrer erlegten Tiere überließen.
Elisabeth-Christine entwickelte sich zu einem wahren Wildfang, die, als sie zwölf war, bei ihren Besuchen im Indianerdorf sich mit den dortigen gleichaltrigen Jungen prügelte und dabei meist gewann, und sich auch in der Kunst des Schießens mit dem Bogen oder in Reiterwettkämpfen die Butter von den Indianerjungen nicht vom Brot nehmen ließ.

Auf ihren Äckern konnten sie endlich die schweren Kaltblutpferde einsetzen und damit den Boden besser und tiefer pflügen. Auch sorgten die beiden Tiere nun selbst für Nachwuchs. Es mangelte in ihrem Hause nie an Kinickinick oder Pemmikan. Streit gab es zwischen ihnen selten und wenn, dann wurde er nie bis in die letzte Konsequenz ausgefochten. Fritzchen und Nova entwickelten sich prächtig.

Mehrere einsame Winter, sehr fröhliche Beisammenseins mit den Iowa im Sommer und viele, viele weitere Präriebrände, Flutwellen, Büffeljagden und Sauerkrautansetzungen vergingen.

Als sie vierzehn war, begann sich Elisabeth-Christine zunehmend für die Nachbarsjungen zu interessieren, was dann darin gipfelte, daß sie mit fünfzehn bereits allein ins Dorf der Iowa ritt, ohne sich um die Bedenken ihrer Eltern oder um Tante Morgentau oder Onkel George zu kümmern. Lizzy war der Wirbelwind in ihrer Hütte. Da den beiden Männern die zunehmend weiblichen Rundungen an ihrem Körper auffielen und ihnen dies peinlich war, beschlossen sie, als Elisabeth-Christine sechzehn wurde, ihr ein eigenes Zimmer an ihre Hütte anzubauen, das nicht nur eine Tür zu ihrem gemeinsamen Wohnraum hatte, sondern obendrein noch eine eigene Tür nach außen. "Wenn sie unbedingt zu den Bengels der Iowa will, soll sie das doch ruhig. Wir brauchen ja nicht alles zu wissen. Ernst wird es erst, wenn wir diese kleinen Testosteronbomben mal von ihr vorgestellt bekommen, wenn ich mich nicht irre.", kicherte Ray beim Bau des Extrazimmers immer wieder.

Sie stellte ihrer Familie viele junge und tapfere Krieger vor, die alle wohl nach dem Geschmack von Ray

271

gewesen wären, weil sie ihn an sich selbst in diesem Alter erinnerten. Hochgewachsen, sportlich, muskulös, aber leider ebend auch oft unbeherrscht und sehr temperamentvoll und für Claras Geschmack oft zu sehr vom Jagd- und Wandervirus infiziert.

Eines Tages stellte sie ihren Eltern "der stark wie ein Bisonbulle, klug wie ein Schakal und ruhig wie die Eule ist", Spitzname "Eulenbüffel", vor. Ray regte sich, als Lizzy ihrem neuen Freund ihre Hütte von innen zeigte, vor den anderen dreien sofort auf: "Habt ihr das gesehen? Nicht ein Blutfleck ist auf seinem Wams und kein einziger Riss ist in seinen Leggins! Der ist doch viel zu ordentlich, wenn ich mich nicht irre.", polterte er los, kaum das Lizzy außer Hörweite war. George versuchte ihn zu beruhigen: "Es hat ja nicht jeder, so wie du aus den Händen des Seilers Sohn geschnitten. Vielleicht wollte er einfach nur einen guten Eindruck bei Dir hinterlassen." "Wenn ich mich nicht irre, will er sich dann bei uns einschleimen. Na sowas kann ich ja nun gar nicht leiden!", polterte er weiter. Morgentau versuchte ihr Glück nun bei Ray, während sie alle vier zusahen, wie Lizzy ihren Liebsten zu ihrer Weide brachte und er dem zuletzt geborenen, einem heißblütigen Mustangfohlen, seine Hände auflegte: "Er will sicher nur nett sein. Sieh nur, wie er das Füllen nur durch sein Handauflegen beruhigt." "Na der ist doch viel zu ruhig für unsere ständig aufgedrehte Lizzy. Bei dem schläft sie ja sofort ein, wenn ich mich nicht irre!", zeterte ausnahmsweise mal nicht kichernd Ray weiter. "Genau das ist es, mein lieber Gatte. Er beruhigt sie.", sagte Clara und schob nach: "Das ist er. Das ist genau der richtige Mann für unsere Lizzy, mein lieber Ray. Wir können schon mal beraten, was wir ihr als Mitgift geben können. ... und jetzt irre ich mich nicht." Clara kicherte und alle anderen fielen mit ein. Ray gab sich aber noch nicht geschlagen!

"Aber unser Baby ist doch noch viel zu jung für eine Ehe. ... gerade mal neunzehn, wenn ich mich nicht irre.", begehrte er noch einmal auf. "Oft werden die Mädchen bei uns Onondaga schon mit zwölf Jahren verheiratet.", sprang Morgentau ein, noch bevor Clara sagen konnte: "Bei uns in den teutonischen Ländern werden auch die Mädchen oft schon mit vierzehn oder sechzehn Lenzen bei den Bauern, aber auch in den Städten verheiratet. Und selbst bei unseren Adligen, Fürsten und Königen ist das so." Ray schaute betrübt und sehr leise: "Aber wenn sie jetzt heiratet, werden wir zwei ja in einem Jahr Oma und Opa ... wenn ich mich nicht irre." "...und du möchtest nicht mir einer Oma verheiratet sein.", sagte George und grinste dabei schelmisch Clara an.
"Ray, komm zur Vernunft! Ich bin zwar erst siebenunddreißig Jahre alt, aber soweit ich mich erinnere, haben wir letztes Jahr deinen einundsiebzigsten gefeiert. Du wurdest ja noch im letzten Jahrhundert geboren.", stutzte ihn Clara zurecht. Ray versuchte abzulenken und schaute gewinnend Morgentau und George an: "Wie alt seit ihr beiden eigentlich?" "Morgentau ist einunddreißig und an meinen vierzigsten Geburtstag wirst du dich ja wohl noch erinnern, alter Freund.", rügte ihn George und Clara ergänzte: "Es ist keine Schande, mit zweiundsiebzig Sommern auf dem Buckel das erste mal Großvater zu werden. Er ist nett, sie wird ihn heiraten und von ihm Kinder bekommen, mehr ist nicht zu sagen. Basta!", schloss Clara die Diskussion und stampfte in die Küche.

Kaum sechs Wochen später, der Altweibersommer mit seinen spinstigen Fäden zeigte wohl ein letztes mal in diesem Jahr, wieviel Kraft die Sonne im Spätherbst noch haben konnte, überraschte Elisabeth-Christine ihre Eltern mit der Nachricht: "In einer Woche heirate ich Eulenbüffel. Wir wollen die Zeremonie im Indianerdorf machen." "Das kommt mir jetzt aber ein bischen plötzlich.", sagte Clara leicht pikiert. "Wie hoch ist denn die Aussteuer, die deine Eltern beibringen müssen, Kind?", fragte George. Morgentau wies ihn zurecht: "Erinnerst du dich noch an unsere Hochzeit, Liebster? Wir sind hier nicht in deiner sogenannten >Zivilisation< bei deinem dummen König. Bei uns, bei den Roten Leuten, haben die Frauen im Haus und auf den Feldern das Sagen. Das müsstest du doch in all den Jahren endlich mal in deinem Schädel verinnerlicht haben. ... Komm gib mir'n Kuss, mein Liebster. ..." Sie knutschten sich, dann fuhr sie fort: "Der Mann gibt die Mitgift. Eulenbüffel und sein Clan sind zwar nicht wohlhabend, aber ich bin dennoch neugierig, was er in die Ehe einbringt."
"Was müssen wir denn dann machen? Einfach ins Indianerdorf mitkommen? ... wenn ich mich nicht irre?", kicherte Ray und Elisabeth-Christine antwortete artig: "Ja, richtet euch auf ein paar Tage ein, in denen das Fest statt findet. ... Ach und übrigens, Tante Morgentau, ihr drei sollt natürlich mitkommen. Das hat mein Bräutigam explizit betont, daß ihr dabei sein müßt. Aber ihr werdet natürlich in einem anderen Zelt, als die Brauteltern untergebracht." "Na dann werde ich mal beginnen, ein Hochzeitsgewand für dich zu schneidern, Lizzy.", sagte Clara. "Ich werde dir dabei Helfen. Was hältst du von weißem Leder?", fragte Morgentau und setzte nach: "Ich

weiß nämlich, wie weißes Leder zu bekommen ist."
Als die beiden Frauen gegangen waren, flötete Elisabeth-Christine ihrem Vater noch zu: "Papilein, mögt ihr zwei meine Kammer vergrößern? Eulenbüffel möchte nämlich mit mir hier leben?" "Weiß das schon deine Mutter?", fragte George im Ton wohl etwas zu grob, zurück und Lizzy antwortete: "Nein, bisher noch nicht. Aber mein Papilein ist doch schon so alt. Und da dachten wir ... .", brach sie ab. "Na, da haben George und ich wohl nichts dagegen, wenn ich mich nicht irre.", kicherte Ray.

Und dann kam der Tag der Tage. Der Anbau an ihre Hütte war nicht zu übersehen, wenngleich die beiden Männer gegenüber ihren Frauen kein Wort darüber verloren und es als "Überraschung" gelten lassen wollten. Um in Ruhe feiern zu können, ließen sie für die Dauer der Feierlichkeit ihre Hühner, bei ausrechend Wasser und Futter und unter der Aufsicht ihres ältesten und deshalb mittlerweile grantelnsten Ziegenbocks, der im Ernstfall durchaus einen Marder oder einen Fuchs verjagen konnte. Mit ihren Pferden und den übrigen Ziegen machten sie sich auf zum Dorf der Iowa. Die Ziegen und Pferde wußten sie in der Herde der Mustangs des Stammes in guten Händen. George stiftete zu diesem Anlass den Inhalt von ganzen Fässern Sauerkraut, ein halbes Fass Kinickinick und dem Häuptling des Dorfes, für die Ehre, während dieser Tage in seinem Tipi übernachten zu dürfen, zwei ganze Bisonfelle und das Fell eines grauen Grizzly.

Zu Abend wurde an einem großen Gemeinschaftsfeuer ein Maisbrei mit vielen unterschiedlichen Fleischbrocken darin gegessen, wie er sowohl bei den Indianern, als auch

275

bei unseren Weißen fast täglich aufgetischt wurde. Danach rauchten die Männer das Kalumet die Frauen flickten Kleidung und die eine oder andere Geschichte wurde erzählt.

Noch in der Dämmerung griff George sich Clara und schlenderte allein mit ihr zur Koppel, um vor allem nach ihren Ziegen zu sehen. Morgen, das wußten sie, würden zwei der Ziegen gemolken werden müssen, um ihren Milchfluß zu erhalten. Auf Deutsch sprachen sie mit einander. George: "Denkst du manchmal noch darüber nach, woher wir kommen?" Clara: "Mit den Jahren immer seltener. Meist wenn ich mit Dir allein bin. ... und in Momenten wie diesen." George: "Mit zwanzig Fässern Sauerkraut bin ich damals aus Berlin geflohen." Clara: "Und ich bin dir bis hierher in die Neue Welt gefolgt." George: "Wie anders wäre vermutlich unser Leben verlaufen, wären wir in Preußen geblieben." Clara lachte: "Vermutlich hättest du jetzt ein Doppelkinn, einen dicken Bauch, zehn Bälger und wärst in deinem eigenen Waren-Kontor gefangen." George grinste: "Und du hättest vermutlich vom vielen Kinder kriegen so breites ein Becken, wie eine Büffelkuh."

Sie blieben am Gatter stehen und beobachteten in der goldigen, untergehenden Sonne die Tiere. Ihre Ziegen waren sofort bei ihnen und freuten sich sichtlich "ihre Menschen" wiederzusehen. Clara nahm ihren George bei den Händen und schaute ihm in die Augen: "Ich bin froh, daß wir hier sind. Wir sind hier frei, können sagen, was wir wollen, müssen uns vor niemandem, außer vor uns selbst verantworten." Er drückte leicht ihre Hände: "Manchmal beneide ich deinen Mann schon um seine

276

wundervolle Frau." "Ich weiß.", sagte sie. "Wäre es mit uns beiden anders gekommen, wenn damals in Bedford wir einander geheiratet hätten?", fragte er. "Wer weiß.", flüsterte sie und legte ihren Kopf an seine Brust. "Trotzdem ich damals Ray geheiratet habe, bin ich dennoch froh, dich weiterhin in meiner Nähe zu haben. ... und ich hoffe, das bleibt auch noch ein paar Jahre so." Sie drückten sich beide sanft, verstehend, das der andere genauso dachte. Dann schlenderten sie zurück ans Gemeinschaftsfeuer.

Bis in die Nacht aßen, rauchten und schwatzen sie in großer Runde. Als es Schlafenszeit wurde, krochen Morgentau, George und ihre schon halb schlafende, siebenjährige Tochter Nova ins Zelt des Häuptlings, der ihnen ein angenehmes Nachtlager aus weichen Büffelfellen bereitet hatte, in das sie zu dritt hinein schlüpfen konnten.

Recht früh, bereits mit den ersten Sonnenstrahlen, wurden sie durch die großen Wasserpauken geweckt. Trubel herrschte im Dorf. Eilig erledigten sie ihre Morgentoilette, wie die meisten anderen des Dorfes, am Flußufer. Die Frauen waren derweil schon dabei "Falschgesichtpudding" aus Maisgries mit gerösteten Bärennüssen, die sie von irgendwem von östlich des Mississippi erhandelt haben mußten, Bärenfett und Biberfleisch zu kochen. Das war ein echtes Festmahl! Nova fand in dem Getümmel ihren Friedrich, den Ray wohl entnervt aus ihrem Zelt hinaus geworfen hatte und gesellte sich mit ihm zu den gleichaltrigen Kindern des Dorfes.

George und Morgentau wußten, daß Ray, aber vor allem Clara, jetzt dabei waren, ihre Tochter in ihr Festgewand zu kleiden.

Noch in der Nacht hatte sich etwas zugetragen, von dem jetzt keine Spur mehr zu sehen war! Die Familie des künftigen Mannes von Elisabeth-Christine und viele Freunde und Bekannte des Paares hatten in der Dunkelheit ihre Geschenke vor dem Tipi, in dem Clara, Ray und Fritzchen schliefen, abgelegt und die drei hatten noch vor der Dämmerung all diese Geschenke, die die Mitgift des Bräutigams darstellte, in ihr Zelt geholt. Darunter waren Säckchen voll heilender Kräuter und Erden, heilige Gegenstände wie Traumfänger, ein Kalumet oder die Schwinge eine Krähe und auch rein praktische Dinge für den Haushalt und Kleidung für sie und den in einigen Monaten zu erwartenden Nachwuchs.

Während dort also noch nervös vorbeiretet wurde, konnten sich George und Morgentau ganz in den Trubel der beginnenden Feierlichkeit hinein fallen lassen.

Der Vormittag war schon zur Hälfte vorbei, als es "Ernst" wurde. Es begann mit einem Fruchtbarkeitstanz um das Gemeinschaftsfeuer. Morgentau und George beteiligten sich daran. Etwas unbeholfen hob und senkte George seine Füße dabei, aber der Rhythmus der Wasserpauken half ihm dabei, in den Tanz hinein zu kommen.

"Heja-heya – Heja-heya – Hejy-heya" sangen sie im Takt der Pauken und Stampfen der Fuße.

Als erstes trat der Bräutigam in Begleitung seiner Eltern aus dem Kreis der Tanzenden heraus. Nun kamen Elisabeth-Christine und hinter ihr ihre Eltern aus dem Gästetipi. Noch zwei weitere Runden wurde von allen anderen um das Feuer getanzt. Die Braut sah wunderschön aus. Morgentau hatte samtweiches Lachsleder gebleicht, das nun ein auffälliges, weißes Fischschuppenmuster hatte. Clara hatte daraus eine weiße Jacke mit Fransenärmeln gezaubert. Ihre weißen Leggins bestanden, wie ihre weißen Mokasins, aus weiß gebleichter Ziegenhaut, die Morgentau noch mit den Stacheln des Baumstachlers verziert hatte.

Der Bräutigam trug einen auffälligen, aber in seinem Alter noch nicht all zu üppigen Federschmuck.
Nun trat der Häuptling des Dorfes, in Begleitung der Schamanin vor und sie redeten beide von dem Glück der Ehe und den ehelichen Pflichten, aber auch von all dem, was ihnen ihre künftige Gemeinsamkeit geben würde.
Es war mit dem Häuptling abgesprochen, daß danach Clara noch etwas sagen solle. Clara traute sich nicht, ohne echten christlichen Segen ihre Tochter zu verheiraten. Zwar glaubte sie nicht an die ewige Verdammnis ihrer Tochter, aber so ganz ohne christliche Worte, wollte sie ihre Tochter nicht ihrem künftigen Schwiegersohn überlassen. In Ermanglung eines, wie sie sich ausdrückte "richtigen Pfaffen", las sie deshalb selbst einige Verse aus der Bibel.

Nach der eigentlichen Zeremonie und nachdem das junge Paar die persönlichen Glückwünsche jedes einzelnen entgegen genommen hatte, traten Eulenbüffel, die Schamanin und der Häuptling an Morgentau und George heran.
Eulenbüffel richtete sich an beide: "Ich weiß, daß du nicht der Leibliche Vater und du nicht die leibliche Mutter meiner Frau bist, aber sie spricht in den höchsten und lobensten Tönen von euch. Ohne dein indianisches

Wissen über Pflanzen, Tiere und über gesundende Erden wäre meine Frau nicht zu der Frau geworden, die sie geworden ist. Und du, George, bist der Weiße Wolf, von dem man mittlerweile ehrfurchtsvoll und voller Anerkennung von den Hügeln der Alleghanny's, über die Ebenen der Prärien, bis hin zu den heiligen blauen Bergen und dem großen Ozean im Land der untergehenden Sonne spricht." Morgentau schluckte auffallend häufig und George mußte mühsam Tränen der Rührung zurück halten. Offenbar konnte aber auch der Bräutigam nicht mehr weiterreden, denn er schluckte mehrfach und tat so, als sei ihm ein Staubkorn ins Auge geweht worden. Deshalb sprach jetzt die Schamanin weiter: "Ihr seid enge Freunde, ... nein sogar Brüder und Schwestern der Iowa und aller Indianer geworden. Gestattet, daß ich deshalb kurz einen Segen des großen Schöpfers aller Dinge für euch ausspreche."

Die Schamanin begann mit einem Gebet an ihre Götter, das sie in einer längst nicht mehr von allen verstandenen, alten indianischen Sprache aufsagte und dabei George, Morgentau und Nova mit dem Rauch verbrennender, heiliger Kräuter einhüllte. Danach sprach der Häuptling: "Ich weiß, daß ihr zwei in unterschiedlichen Stämmen geboren seid. Dein Stamm, Weißer Wolf, heißt >Preußen< und deiner, Morgentau, heißt >Onondaga<, wobei der Weiß Wolf, wie mir seine Frau bereits vor einigen Jahren berichtete, bereits ehrenhalber zu einem Mitglied der Onondaga wurde, um dereinst seine Frau heiraten zu können." Nova stand mit halb offenem Mund zwischen ihren Eltern und begriff wohl nur wenig von dem, was der Häuptling hier erzählte. Die Schamanin ergriff wieder das Wort: "Da die Tochter unseres Bruders und unserer Schwester wohl noch zu keinem Stamm gehört, wollten wir euch anbieten, sie als vollwertiges Mitglied unseres Stammes aufzunehmen. Es sind damit keine Pflichten verbunden." Der Häuptling ergänzte: "Gleichzeitig wollten wir euch beiden anbieten, ebenfalls Mitglied unseres Stammes, ehrenhalber, zu werden."

Morgentau trampelte nervös und voller Aufregung von einem Bein aufs andere und zischte, für die anderen kaum hörbar, George auf Deutsch zu: "Das ist eine große Ehre ... das ist eine große Ehre. ..."

George reichte den anderen dreien nacheinander seine Hand und sagte: "Liebe Brüder und Schwester, wir sind von Herzen zutiefst gerührt und nehmen euer Angebot dankend an."

Nova meldete sich: "Papa, werd ich jetzt ein echter Indianer?" "Das bist du schon.", sagte er und ergänzte: "Wir sind alle auf dieser Welt Onondaga, Iowa, Preußen, Engländer oder Franzosen. Wir sind Menschen!"

XXVIII.   ... und so geht es weiter ...

Das Fest dauerte mehr als eine Woche. In einem kleinen Festakt am Rande wurden Morgentau, George und Nova in den Stamm der Iowa aufgenommen. Alle zwei Tage ritt George zu ihrer Hütte, um die Hühner und den Ziegenbock zu versorgen und um allgemein nach dem rechten zu sehen. Ray schien die Hochzeit seiner Tochter doch mehr mitzunehmen, als er offenbar zugeben wollte. Er schien in Georges Augen von einem Tag auf den anderen recht klapprig zu werden.

Der Einzug des Paares in die extra erweiterte Kammer von Elisabeth-Christine in ihrer Hütte zog sich über mehrere Tage. Sie wurden dabei unterstützt vor allem von den jüngeren Leuten im Dorfe.

Nachdem Elisabeth-Christine und Eulenbüffel ganz offiziell in ihre Kammer eingezogen waren, begann der junge Mann bereits sich an den täglichen Arbeiten im Haus und bei den Tieren zu beteiligen. Er bat George sehr höflich darum, eine eigene Fallenstrecke am jenseitigen Ufer des Missouri installieren zu dürfen, was der ihm natürlich auch genehmigte. Das Angebot des jungen Mannes, ihn und Clara noch auf einer spätherbstlichen Jagd zu begleiten, lehnten aber sowohl George als auch Clara, nach Rücksprache miteinander, ab. Ihrer beider Jagd sollte ihrer beider Erlebnis bleiben, denn dazu mochten sich die zwei zu sehr.

Etwa einen Monat nach der Hochzeit verabschiedete sich das Dorf mit einem kleinen Fest, bei dem auch unsere Heldinnen und Helden geladen waren, in sein Winterquartier am Fuß der Black Hills, in dessen Ausläufern wie immer die Dörfer mehrerer Präriestämme überwinterten.

Wie jeder Winter, so wurde auch dieser Winter sehr schneereich und er brach wie jedes Jahr recht plötzlich mit einem Blizzard herein. Zum Jahreswechsel waren sie, wie immer, eingeschneit.
Nach der Schneeschmelze und den üblichen Frühjahrshochwassern erschienen die Iowa wieder in ihrem angestammten Gebiet. Zur Eröffnung der Jagdsaison auf Büffel lud man sie tradionell, so wie in all

den Jahren davor, ins Dorf der Iowa ein, aber Ray fühlte sich nicht so recht und wollte deshalb bei ihren Tieren in der Hütte bleiben und Elisabeth-Christine, mittlerweile sichtbar Schwanger, wollte sich zum einen die Strapazen der Jagd in ihrem Zustand nicht zumuten, zum anderen wollte sie ihren kränkelnden Vater nicht allein lassen und so genossen Eulenbüffel, Morgentau, Clara und George die lang entbehrte Gesellschaft der vielen Menschen im Dorf und bei der Jagd.

Nur zwei Wochen nach ihrer Rückkehr zu ihrer Hütte, es war noch Anfang Mai 1772, erreichte sie über einen Boten der Iowa die Nachricht, daß bereits vor einer guten Woche an der Mündung des Missouri in den Mississippi ein "Kanue so groß wie ein kleines Dorf", das sich vorwiegend mit von weißen Stoffbahnen gefangenem Wind bewege, gesehen worden sei. Es sei überwiegend bewohnt von Weißen, aber auch einige Menschen mit tiefdunkler Hautfarbe seien dabei und so viele Krieger, wie ein ganzes Dorf habe, lebten angeblich auf diesem riesigen Kanue. "Das hört sich nach einem richtig großen Schiff an, wenn ich mich nicht irre.", kicherte krächzend der alte Ray. Noch etwas sei passiert, berichtete der Bote. Zwei Frauen, die offenbar die Häuptlingsfunktion auf diesem Kanue inne hatten, hätten sich, in Begleitung ihrer beiden Männer, in einem kleineren, dickeren Kanue an Land begeben und die dort lebenden Indianer vom Stamme der Mississippi in ihrem Dorf direkt nach dem Verbleib von George - der Weiße Wolf, Clara, Ray und Morgentau Erkundigungen eingezogen. Das Kanue sei nun bereits auf dem Missouri und sei vom Dorf der Iowa aus bereits gesehen worden.

Wer sind die beiden Frauen und die beiden Männer, deren Ruf von ihrer Suche nach unseren Helden ihnen voraus durch die Prärie eilt? Werden George und Clara ihren Ehepartnern, Kindern und Enkeln vielleicht noch Berlin zeigen? Was passiert nach der "Boston Tea Party"?
All das ist zu lesen im dritten Teil dieser Reihe.

Bilder

Titelbild: Präriebüffel – Bild gemeinfrei

Die Schlacht am Truthahnfuß

Bild Gemeinfrei

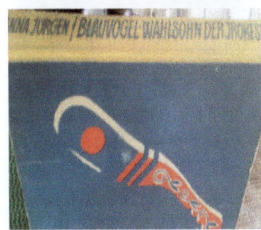

Blauvogel in der Ausgabe von 1955 – Bild von mir, auf mehrfache Nachfrage beim Nachfolgeverlag gab es keine Rückmeldung

Bilder aus Blauvogel von mir selbst – Wiederum keine Rückmeldung vom Ursprungs- und Nachfolgeverlag

Prärieindianer mit ihren Tipis – Bild gemeinfrei

Typisches Blockhaus Nordamerikas – Bild gemeinfrei

CAPTURE OF BOONE AND STUART.

Daniel Boone

Legende Daniel Boone – Bilder gemeinfrei

Braddocks Tot am Monongahela – Bild gemeinfrei

Prärieindianer auf der Jagd – Bild gemeinfrei

Dorf der Ojibwe und Onondaga – Bild gemeinfrei

Preußisches Wappen um 1750 – Autor David Luizzo

Wappen Berlins um 1709 – Bild gemeinfrei

die Speerschleuder – Bild gemeinfrei

Die Schlacht am Truthahnfuß

- Bild gemeinfrei

Baumstachler im Tierpark Berlin vergesellschaftet mit den Präriehunden

eigenes Bild mit freundlicher Genehmigung des Tierparks Berlin

Bisons in der Prärie – Bild gemeinfrei

Rolf Gänsrich

Zwanzig Fässer
Sauerkraut - Teil 1

Aufbruch in Berlin 1750

Frontcover des ersten Teils dieser Reihe

abschließende Worte

Oh, manchmal war es schwierig, mich im Zaum zu halten. Einerseits wußte ich vorher, was alles geschehen sollte und ich wollte das möglichst schnell in möglichst wenig Worten zusammenfassen und schlicht nur runterschreiben, andererseits merkte ich, daß es notwendig war, erst Spannungsbögen aufzubauen, bevor etwas geschah. Und dann mußte ich gelegentlich auch schlicht Geschwindigkeit aus der Handlung heraus nehmen. ... ohmp .... So kam es zu den vielen Gesprächen und dem sehr nahen Beisammensein der Protagonisten in diesem Buch, während im realen Leben ringsum während des Schreibens Kontaktverbote wegen der Corona-Krise in Deutschland herrschten. Meine Angst vor Covid-19 hab ich im Kapitel VIII beschrieben.

Daß ich George bereits im ersten Kapitel dieses Bandes eine Tochter angedichtet hatte, schien mich ab dem zweiten Kapitel nicht mehr zu stören, denn ich vergaß sie schlicht und schrieb sie erst nachträglich an einer passenden Stelle wieder heraus.

Die Bilder vom Cover und aus dem Roman Blauvogel lassen sich vom Copyright nicht mehr nachvollziehen. Erschienen ist das Buch damals im Verlag Neues Leben. Dieser ist mittlerweile unter dem Dach des Eulenspiegelverlags und ich habe im April und Mai 2020 den Verlag mehrfach wegen Klärung der Bildrechte – ich schickte ihnen die sogar als Ansicht, angeschrieben, aber es erfolgte keinerlei Reaktion Seitens des Verlags, so daß ich davon ausgehe, das die Verwendung der Bilder hier in diesem Buch in Ordung geht.

Fußnoten

* in diesem Kapitel nochmals direkte Anspielungen auf "Blauvogel" von Anna Jürgen

** siehe James Fenimore Coopers Lederstrumpf-Erzählungen "der Wildtöter"

*** da der Autor kein Französisch kann, handelt es sich in diesen Fällen überall um Google-Übersetzungen

*[2] "Lange Messer" wurden die britischen Grenzer wegen ihrer langen Jagdmesser genannt. Diese Grenzer waren gegenüber den Indianern viel brutaler, als alle anderen Weißen. Deshalb unterschieden die Indianer hier sehr genau.

*[3] Geoff Emerick hieß der Toningenieur der Beatles bei den allermeisten ihrer Aufnahmen

**[2] ein Yard sind etwa 0,9 Meter
**[3] hier wird der 3.Teil dieser Buchreihe ansetzen

*' Backbord ist links, Steuerbord ist rechts – Merkhilfe: früher waren die Steuerruder bei Schiffen hinten rechts und der Steuermann hielt es dementsprechend mit seinem rechten Arm und konnte sich dadurch mit der linken Hand seinen Bart auf der Backe der linken Gesichtshälfte kratzen.

**' die Piratin Anne Bonny und ihre Freundin Mary Read gab es wirklich in dieser Zeit

***' ein Wampum ist ein mit Perlen, Kieseln und

Muscheln bestickter Gürtel, wobei diese Perlen, Muscheln und Kiesel wie in einer Art Runenschift ganze Wörter und damit Botschaften enthält – quasi die E-Mail der Indianer an der Ostküste Amerikas, allerdings nur von Eingeweihten, also vorwiegend Häuptlingen, Schamaninnen, Frauen und Medizinmännern zu lesen.

'* Daniel Boone – also ich schwöre, daß ich zuerst dieses Kapitel hier mit Daniel Boone plante und mich erst danach um seine Biografie kümmerte, aber die passt so sehr, zeitgenau, hier rein, daß ich das nicht mehr als Zufall bewerten mag – vielleicht hat mir da doch Daniel Boone persönlich die Hand und die Gedanken geführt - Daniel Boone (* 22. Oktoberjul./ 2. November 1734greg. in Birdsboro, Pennsylvania; † 26. September 1820 in Defiance, Missouri) war ein US-amerikanischer Pionier und Jäger – Nationalheld der USA – über ihn wurde zwischen 1965 und 1970 eine amerikanische Fernsehserie mit 165 Folgen in sechs Staffeln für NBC produziert. Nur 34 Folgen davon wurden in Deutschland und hier ausnahmslos auf dem Territorium der DDR durch das DDR-Fernsehen ab 1971 ausgestrahlt – eine DVD-Veröffentlichung für den deutsprachigen Raum steht seit Jahren aus!
Es gibt auch zwei oder drei Spielfilme über ihn (aus den 30er und 50er Jahren), die aber auch keine deutsche Tonspur haben. Daniel Boone wird oft verwechselt mit US-Nationalheld Davy Crocket, der aber erst 1786 geboren wurde. Im Gegensatz zu Crocket war Boone kein Politiker. Gemeinsam haben beide in der TV-Serie Daniel Boone und in den beiden von Disney produzierten Spielfilmen über Davy Crocket die Waschbärmütze und den Darsteller Fess Parker. Es sind aber von der Historie

her zwei komplett unterschiedliche Männer die in historisch unterschiedlichen Kontexten lebten. ... Interessant wird es dann, wenn man die englische TV-Serie mit holländischen Untertiteln mit angestaubtem DDR-Schulenglisch bei youtube sieht.

'** amerikanischer Wildreis ist eine ganz andere Pflanze, als der Reis, der vornehmlich in Asien auf den Teller kommt. Es ist ein wildes Sumpfgras, das aber mittlerweile kultiviert wird, sonst wäre es nicht bezahlbar. Total lecker!

'*** 1 Zoll sind ca. 2,54 Zentimeter

"* der Mink ist der verbreiteste Marder Nordamerikas

"** der Urson oder (Nordamerikanischer) Baumstachler ist im Tierpark Berlin zu bewundern und dort im Gehege mit den Präriehunden vergesellschaftet.

"*** Rennkuckuck oder Roadrunner – als "Coyote & Roadrunnr" sind dies meine Lieblingscartoons – könnte ich stundenlang schauen

""* Spruch aus meiner Sendung Okbeat, 927. Ausgabe vom 18.6.2020

""** Das Wort "Weib" hat im heutigen Sprachgebrauch leider einen etwas abfälligen Beigeschmack, stammt aber wie das englische Pedant "Wife" vom selben Ursprung ab. Ich selbst nutze "Weib" hier bewußt positiv, als Synonym für eine fest im Leben stehende, in allen Lagen erfahrene Frau mit angenehm-üppigen Reizen

Dank

… mein besonderer Dank geht an C.W. …

Daten

Zwanzig Fässer Sauerkraut – Teil 2 – zwischen den Fronten wurde geschrieben
19./20./21./22./23./25./26./27./28./29.9./3./7./9./10./20./24./26./27./28./29.10./7./20.11./2015/19./20./21./24./25.1./10.2./27.7.2016/25.10.2016 – 23.11.2016 die Kapitel I. - IV. Seite 50
+ 14./15.4. - 12.5. - und wegen Pause wegen Beginn Teil 3 ab – 19.5.-2020/ 20.5. - 6.7.2020 der Rest des Buches

Überarbeitung Teil 2
11./12./13./14. - 4.2020 / 7.7. - 14.7. 2020
Rechtschreibprüfung am 7.7. - 14.7.2020
In Form bringen des Buches 14.7. 2020
Einfügen der Bilder 15.7.2020
Nachschliff 16- + 17.7.2020

Rückfragen zum Buch, Kontakt zum Autor unter www.rolfgaensrich.wordpress.com und unter rolfgaensrich@gmail.com

Bisher sind von mir erschienen – Buchtitel - Kurzinhalt

"Still gestanden! Die Augen links! - mein geheimes NVA-Tagebuch" - autobiografisch – in ein kleines A6-Heftlein hab ich während meines Grundwehrdienstes in der NVA 1985/86 Kurznotizen geschrieben, aus denen ich 2004/05 eine Radioserie machte, aus der ich 2019 ein Buch strickte

"Sommer – zwischen Backhaus und See – Kindheitserinnerungen" - autobiografisch – es sind meine großen Ferien, die ich in der Kindheit in Mecklenburg verleben konnte.

"Kaufhallengeschichten – Hundegeschichten – Radiogeschichten – autobiografisch – jahrzehnte lang war ich im Einzelhandel angestellt und wurde dort letztendlich hinaus gemobbt – weil das Ende so traurig war, hab ich die Geschichten über unseren Familienhund, so sie mir noch nach über dreißig Jahren eingefallen sind, mit dran gehängt, denn allein hätten sie nicht für ein Buch gereicht, aber auch diese endeten traurig, weshalb ich dann die Radiogeschichten mit anhängte, denn seit 1995 mache ich öffentliche Sendungen und dabei ist einiges Lustiges und Bemerkenswertes passiert.

"Zwanzig Fässer Sauerkraut – Teil 1 – Aufbruch in Berlin 1750" ist der erste Teil dieser Saga.

In Arbeit sind "Kurzgeschichten und Gedichte von A – Z", "Radiotexte", meine Artikel aus den Prenzelberger Ansichten und ein utopischer Roman.

EVP 9,99